文春文庫

玉　　蘭

桐野夏生

文藝春秋

目次

第一章　世界の果て　7
第二章　東京戦争　66
第三章　青い壁　126
第四章　鮮紅　170
第五章　シャングハイ、ヴェレ、トラブル　239
第六章　幽霊　297
第七章　遺書　346
文庫版のためのあとがき　378
解説・篠田節子　382

玉蘭

第一章　世界の果て

　窓から射し込む月の光は、本が読めるのではないかと思えるほど眩《まばゆ》かった。実際に本を開いてみれば、青白い光は明るいようで実は暗く、輝いていても重く沈んでいた。黒い活字は記号の羅列にしか見えず、言葉に繋がろうとしない。果ては言葉に何か意味があったのかと疑いさえ生じる始末だった。広野有子《ゆうこ》は本を傍らに置き、枕元の照明を点けたい誘惑と戦った。いったん点けたが最後、オレンジ色の光に頼ってしまって、スイッチを切るのにまたも覚悟が必要になるからだった。

　上海《シャンハイ》に来て以来、有子は不眠症に悩まされている。今夜も眠れないのではないかという不安と翌朝の気分の重さを想像して、日々憂鬱さが更新されていく。一番辛いのは、長い夜の間に湧き上がる妄想が心に滞ることだった。妄想の中身はいつも同じだった。じりじりと焦がれるような愛しさと共に松村行生《ゆきお》の顔が浮かび、破裂する憎しみと共に消え去る。その果てしない繰り返しを朝まで堪える。このままでは狂ってしまいそうな恐怖が有子の目を闇の中で開かせる。

有子は床がぼんやりと発光するのを感じた。リノリウム張りの床に溜まった月の光だった。見ていると自然に肩の力が抜けていった。何もしなくていいのだ。何も考えなくていいのだ。眠れないのなら、いっそ眠らずにこうして月の光を眺めていればいい。間もなく、瞼が自然に重くなり、有子はほっとしながらようやく得られた眠りに落ちていった。その夜以来、月の光を溜めて眺めるのが有子の入眠儀式になった。

夜十時過ぎ、有子は部屋の明かりを消し、何人の留学生が使ったかわからない硬い粗末な寝台に横たわる。木製の寝台は幅が狭く、寝返りを打つと冷たい漆喰《しっくい》の壁に顔が当たりそうになる。壁のその位置は、昼間見ると少し薄黒くなっていた。東京に住んでいた頃の有子なら我慢できないほどの不潔さだったが、今はその黒ずみさえ、自分と同じような学生がいたことを証明している気がして愛おしい。壁を手で撫で、上海のデパートで買った薄い羽布団にくるまる。暑い日は、ごわごわしたタオルケットを腹まで掛けた。パンヤを詰め過ぎて張り切った枕は、いつまでたっても弾力があり、頭に馴染まない。が、それも一向に構わなかった。清潔な寝具や便利な生活雑貨に囲まれて暮らす、というつまらないことに拘《こだわ》って生きてきた自分が、可笑《おか》しくもあった。

長い年月を経た両開きの窓の木枠は膨れて歪み、窓を完全に閉じることはできなかった。いくら磨いても無数の細かい傷があって決して透明にはならない窓ガラス。あちこち剝《は》がれた床のリノリウム。だが、月の光は窓の周辺から床の隅々まで毎夜たっぷりと降り注ぐ。

有子は寝台にじっと横たわり、カーテンのない窓辺を眺めて、月の光が溜まるのを辛抱強く待った。真夏の月光は薄く冷たく、冴え冴えとしている。しかし、夜が更けるに従って、光に温もりがあるのではないかと思えるほど濃厚に密度を増し、辺りをぎらぎらと照らし出していく。月光は溜まるもの、色や濃度を備えているのだということを、有子はここで初めて知ったのだった。やがて、三畳にも足りない小さな寮室は豊かな光に満たされ、貧相な家具も汚れた床も別のものに見えてくるから不思議だった。おそらく自分の顔も違って見えるはずだ。有子は月光の中で手鏡を覗いた。黒い髪が闇に沈んで顔は白く浮かび、別人のように美しかった。有子は心が満たされたのを感じる。そして穏やかに寝入ることができる。

雨の日は朝から何も手に付かなかった。どうやって長い夜を過ごせばいいのか心配で、夕暮れ時は気が鬱《ふさ》いだ。が、方策はわかっていた。雨はいつか必ず上がるのだから、ひたすら待てばいいのだ。雨降りの日、有子は諦めずに空を見上げる。曇った日は、雨乞いならぬ月乞いのために窓を開け放って風向きを調べ、雲が吹き払われるのを待った。たとえ頼りない新月であろうと、ともかく月さえ出れば有子の心は安まるのだから。

有子は六月から上海のH大学に留学し、構内にある留学生のための寮で暮らしている。すでに八月半ば、二カ月半もの月日が経とうとしていた。留学生楼という名の寮は五階建てで、一応ビルディングの体裁を成してはいる。だが、改装工事の時に覗き込んで見た建物の骨格は、鉄筋ではなく太い竹が組み合わさって出来ていた。強風が吹くと建物の内部で、ひゅうひゅうと竹藪を渡る風の音が微かに聞こえてくる。それを留学生仲間に言ったことがあるが、一笑に付されたところを見れば、有子にだけ聞こえたのだろう。

寝台や机などの備品が簡素で古いせいか、あるいは扉や窓の仕様が古風なためか、ここで暮らしていると五、六十年も昔に時間が逆戻りしたかのような錯覚が起きる。東京では必需品だった携帯電話やパソコン、CDプレーヤーやテレビなどの機器と無縁の暮らしを余儀なくされているせいもあるのだろう。が、有子は不便だと思ったことは一度もない。むしろ、縁が切れて爽快だった。その代わり、自分の心の中に何によっても埋めることができない空洞が存在している、と感じられてならないのはどうしてだろう。東京で生活していた時は気が付かなかった虚ろな穴。いや、気付かない振りをしていたのか。強風の吹く日に聞こえた竹藪を吹き渡る風の音は、建物の内部からではなく、もしかすると有子の中から生まれてきた音なのかもしれない。

再び眠れなくなったのは三日前のことだった。月光の中に、ある異物が浮かび上がった。有子は何とも言い難い違和感を感じて頭を上げ、寝台に肘を突いてそれを眺めた。ちっぽけなものであるにも拘わらず、いつもの光を溜める儀式を邪魔された気がしたのだった。その正体は、テーブルの端に置き捨てられた小さな花だった。玉蘭。木蓮にも似た白い厚めの花弁。すっきりと細長く、優雅な釣り鐘のような形をした可憐な花。花弁は固く閉じられているが、クチナシにそっくりな甘く強い芳香を放つ。

玉蘭は夏の街角で売られていた。二つの花を細い針金で繋ぎ、襟元の第一ボタンに留めるように細工した物を、小遣いにでもするのか老女が売っているのだった。有子は一度買ってみたいと思っていたのだが、買おうと思った時は露店が見付からず、露店を見付けた時はたまたま時間にゆとりがなかったりして、どうにも買うことができない。玉蘭には縁がないのだと諦めていた矢先、南京路《なんきんろ》の横の路地からにゅっと現れた手が有子の鼻先に玉蘭を差し出したのだった。灰色の中国襟のブラウスに黒いズボンを穿《は》いた、見下ろすほどに小柄な老女が有子に笑いかけている。老女は舗道の一隅で、青いプラスチックバケツを逆さにして玉蘭を作って売っていた。露店とも言えない小さな商い。老女は自分の襟元に付けた玉蘭を指し示し、こうするのだと何度も有子に説明した。ひとつ、たったの五角《ジアオ》だった。有子は玉蘭を白いブラウスの第一ボタンに留めた。玉蘭は有子の襟元から一日中甘い匂いを発していた。有子はその日、花の匂いに少し酔ったらしい。いつもより学友たちとよく喋ったのを覚えている。そして夕方、寮に帰って来て玉蘭を外し、机の端に置いたまま忘れていたのだった。

有子は寝台から抜け出し、冷たい床を裸足で歩いた。萎《しお》れた玉蘭を摘み上げる。肉厚の花弁は茶色く変色し、饐《す》えた甘い匂いに変わっていた。中から小さな黒い蟻が這い出て来て机の上に落ちる。有子は穢《けが》れたものを見た気がして立ち竦《すく》んだ。ティッシュに包んでゴミ箱に捨てたが、それでも、嫌な気分は治まらなかった。置き忘れて気が付いたら死んでいた、そんな遣り切れなさが伴う重い心持ちだった。ふと、自分もこうして死ぬのかもしれないと連想した。最初から月の光を溜めなくてはならない。有子は、寝台に戻って横たわった。しかし、玉蘭の死骸と一緒にあの安らかな心は消え去ってしまったのだった。

何時間、こうして待っているのだろう。有子は半身を起こした。最早、光を溜めて寝入るのを待つ、という長閑《のどか》なことを楽しめなくなってしまった。こうなるのを一番怖れていた。心の空洞を埋めるものは、この部屋のどこにも、そして自分自身の中にも存在しなくなったのだから。どうしたらいい。有子は両目を閉じ、それからゆっくり頭を巡らせて月光が射し込んでいるはずの窓辺を眺めた。しかし、そこに満ちているのは、豊かさの欠片《かけら》もなくなった、薄ら明るい、ぼんやりとした月の光だった。有子は枕元のアルミ製の照明を点け、また横たわっては消すことを数度繰り返した。なす術《すべ》がないままに、ざわざわと過去の出来事が押し寄せてくる。不安や絶望や失意。そして孤独。負の感情が有子を沈ませる。

なぜ、東京の暮らしを捨ててまで上海に来たのか。書籍編集という女性にしては得難い職業や、親切で優しい友人たち。やっと見付けた居心地の良い便利な部屋。気の置けないレストラン。何年間も努力して手に入れたもの、実らせたものを捨ててまで見知らぬ土地にやって来たのはなぜか。明るい陽光の下では幾つでも理由を述べることができるが、この夜の闇の中では、たった一人でその答えと対峙《たいじ》しなくてはならなかった。有子は辛くなり、思わず小さな叫び声を上げた。

「助けて！」

部屋はしんと静まり返っている。いつもなら月の光が心を満たしてくれるのに、三日前から玉蘭が邪魔している。玉蘭など買わなければ良かった。有子は自分の心が突然挫《くじ》けた理由がわからない。他人より脆弱《ぜいじゃく》なのか。情けなさより、自分自身に対する憎悪が湧いてくる。有子は部屋の隅の暗がりに向かって言葉を投げ付けた。

「私は馬鹿だ」

そう言った後、有子は口を歪めた。鏡を見たら、きっと嗤《わら》っているようにも見えたことだろう。故郷の小さな町では、有子は優等生で有名な存在だった。中学・高校は進学校に通い、成績はいつも上位。学校でも近所でも評判良く、何事もそつなくこなしてきた自分。利口で、そこそこの美貌にも恵まれている。

東京の大学に入った時、有子は初めて不眠症になった。東京には無数の「広野有子」が存在しているという事実に打ちのめされたからだった。ばかりか、自分を遥かに上回る女も多数いる。その事実を何とか認め、咀嚼《そしゃく》するまでの数年間は苦痛に満ちていた。自分と同程度の女が沢山いるのなら、更に上の「広野有子」を目指すことでしか勝ち残れない。有子は成績を上げることに腐心し、必死に優の数を増やしていった。大学でも優等生になった時、有子はようやく達成感を得ることができた。不眠症は嘘のように治った。それは他人に評価されるところでしか存在し得ない達成感だった。永遠に誰かの評価を待たなくてはならない虚しさ。きっとどこか間違っているのだ。間違いに気付いた自分は決して馬鹿ではないはず。ならば、松村行生と別れたことが馬鹿な行いだったのか。そこまで考えた有子は、違う、と激しく首を振った。

「行生は関係ない。私は新しい世界で何かを始めたかったのだ。新しく生まれ変わりたかったのだ」

何を始めたかったというのだろうか。中国語か。有子は大学で単位を取っている中国語初級講座の授業を思い出す。張り切って予習にいそしんでいたのは、むしろ留学が決まって準備していた頃だった。実際に上海に到着してみると、あらかじめ勉強していた言葉はほとんど通じず、買い物で使う程度の日常会話を繰り返すだけの日々となってしまった。どんなに焦っても、三十歳になった頭は錆び付いて、十代の頃の暗記力などもう持ち得ない。言葉というものは、何かを表したいと願う強い気持ちがなければ、上達もしなければ、何の意味もなさない。上海で、中国語の初級をマスターしたところで何が待っているのだろう。上級への果てしないステップアップ。だったら、東京でしてきたことと同じではないか。いや、今までの自分の人生と同じだ。有子は自分が選び取ってきた選択のすべてが、そしてそのための努力が虚しくてならない。有子は大きな溜息を吐《つ》いた。

「ここは新しい世界なのか」

突然、男の張りのある声が響いた。頭の中にいきなり話しかけられた気がして、有子は迷わず答えた。

「そりゃ、そうよ」

憮然とした自分の声が空疎な部屋に響き渡った後、有子はたった一人で部屋にいるのだという事実を思い出し、ぞくっとした。鳥肌が立つ。今、確かに会話をした。誰か部屋にいる。やがて、有子は寝台の裾に男がいるのに気付いた。男は黒っぽい服を着て椅子にでも腰掛けているのか、月光の中に上半身をほんのりと浮かび上がらせている。有子は痺《しび》れるような恐怖を感じ、困ったことになったとぼんやり考えていた。

「ここは新しい世界なのか」

男はもう一度聞いた。今度は声の振動に伴って部屋の空気が微かに共鳴するのがわかった。性格の烈しさを感じさせる、子音のはっきりした低い声だった。男は、確実にこの部屋に存在していた。

「僕にとってはどこだって、初めて来た場所は世界の果てであることは間違いなかった。新しい場所に来たから、新しい世界が始まるなんて幻想だ。新しい場所に足を踏み入れるってことは、良く知っている世界の、実は最果ての地に今いるっていうことなんだ。違うかな」

男が、有子の顎の辺りを眺めながら早口に喋っていた。男のやや乱暴な口調が有子の恐怖を和らげた。

「私が世界の果てにいるって言うの」

「そう。新しい世界で、新しい生活が始まるなんて幻想だ。これまでのすべてを引きずって、あんたの世界の最果ての場所に来たんだ」

有子はいきなり現れた見知らぬ男と会話している不思議さも忘れ、窓辺を振り返った。月光は変わらず降り注いでいる。外は暗闇。世界の果てにいる、と言われた寂しさが有子を襲っていた。

「どうしたら戻れるのかしら」

「戻りたい？　どこに」

男は苛立ったように舌打ちした。

「だって、果てにいるよりは真ん中に戻りたいもの。果てにいるのなら、落っこちてしまうかもしれない」

男は笑った。

「果てに来てしまったと思ったら、どんどん知らない場所に行けばいいんだよ。それが最果ての最前線になるだろうさ。船乗りは皆、そう思う」

「船乗りなんですか」

「そうだよ」

「あなたは誰ですか」

この問いを発した時すでに、有子は男が幽霊であることを承知していた。ここに人間が居るのだとしたら、物《も》の怪《け》であることは間違いない。しかし、もう恐怖は感じない。

今の有子にとって怖いのは、向き合わなくてはならない自分の心の虚ろの方だったからだ。

「あんたの良く知っている人間だよ」

男は笑いを含んだ声で答えた。それなら、松村行生しかいない。だが、行生とは東京で別れてきたばかりだ。それに男が行生であるはずがない。不意に、今すぐ行生に会いたいという痺れるほどの思いに囚われ、有子は正視できなかった男の顔をまじまじと眺めた。もしかして、幽霊が自分を追ってきた行生の仮の姿だとしたら、あるいは行生が遣わした男だとしたら、いったいどうしたらいいのかと動揺したからだった。行生はこの世で一番会いたくもあるが、忌避したい人間でもあり、何かあれば真っ先に連絡してほしい人間だが、死ぬまで消息を知らなくてもいい人間でもあったのだ。愛しているのに憎しみでいっぱい。こんな複雑で深い感情を持った相手はいない。

しかし、男は行生ではなかった。また行生の意思を伝えてくれるほど親切そうな様子もしていない。三十四歳の行生よりもっと若く、色黒でやや顎の張った荒々しい顔付きをしている。大きな目は空に吊られたように上がって眼差しは強く、躍る好奇心と逸《はや》る決意に満ちている。幕末の写真によくある顔だと有子は思った。

「わかりません、誰でしょう」

有子は、首を捻った。

「あんたが上海に来ることを選んだ理由のひとつに僕の日記があったんじゃないか。そうじゃないのかね」

「日記？」

「トラブル」男はブロークンな英語の発音をした。

あっ、と有子は小さく叫んだ。男は有子の反応を真面目な面持ちで観察している。三十歳の自分より数歳若いであろう男は、おそらく広野質《ただし》なのだった。生きていれば百歳近いはずだ。

「何だ、忘れていたのか」

質は愉快そうに笑った。陽に灼けた顔や決断の早そうなすばしこい面影は、確かにN汽船で機関長をしていたという質かもしれない。風の強い、揺れる甲板がいかにも似合いそうだ。家に一枚だけ残っている質の写真は五十歳を過ぎていたものだったし、十八歳で故郷の実家を離れた有子には思い出すこともない遠い親戚の写真だったのだ。

「忘れていました。実はまだ読んでいないから」

「そうか、残念だな」

質はさして落胆した様子もなく、肩を竦《すく》めた。その仕種は西洋人のようだった。

「すみません」

有子は幽霊と話していることも忘れ、素直に謝った。「トラブル」という妙な題の付いた日記は一葉の写真と共に広野質が残した唯一のものだった。有子は日記をスーツケースの底に入れたままで、携《たずさ》えて来たことさえ忘れていた。

質は有子の父方の祖父の兄、つまり大伯父に当たる。有子は幼い頃から、父に「俺には船員の伯父がいたんだ」と聞かされていた。しかし、父とても、伯父である質について話す時は、語尾を曖昧にした。

「俺が小さい頃は、一緒に住んでいた。随分、可愛がって貰ったらしい。でも、最後に会ったのは小学生の頃だ。その後は知らない」

その曖昧さが、質が失踪して行方がわからないという事実からきていることを有子は最近知ったばかりだった。質はN汽船の機関長として上海に住み、戦後日本に戻って来てから暫《しばら》く、自分の弟である有子の祖父の家に身を寄せていたのだという。居候が辛かったのか、それとも思うところがあったのか、昭和二十九年に上海に帰ると言って家を出たまま二度と帰らなかった。後で遺書めいた手紙が祖父の許に届いたという噂もあったが、その手紙を見た者は誰もいなかった。また当時、国交のない中国本土に渡ることも不可能だったはずだ。質の失踪は謎の出来事として家族の間で密かに伝えられていたのだった。

有子が会社を辞めて、中国語の勉強をしに上海に行くと告げた時、商売をしている母親から決心を諌《いさ》める手紙と一緒に「トラブル」が届いた。有子は手紙の文面を諳《そら》んじるほど覚えていた。質のことに興味をそそられたからではなく、母が自分を理解していないことに落胆したからだった。

前略　あなたが会社を辞めると聞いて、とてもがっかりしました。中国語の勉強をしたいということですが、今から新しいことを始めて、果たしてモノになるのでしょうか。勿論、頑張り屋のあなたのことですから、何とかしていくのだろうと信頼はしているのですが、正直言って、心配しています。

今は会社に留まるほうがいいのではありませんか。何があったのかは知りませんが、与えられた環境で努力するほうが大事ではありませんか。あなたは何でも自分で決めて、しかもやり遂げてきました。昔から手のかからない、いい子でした。だから、私が今更何を言っても無駄かもしれません。でも、人生はそんなに甘くはありません。お父さんはあなたの好きにしろ、と言ったようですが、私は絶対に反対です。

もし、東京で一人暮らすのに疲れたのなら、こちらに戻ってきて仕事を探してもいいかもしれません。あなたがその気なら、叔父さん達に頼んでみます。あるいは、結婚してみるのも手かもしれません。外国に行って新しい勉強をするのだけは、やめていただけませんか。それが私の切なる願いです。女が一人で生きていくことは、そんなに簡単ではありません。

上海と聞いて、お父さんがこれを同封しろと言っています。お父さんの伯父さんの上海時代の日記だそうです。そんなものを送って、あなたが上海に興味を持ち、腰を落ち着けてしまうのではと気が進みませんが、とりあえず送ります。連絡をください。

有子は手紙を読んだ時、思わず失望の笑いを漏らした。母親が自分を全く理解していないばかりか、まだ管理できると信じていたからだった。しかし、「違う。行生は関係ない。私は新しい世界で何かを始めたかったのだ。新しく生まれ変わりたかったのだ」という言葉は、母親の勘違いと同様、自分でも何かを誤魔化している。生まれ変わったように新しいことができる訳がないのは、自分の心が良く知っているはずなのに。質の言う通りだ。ここは世界の果てだ。自分はこれまでのすべてを引きずって最果ての地に到着した。

「質伯父さん」

腕組みをして、有子の言葉を待っていた質は陽に灼けた顔を上げた。

「伯父さんなんて言わないでくれ。僕はあんたより若いんだから」

「今、幾つですか」

「二十七だ」

「あなたはどこに行ってしまったんですか」

質は何も答えなかった。三つボタンの昔風の背広を着ている。背広は黒っぽい麻地で、粗末なものだった。質は本当に死者なのだろうか。触ると消えてしまうのか。しかし、月光に照らされて、上腕部に寄った麻特有の深い皺や、丁寧にかがったボタンホールは実物にしか見えなかった。質の撫で付けた頭髪のポマードの匂いまでが漂ってきそうだ。

有子は切ない思いで言った。

「私の父から聞いた話だと、あなたは昭和二十九年に失踪したって。死んじゃったの。それともどこかで生きているの」

「さあ、どうしたんだろうね」

自分のことなのに、若い質は知らない人間を想像するかのように細い亀裂が何本も走った漆喰塗りの天井を見上げて答えた。

「どうしてここに現れたの」

「わからないよ。気が付いたら、あんたが助けてと叫んでいた。僕はきっと上海に戻って来たかったのだろう。あの時代のことが忘れられない」

「楽しかったから？」

「いや、辛かった」

「なぜ」

「自分の世界の真っ只中にいたからさ。世界の果てなんかじゃなかった」

質が立ち上がった気配がした。扉の方に向かって歩いて行く。がっちりした体軀は有子と同じくらいの背丈だった。

「また来る？」

幽霊は何も答えず、手にしていたカンカン帽を深く被ると、音もなくドアを開けて出て行った。

いつ眠ったのかわからない。有子は、がたがたと窓を揺らす強い風の音と、異様な湿度で目を覚ました。蒸し暑さでタオルケットを撥《は》ね除《の》けていた。台風か熱帯低気圧でも来るのだろう。漆喰の壁が湿気を帯びて濡れている。朝の九時を回っていた。授業は夏休みに入っていたが、いつも七時に起床する有子には遅い時間だ。久しぶりに熟睡して、心も体も充足していた。行生と愛し合って目覚めた時の心地良さに似ていた。有子は寝床の中で何度も大きく伸びをした。

昨夜の出来事を思い出し、質の腰掛けていた辺りを見遣ったが、床には何の痕跡も残っていなかった。ドアもしっかり施錠されている。夢だったのかもしれない。たとえ本物の幽霊が現れたのだとしても、あれほど魅力的な人物ならまた会いたい。有子は裸足で床に降りた。緑のリノリウムの床も湿っていた。戸棚の中に仕舞ってあるスーツケースを引き出す。日記を読めば、質がまた訪れてくれるかもしれない、と考えたのだった。

「トラブル」は父親が用意してくれた書類袋の中に、突っ込んであった。表紙に墨で「トラブル」と書いてある。芥子《からし》色をした布張りの日記帳だった。小口が黄ばんでいるが、インクの文字ははっきり読める。ぱらぱらめくってみると、日付はまちまちで昭和二年から四年まで、ほんの二年間の記録だった。日記もあれば、エッセイ風の記述もある。上海での暮らしはほとんど書いてなく、航海日誌に近かった。失踪の謎が書いてあるのでは、と意気込んだ有子は落胆したものの、好奇心を刺激されて最初の記述を読んだ。

支那の貨客の運輸の幾割かは、他強大国の汽船会社によって行われている。吾《わが》N汽船会社は、上海を中心として、南北支那沿岸、揚子江《ようすこう》沿岸及び此《これ》を遡《そ》行《こう》して支那奥地の「重慶《じゅうけい》」に至るまで、多数の船舶を馳駆《ちく》して貨客を運搬し、支那からそれらの運賃を掻き集めてる会社の中《うち》の一つである。

私は此《こ》のN会社に使われている船員である。船乗りという職業は勿論、「板子《いたご》一枚下は地獄」の譬《たとえ》の通り甚《はなは》だ危険の多いものであるが、支那に働く船員にはその上に、主として、漸《ようや》く文化が行渡《ゆきわた》ろうとしてる支那の現在の国情等から来るところの特殊な危険が更にあるのである。

営利会社の一使用人としての身の安全な、穏健な言いかたをするならば、私達はこの二重も三重もの危険に暴露されて「日本帝国の国富を積極的に増す」所の仕事に従っているわけである。

有子は持参した辞書を引いた。「暴露」とは、「直接風雨にさらされること。またさらすこと。暴露甲板（ばくろこうはん）最上部の甲板。露天甲板」とある。「トラブル」を読み通してみよう。有子は上海に来てようやく目的、いや楽しみを見出したのだった。

気力が充実するのを感じながら立ち上がると、灰色の雲が垂れ込めた空が見えた。有子はスーツケースに「トラブル」を戻して鍵を掛け、着替えと洗顔を済ませて部屋を出た。滅多にないことだが、空腹を感じて居てもたってもいられない。留学生食堂の定食時間は終わっているはずだから、構内の学生食堂でも覗こうかと階段を降りた。

殺風景なロビーを通りかかったら、顔見知りの日本人グループがビニールソファを占領して缶コーヒーを飲んでいた。夏休みなので、寮は閑散としている。彼らの笑い声がロビーにこだました。有子と同じ年齢の美術科の留学生、室矢《むろや》佳美《よしみ》が有子を見て手を挙げた。

「お早う、元気？」

挨拶の後、必ず「元気？」と付け加える佳美は、厚化粧を施しているのが、時々痛々しく見える。今朝も白いファンデーションを厚く塗り、茶の眉と赤い口紅がどきりとするほど派手だった。体にぴったりしたブルーのTシャツにジーンズという服装は若い娘のようだが、化粧と合わない。有子は立ち止まって挨拶した。

「広野さん、今朝は何だか元気に見える」

「寝過ぎなのよ」

笑って答えると、佳美は手招きした。

「ねえ、コーヒー飲んでかない」

口の開いていない缶コーヒーが傷だらけのテーブルの上にまだ数本あった。人の好い佳美が皆の分を買って来て振る舞っているのだろう。男が三人、じろりと有子を見上げた。知っている顔が二人、熊谷と萱島《かやしま》。もう一人は知らない男だった。熊谷と萱島はTシャツに短パン、ビーチサンダル履きという気楽な軽装だったが、知らない男は一人だけ、真っ白なボタンダウンシャツに折り目を付けたチノパンという堅い服装をしていた。企業派遣だろうと有子は見当を付けた。服装から学生のタイプがわかるのだった。自分はほとんど化粧もせずにTシャツとジーンズしか着ないから、金のない私費留学生そのものに見えるに違いない。熊谷が神経質そうな作り笑いをして、横の席を空けた。熊谷は学生とはいっても、四十を超している。

「ここ、どうぞ」

気が進まなかったが、断るのも佳美に悪いと思い、有子は熊谷の横に座って缶コーヒーを貰った。

「午後から暴風雨だそうですよ。何かするなら今のうちです」

「蒸し暑いですものね」

「台風なら、今年一番ですね」

「上海って結構、台風来るんですね」

突然、見知らぬ男が口を挟んだ。頭蓋の小さな整った顔立ちをしている。暑さで、顔がべとついていた。だが、きちんとした服装のせいか、ここでは誰よりも涼しげに見えた。

「知らないの？　台湾経由で直撃ですよ」

熊谷は中国語科の上級クラスに通っている。児童文学を書いていて、日本で食い詰めた、という噂があった。熊谷はいつも自筆原稿を持ち歩いていて、人に読ませようとするので有名だ。原稿は難解な小説や凝った児童文学で、誰もすぐには論評などできないものらしい。高慢で卑屈、というやや屈折した面持ちをしている。有子が以前出版社に勤めていたことを小耳に挟んだらしく、何かと接触してくるのが鬱陶《うっとう》しくもあった。

「広野さんは日本に帰らないんですか」

熊谷が遠慮がちに尋ねた。夏休みなのに日本に帰らないグループは、日本に居場所がないか、上海にいたい特別な理由があるか、金が勿体ないか。いずれにせよ訳ありの顔をしている。

「ええ、二カ月で帰るのも癪《しゃく》だし」

「そら、そうですよね」熊谷は上の空で頷く。

「熊谷さんは」

「僕は金がないもの。ここで頑張りますよって言って、二年経ちますが」

「私は来週帰るんだ。一週間で戻って来るけど。萱島先生、何か欲しいものない。買って来てあげますよ」

名古屋出身だという佳美は、帰省するのが楽しみでしようがない様子で、会話に口を挟んだ。佳美の隣に座っているのは、国立大学の文学部助教授、萱島だ。萱島は短パンから出た脚を両腕で抱えた。

「いいなあ。俺も早く帰りたいよ」

満鉄調査部にも中国共産党にも在籍していた変わり種、鈴井顕一《けんいち》という男について論文を書いている萱島は、半年後に二年間の研究期間が終わる。これまで一度も日本に帰っていないという。

「論文は書き終わったんでしょう。一度帰ったらいいのに」

熊谷がしたり顔で言う。

「いや、ここで緩めちゃいけない。もうちょっとなんだよ」

萱島が親指と人さし指をくっ付けて目を細めた。その仕種が可笑しいと佳美が一人笑い、萱島を指さした。

「何を緩めるの」

「何ってそれはさあ」

「奥さんに会いたいんでしょう」

「会いたいよ。俺、新婚だったんだから」

佳美が笑み崩れた。メタルフレームの眼鏡を掛けた萱島は知的な風貌で、学生っぽさも残しながら落ち着きもあり、留学生の間で人望があった。三十二歳で国立大学の助教授とは出世コースに乗ったのだろう、と熊谷が評していた。

「いいよなあ、萱島さんは。俺なんか結婚もしてないもん」

熊谷が言って皆笑ったが、佳美の笑顔には皮肉が籠もっている。熊谷が自分の悪い噂を流しているらしい、と佳美が有子に訴えたことがあった。

「あの、私は穂積です。K自動車に勤めています」

面識のない男がようやく自己紹介をして名刺を差し出した。タイミングを計っていたのだろう。H大学には、私費留学生の他に穂積のような企業による派遣留学生も多い。半年ほど在籍して中国語や市場を学び、いったん帰国した後、中国の支社勤めになる者がほとんどだった。

「初めまして、広野です。中国語を勉強しています」

「来たばかりですので、何も知りません。どうぞよろしくお願いします」

「私もまだ二カ月ですから、同じようなものです」

差し障りのない挨拶を終え、有子は甘いコーヒーを飲みながら四人の雑談を聞いていた。とかく同胞で固まりやすい留学生同士の付き合いは、有子にとって面倒臭いものでもある。これまではできる限り避けようと思ってきたのだが、昨夜の質の来訪は有子を少し積極的にさせている。普段と違って、苦痛には思わなかった。

「広野さん。今夜、好吃《ハオチー》バーに来ない？　穂積さんの歓迎会するんだって」

「そうですか。行けたら行きますけど」

好吃バーというのは、留学生楼の三階にある山本という学生の部屋だった。夜になるとブルーのネオン管を灯し、金を取って酒を飲ますのでそんな名が付いていた。「好吃」

とは中国語で「おいしい」という意味だ。山本と仲のいい佳美は、そこの常連だった。

「そう言って、広野さん来たことないでしょう」萱島がからかう。「あんな狭い部屋でいつも何してるんだろうって、皆で噂してるの」

「何してるって、失礼ですよねえ。広野さんなら、勉強に決まってるでしょう」

熊谷が厭味な言い方をした。女子留学生が少ないためか、有子は自分の与り知《あずか》らぬところで噂に上っているらしかった。佳美のように付き合いが良くても噂になり、何もしなくてもとやかく言われる。それが面倒臭さの正体でもある。

「なるべく行くようにしますから」

「あら、絶対来てよ」と、佳美が念を押した。有子は仕方なしに、ええと頷く。

「ご馳走さま」

有子はコーヒー代をテーブルの上に置き、挨拶して立ち上がった。ガラス戸を押して外に出ると、生温《なまぬる》い風がごうごうと吹いていた。大雨が来る。有子は濃い灰色に曇った空を眺めた。あと数時間で雲が破けそうだ。

留学生楼の前に、大きな池がある。周囲に蘇州《そしゅう》の白い奇石が置かれ、ぐるりに柳が植わっている。掃除がされていれば風情があるはずなのに、ゴミが投げ捨てられ、水はどんよりと濁りに濁っていた。だが、この池のお蔭で月の光が美しく部屋に入るのだ、と有子は思い込んでいる。夜の池が月光を反射し、光を増量して自分の部屋に送り込んで来るのだと。しかし、もう月が出なくても平気な気がした。必死に月の光を溜めて、何とか眠ろうとしていたことが遠い昔のことのように思えてならない。昨夜、質が現れてからぐっすり眠れたことが、そして「トラブル」を読もうと思っていることが、有子に元気と自信を与えている。

　有子は歩きながら、大学構内のプラタナスの並木を仰いだ。強風のせいでちぎれんばかりに白い葉裏をそよがせ、枝がしなっている。有子は強い向かい風の中、泳ぐように学食に向かった。

　学生食堂は昼前だが天気の崩れを予想してか、思いのほか、混んでいた。駅前の食堂みたいにざわめき、賑やかだ。中国人学生が男も女も旺盛な食欲で、てんこ盛りの白飯におかずをぶっかけて食べている。急に食欲が湧いてきた。有子は列に並んでスープと白飯と漬け物、そして野菜炒めと白身魚の揚げ物を取った。デコラ張りのテーブルに座ると、横に白っぽい服装の男が立った。

「ここ、いいですか」

　穂積が同じような皿を載せたアルミ盆を持って人懐こい顔で笑っていた。多分、三十歳前後。質とそう変わらない年齢だろうと有子は思った。だが、烈しさや気合いが横溢《おういつ》している質の活力とは逆の、のんびりした表情をしている。穂積のどことなく飄々《ひょうひょう》とした物腰は、留学生仲間でも人気者になるだろうと有子は思った。

「どうぞ」

　席を詰めると、穂積は嬉しそうに有子の横に腰掛けた。箸立てから竹箸を取り、箸に付いた油を紙ナプキンでさっと拭ってから、実に旨そうに飯を食べ始める。庶民の食堂に慣れた様子だった。

「ここ安いですね。こんなに取って三元もしないなんて」

「油っこいから、人気はないようです」

有子は塩辛いスープを飲んだ。

「そうかな。好きだけどな」

穂積は顔を上げ、中国人の学生たちが議論したり、本を開いたりしているのを興味深げに眺めている。

「僕、三日前に着いて、ここにずっと来てますけど、誰とも会わなかったです。広野さんがいるんで驚きました」

「私もあまり来ないんですけどね」

「そうですか。あ、それからさっきの歓迎会ですけど、無理しなくても結構ですから。かえって申し訳ないですから」

「はい。でも、行けたら行きます。ほんとです」

穂積は有子の言葉を信じていないらしい。やりたいことがあって邪魔をされたくない、そんな有子の頑なさが伝わったのかもしれない。食べ終わった有子は食器を片付けた。

「じゃ、お先に」

「どうも。お話しできて楽しかったです」

一礼する穂積を残して、有子はまた強風の中に出て行った。

午後から予報通り、暴風雨になった。有子は立て付けの悪い窓にガムテープで目張りをし、雨が吹き込まないように工夫した。池に波がうねっている。周囲に植わっている柳の木も、水際の蘆《あし》も、薙《な》ぎ倒されるほどの強風に耐えている。すると、ちゃちなビニール傘を差した男が両手にスーパーの袋を提げて風雨の中を歩いて来るのが見えた。風で煽《あお》られたビニール傘が飛んで行きそうになり、押さえているうちに反対側に開いた。白いシャツもズボンもずぶ濡れで膚に張り付いている。穂積だった。自分の歓迎会のための酒やつまみを仕入れに行ったらしい。有子は留学生仲間に気を遣っている穂積を気の毒に思った。タクシーを使えばいいのに、誰も教えてやらなかったのだろうか。有子は留学生仲間に気を遣っている穂積を気の毒に思った。その時、視線を感じたのか、穂積がさっと顔を上げた。目が合いそうになり、有子は咄嗟に顔を背けていた。そして、今夜の歓迎会には絶対行くまいと思ったのだった。

夜にかけて、有子は「トラブル」を読み耽った。旧仮名遣いの箇所や人名などわかりにくいところもあったし文章も生硬ではあったが、おおむね読み易かった。

斯《こ》うした船にあっては、十人内外の高級船員をのぞく他は、悉《ことごと》く支那人を使用している。そして此等《これら》支那人船員と私達とは、多く英語を以て意思の交換を行う。それも「ピジョン」イングリッシュと称せられる甚《はなは》しいブロウクン、イングリッシュであって、用いられる単語の数は至って少く、而《し》かも此等の単語を並列する一定の型が英文法から離れて出来ているのである。

此を用いてデリケートな意思や感情の交換を行うことは到底不可能ではあるが、私達にはそんな必要は先ず無いと言ってい丶のである。というのは、私達は彼等支那人船員の感情の動きなどを考慮することなしに、彼等をたゞ駄馬の如く働かすことが許されてるに過ぎないのであるから。

さて、表題の「トラブル」はご承知の如くTROUBLEのことであって、此は彼等が用いる英語の中《うち》の甚だ重要なもの、一つである。此はとかく国内に紛擾《ふんじょう》の多い支那人にとって、いち早く覚えねばならなかった単語であろう。若《も》し上海に何か騒動があれば此を彼等は、「シャングハイ、ヴェレ、トラブル」という風に此の言葉を使うのである。

日記に「トラブル」と名付けたのは、質が経験した貨客船と上海という街がトラブルに満ちていたからだろう。質は中国人船員と船会社の間に挟まって苦労し、心を痛めたのかもしれない。有子は昨夜の質との会話を思い出した。

「楽しかったから？」

「いや、辛かった」

「なぜ」

「自分の世界の真っ只中にいたからさ。世界の果てなんかじゃなかった」

今夜、質はこの部屋に現れるだろうか。有子は暴風雨の音を聞きながら、照明を消して寝台に横たわった。訪れて来る者なら、幽霊でも良かった。幽霊の質が、皮肉にも生きている自分に生気を吹き込んでくれる。それほどまでに孤独に堪えかねていたのか。有子は苦笑を漏らす。異国で一人きりでも暮らしていけると思ったのは傲慢だったのかもしれない。

有子は行生が上海まで自分を追って来てくれることを切望していたのだと気が付いた。もう二度と会わないと訣別の手紙を書き、住所も報せずに外国に逃げた自分。だが、心の奥に厳重に仕舞い込んだ願いが、行生の訪れだったとは。取り返しの付かないことをしたのだろうか。有子は唇を固く嚙み締め、後悔の念が湧き起こるのを必死に抑えようとした。発掘されて噴出してしまった思いは、流れ出す重油のように黒々と重く大地を濡らし続ける。

その夜は何時間経っても、窓を鳴らす風雨の音と密かに質を待つ自分の呼吸の音しか聞こえてこなかった。質は現れなかった。闇の中で身じろぎもせずに待っていた有子は、ついに諦め、枕に頭を落とした。廊下から乱れた足音が近付いて来た。息を詰めているとドアがノックされた。

「どなた」声が震えた。

「あたし。佳美です。ちょっと話してもいい？」

泥酔しているのか、呂律《ろれつ》の回らぬ声がたどたどしく聞こえた。十二時過ぎだった。

「ごめんなさい。今寝ちゃったの」

「そうか、起こしちゃったね。じゃ、いいよ」

足音が廊下を力なく去って行く。有子は急いで寝台を降り、ドアを開けた。遠くに行くに従って真っ暗になる長い廊下を、酔った佳美があちこちのドアにどすんどすんとぶつかりながら歩いて行く。佳美の部屋は二階の端だった。無事に階段を下りることができるだろうか。有子は声をかけようかどうしようか迷って、その後ろ姿を眺めていた。このままでいい、仕方がない。そう思ってドアを閉めかけた瞬間、佳美が振り向いた。有子に気付き、佳美は薄笑いを浮かべて戻って来る。

「ごめん、起こしたんでしょう」

「ううん、大丈夫。それよりどうしたの」

佳美は酒臭い呼気を吐き、有子の部屋に倒れ込んだ。

「すぐ帰るから。ね、ちょっと聞いてくれる」

佳美は有子の寝台に腰掛けた。時々ぐらっと上体が揺れて床に腰を落としそうになる。化粧が剝がれ、逆に若く無防備に見えた。

「歓迎会、どうだった」

有子は佳美にミネラルウォーターのボトルを差し出した。佳美はそれをラッパ飲みした。

「残っている人は大体来たわ。女は私一人。男の人は、今いる人だけだったから、萱島先生と熊谷さんと穂積さん、山本君。それにビール会社の坂井さんと、あと二人」

有子の知らない名前もあった。狭い部屋に夏休みで残っていた邦人留学生のほとんどが集まったらしい。同じ建物の中にいるのだから、顔くらい出せばいいのに、と誰もが思ったはずだ。有子は居心地が悪かった。あれだけ乞われても行かなかった、ということもさることながら、ずぶ濡れになって準備していた穂積の姿を見たのに、という気持ちもあった。しかし、あの穂積の姿を見たからこそ行けないという複雑な思いもあるのだった。

「読みたい本があって行けなかったの」

「いいわよ。広野さんはいつも来ないから、みんなもああ言ったけど、ほんとは期待してないの」

そう言われてしまうのも寂しい。自身の身勝手さに有子は苦笑した。

佳美は溜息を吐き、気分が悪そうに顔を顰《しか》めた。

「で、どうしたの」

「最初は皆、楽しく飲んでたわよ。穂積さんに、熊谷さんがいろいろレクチャーしてさ。つまらないことよ。ここでの身の処し方とか、買い物の仕方とか。飲み屋情報とか。私はベッドの上に座って萱島先生と話していたの。酔っていたから、少しいちゃいちゃしてたみたい。でも、萱島先生は時間が遅いからって坂井さんと帰っちゃったのよ。私、がっかりして熊谷さんといちゃいちゃした」

佳美が萱島を好きなことは薄々気付いていた。が、有子は黙っている。

「そしたら、山本君が私を指さして何か言ってるの。穂積さんは黙って俯《うつむ》いていたけど、他の人も笑っていたから嫌なことだって思った。聞こえない振りをしていたけど、熊谷さんの言葉が切れた時にぱっと耳に入ってきたのよ。こう言ってた。『あの人は誰とでも寝るから、きみも頼むといいよ』って。酷いと思わない？」

「そんなこと気にしなくてもいいわよ。どうせ、もてないんでやっかんでるんだから」

「そんなことじゃないのよ。私が傷付いたのはね、熊谷さんも穂積さんもそれを聞いてにやにや笑ったってことなの」

不意に佳美が嗚咽《おえつ》を漏らした。自尊心が壊れた音のように聞こえ、有子は辛い思いになった。

「偶然でしょう。多分、違うことで笑ったのよ」

そう言って慰めながらも、酒の席でたった一人の女だった佳美が嫌な目に遭ったことに同性として痛みを感じた。責任とも言えない、微妙で難しい感情。それでも自分が行きさえすれば、雰囲気が放埒《ほうらつ》になることだけは避けられたかもしれない。

「皆、私のこと、そう言ってるのよ。確かに、私はあそこにいた男たちの半分とは寝てた。山本君と熊谷さんとビール会社の坂井さんと。坂井さんは途中で帰っちゃったけどね。それに萱島先生のことも好きだもの。ね、それから、どうしたと思う」

　佳美が好吃バーの山本と関係があるという噂は有名だから、有子も想像は付いていた。だが、互いに嫌っていそうな熊谷とも関係があったとは。有子は言葉を失っている。佳美はしつこく聞いた。

「ねえ、どうしたと思う」

「わからない」

　有子は首を横に振った。聞きたくもあり、そんなことは耳に入れたくもない、妙な心持ちだった。佳美は嗚咽をやめ、しんとした顔で有子を正視した。

「私、悔しくなって熊谷さんとキスしたのよ。そしたら、何か雰囲気が変になったの。皆がベッドにいる私たちのところに集まって来てね。私の服を脱がそうとしたの」

「嘘でしょう」

「ほんと。さすがに慌てて、やめてって泣きながら抵抗したの。穂積さんが止めに入ってくれなかったら、どうなってたか」

「山本君は？」

「私の腕を押さえ付けてキスしていた。熊谷さんはジーンズのジッパーに手をかけて脱がそうとしたし、他の男は胸を触った。もう一人は笑って見ていた。ねえ、信じられないでしょう。私、穂積さんがいなかったら、全員にやられてたかもしれない。萱島先生が帰ったから、皆ほっとしたのよ。酷いでしょう。萱島先生がいたら、私、熊谷なんかとふざけないわよ」

佳美はまた泣き始めた。朝はぴったりしていたTシャツが、心なしかだらしなく緩んで見える。有子は両手で胸を押さえた。苦しかった。

「私が一緒にいれば良かったね」

「いいよ。広野さんがいたら、そういう雰囲気にはならなかったと思うけど、皆、何か溜まってるんだもの。どうしてもそうなるのよ。でも、後で私に隙があったとか言われるのよ。絶対そうなの。そうに決まっている。悔しいわ。どうしたらいい」

今朝、ロビーのテーブルにあった缶コーヒーを思い出した。何人の男が金を払っただろうか。有子は急に腹が立ってきた。腹立ちの正体は、先程の行生への思いの裏に潜む憎しみに深い地下で一気に繋がり、男一般への怒りという単純な結論に容易に結び付いたものだった。

「まだみんないるのかしら」

有子は佳美の手を握った。佳美は何事かという顔で見上げた。

「いると思うけど」

「一緒に行こう。私、皆に謝らせるから」

「でも」たじろぐ佳美の手を有子は強く摑んだ。

「あなた、ここで引き下がったらこの寮にいることができなくなるよ。行こう。謝って貰わなくちゃ駄目よ」

「そうよね」

「悔しいんでしょう」

「勿論よ」

佳美は正気に戻った目をした。有子は佳美の腕を取り、暗い廊下を歩いた。佳美がされたことは、自分がされたことと同じだという気持ちが強くあった。このまま許したくない。

山本の部屋は静まり返っていたが、ドアの隙間から明かりが漏れていた。ノックをすると、すぐドアが開いた。穂積が有子と佳美の姿を見て、困惑したように後退《あとずさ》った。有子は部屋の中を見回した。ブルーのネオン管が気怠《けだる》く瞬いて、机の上に蠟燭が二本、照明はそれだけだったが、全員が暗い表情をして打ち沈んでいるのだけは見て取れた。熊谷は不貞腐《ふてくさ》れた様子で寝台に横たわり、山本と二人の留学生が机を囲んで何事か相談していた。

「今聞いたけど、この人に謝って」

佳美が廊下にしゃがんで泣きだした。それを見て穂積が顔を歪めるのを確かめ、有子は中に入った。山本が謝った。

「ごめん。ふざけたんだ」

「すみません」と二人が神妙に続いた。熊谷が寝台の上に胡坐《あぐら》をかいたまま頭を下げる。

「すみません。酔ってつい調子に乗りました」

穂積は悄然《しょうぜん》とした面持ちで項垂《うなだ》れている。雨に濡れた白いシャツもチノパンも新しい物に替えられていたにも拘わらず、皺だらけだった。その皺が猥褻な気がして有子は咎《とが》める目で穂積の顔を見た。ようやく最後に、穂積が低い声で謝罪した。

「申し訳ありませんでした」

佳美はしゃくり上げながら頷いた。漆喰の壁に、俯いた男たちの大きな影が出来ていた。座り込んで泣きじゃくっている佳美の腕を摑んで立たせ、有子は部屋を出た。有子に引かれて廊下をぺたぺたと足音を立てて歩いている佳美が呟く。

「私、今夜あったこと二度と忘れないと思う」

「私も」

同意したが、最早有子の心の中では、佳美のことなどどうでも良くなっている。後味が悪かった。佳美が低い声で言う。

「謝ったって許せない」

背後から誰かが追ってくる気配がした。穂積が蒼白な顔で立っていた。

「室矢さん」

「何」佳美が鈍い動作で振り向く。「何の用」

「さっきは本当にすみませんでした。謝って済むことじゃないと思いますが、自分にも責任の一端はあります。それで、恥ずかしいことを言います。今夜のことですが、誰にも口外しないでいただけませんか。自分は企業派遣ですから、不祥事になります」

「わかった。言わない」

　佳美が案外素直に承知するのを、有子は不思議な思いで聞いていた。穂積に対しては、佳美を助けてくれたということで好感を持っていたものの、許せないところもあった。男同士の付き合いの方を優先した、と詰《なじ》りたい気分がある。

「すみません。有り難うございます」

　顔を上げた瞬間の穂積と有子の目が合った。暴風雨の中の穂積の視線は避けたが、今度は逸《そ》らさなかった。穂積が恥じ入る表情になり、今度は穂積の方から顔を背けた。


　翌朝は快晴だった。大学の構内は水没した都のように、一面、夥《おびただ》しい水に覆われていた。中国人学生が臑《すね》の辺りまで水に浸かって移動していた。車輪を半分水に入れて、自転車を漕いでいる者もいる。昔、悪戯《いたずら》をしている子供みたいに嬉々としていた。女子学生は嬌声を上げて舗道の端の少し高くなったところを綱渡りよろしく、器用にバランスを取って歩いている。一変した景色を見て、有子は溜息を吐いた。昨夜、男たちに謝罪させた。あれで良かったのかどうか、自信がなくなっていた。一切なかったことにするのなら、闇に葬った方が良かったのかもしれない。佳美自身に謝罪させようという意思がなかったのなら、騒ぎ立てない方が穏便に済ませられたのかもしれなかった。穂積が追いかけて来た事実が、事の重大さを物語っている。おそらく穂積は、当分、怯えて暮らすだろう。眠れぬ夜に自分があれこれ考えた妄想が逆に佳美を煽った。お節介だったかもしれない、という後悔が有子の心を塞いでいた。

留学生楼の中にある留学生食堂に行くと、萱島が食事をしていた。コーヒーを飲みながら中国語の新聞を読んでいる。

「お早うございます」

有子は挨拶し、白いクロスの掛かった別のテーブルに着いた。クロスには、誰かが食事をした時にこぼしたらしい黄色い油染みが残っていた。いいですか、と萱島が新聞を抱えて移動して来た。有子の顔を見て、眼鏡の奥の目が笑った。

「昨日、来ませんでしたね」

「すみません」

「あれから随分、飲んだらしいね。実は、俺のところに室矢さんが来たよ」

声を潜めて萱島が囁く。有子は驚いた。

「何時頃ですか」

「一時過ぎかな。もう酔ってはいなかったけど、話したいことがあるとか言われてさ。慌てて起きて、部屋で三時頃まで話した」

インスタントコーヒーの入ったポットが給仕された。有子は厚手のコーヒーカップに温く不味いコーヒーを注いだ。

「彼女、何て言ってました」

「全部聞いたよ」萱島は眉を顰《ひそ》めた。「彼女、もう学校辞めたいって言うんだ。それなら仕方ないだろうと言った」

　有子は言葉を失ってコーヒーをひと口飲んだ。

「他にも学校はあるしさ。気の毒だけど、居辛いんだろう」

「でも、あの人たちは皆謝ったんだし、そこまでしなくたっていいと思いますけど」

「うん、でも」と萱島は頷く。「彼女、もともと、もういいと思っていたらしいんだ。変な噂立てられてるしね」

「そうなんですか」

　昨夜、萱島とふざけたのが始まりだったと佳美が言っていたことを思い出し、有子は全く関係のない顔をしている萱島に不信感を持った。

「だから早めに帰省するって言ってたよ。もう帰らないかもしれないって。俺もその方がいいねって忠告したけど。噂が残れば企業絡みの問題も出てくるだろうし、面倒が沢山あるだろう。そういうことに耐えられないなら仕方がないよ」

　急にコーヒーの味がしなくなった。萱島とはその後、何を話したか覚えていない。有子は食堂を出てから、部屋には戻らず表に出た。夏の陽射しがかっと照り付け、氾濫した水が、さながら黄浦江《こうほこう》のように地上を茶色く覆っていた。有子はジーンズの裾をめくり、水の中をざぶざぶと歩いた。

　午後、ロビーにある自販機でコーラを買っていると、熊谷が正面玄関から入って来るのが見えた。熊谷は透け気味の頭髪を撫で付けながら背後にいる男たちと談笑している。有子の姿を認めるや笑いを引っ込め、さっと視線を逸らした。飲み過ぎたらしく、顔がむくんでいる。すぐ後から山本と、昨夜一緒に部屋にいた名前も知らない学生が二人入って来た。彼らも有子を見て、同様に顔を強張《こわば》らせた。そして何事もなかったかのように無視して階段を駆け上って行く。この、さして大きくもない寮で、彼らに会う度、無視され続けなくてはならない。覚悟はしていたものの、実際に遭遇すると不快だった。佳美が帰るとなると、自分だけが非難されるのは不当だという気がしないでもない。

有子はコーラをもう一本買い、二階にある佳美の部屋に向かった。佳美は部屋にいた。化粧気のない青白い顔で、煙草を手に持っている。

「ちょっと話したいんだけど」

佳美は無表情に部屋に請じ入れた。有子の部屋と同じ間取りだが、眼前にすぐ池が広がっていた。

「あなたの部屋、月光が良く入るでしょう」

佳美は訳がわからないという顔をした。

「どういうこと」

「だって、池があるから月が反射して眩しいくらいじゃない」

「ああ」と佳美は手製らしいデニムのプリントのカーテンを引いた。「そうなの。でも、気味が悪いのよ。夜はなるべく見ないようにしてるの。だって、池から大きな首が出て私の部屋を覗いているような気がするんだもの。最初、そんな夢ばっかり見てた」

佳美は歪んだ笑いを浮かべた。

「気持ち悪いわね」

「だから、男の部屋に行くの。ここにいるのは昼間だけよ。でも、もういいわ」

佳美は両手ですべてを捨てるような動作をした。有子の差し出したコーラを開けて口を付けた。

「あなたがもう帰って来ないって萱島先生から聞いた」

「うん」佳美は暗い面持ちになって、中国製の赤い煙草の箱から一本抜き取った。「ごめんね、昨日は。気が変わったのよ。何だかもう頑張れなくなった」

「私、余計なことしたのかしら。私がああしなければ、あなたはお酒の上の出来事だったって納得できたのかしら。もしそうだったら、ごめんなさい」

有子は寝台の上に置いてある大きなスーツケースを眺めながら言った。帰る支度をしている最中だったらしい。佳美が煙を吐いた。

「ううん。あの時はあれで気が済んだの。だから、いい。ほんと有り難う。感謝してる」

佳美が諦めたものは何だろう。留学生楼の中の人間関係だけではないような気がする。有子は疑問を口の端まで上らせかけたが黙っていた。

「だけど疲れたの。私、名古屋でＯＬやってたのよ。中規模の機械メーカーで堅いところ。制服があって朝はラジオ体操するような会社。そこでOLなんて何年やったって同じことの繰り返しでしょう。コピー取りとワープロ打ちとお茶出し。そのうち、結婚しようって言ってた営業の男が他の子と付き合っているのがわかって喧嘩別れしたり、上司と不倫して抜き差しならなくなったりして会社辞めたの。ありがちな話よ。それで一念発起してさ、前からやりたかった水墨画の勉強をしようと思って上海に来たのはいいけど、結局同じことしてるの。どうして人間って似たようなこと繰り返すのかしらって思ったわ。別天地に来て生まれ変わるんだって意気込んでいたのに、同じことしてる。つくづく弱いんだと思ったわ。他の人見てたってそうじゃない。熊谷さんなんか、日本じゃものにならないからここにいるのよ。ここにいて、どんどん年取って変な人になっていく。山本君だってまだ二十二なのに、勉強してるところなんて見たことない。就職もできないから、ここにずっといる。あれじゃ、飲み屋のオヤジと同じじゃない。ここって変なところよ。留学生楼って圧縮された日本なのよ。ううん、もっと甘っちょろくて変なところだわ。私、だからもう日本に帰ることにした。日本でだって勉強はできるもの」

「それなら仕方ないわね」

「今日は大雨で飛行機が乱れてるっていうから、明日帰るわ」

「萱島先生は？」

「ああ」と、佳美は顔を曇らせた。「私に気がないんだもの。結婚してるし」

「そう。じゃ元気でね」

「あなたも頑張って」

佳美は笑って手を振った。部屋を出ようとすると、佳美が顎をしゃくった。

「そうだ。あれ、あげるわよ。カーテン」


デニムの分厚いカーテンを吊った有子の部屋は、たちまち様相を変えた。日光も月光も遮断する一枚の布は、有子の部屋をより堅固な要塞にしようとしているかのようだ。このままずっと引き籠もっていよう、と有子は思った。なるべく深入りすまい、と注意深く付き合っていたはずの邦人留学生の間で微妙な立場に立ったことが、有子を疲労させている。その日は「トラブル」も読まずに、有子は寝台に横たわった。そして、これまで癖になるから、と自分に固く禁じていたブランデーを酔うまで飲んだ。

夜半過ぎ、カーテンを開ける音で有子は目を覚ました。窓辺に質が立って外を眺めていた。青白い月の光が入ってくる。光はまだ若く、床や机をひとまず白く照らし出した。月の光を溜める、そんなことに心を砕いて、必死にここに馴染もうとしていた自分が虚しくなって有子は大きな溜息を吐いた。

「カーテン吊るしたんだね。ハイカラじゃないか」

「昨日、来なかったのね」

酒のせいで、僅かなことで感情が波立ちそうだ。待っていた昨日は現れず、どうして今日に限って質が来たのだろうと有子は苛立っている。頭が重く、筋肉が弛緩しているのがわかった。こういう時、一度目覚めるともっと眠れなくなる。有子は憂鬱になって質の横顔を見つめた。質は昨晩この寮で起きたことを予想できていたかのように沈んだ様子で答えた。

「うん、まあ。何だか気が向かなくて」

「どこで何をしてたの」

「黄浦江に行って船を見たり、虹口《ホンキユウ》辺りに行ったり」

質は有子に向き直った。オールバックに撫で付けた髪がポマードで光っている。やや吊り気味の大きな目が、有子の様子を窺うかのように細められた。有子は寝台の上に横座りになって、乱れた髪を指で梳《す》いた。幽霊だろうと遠い親戚だろうと、質が若い魅力的な男であることに変わりなく、あまり荒んだ様は見せたくなかった。

「何かあったのか」

「ちょっとね。私はきっと、この留学生の社会で仲間外れにされるわ。それが怖い訳じゃないけど、そのことに神経を磨り減らすんじゃないかと思って憂鬱なの」

「共同体から弾き出されることは誰でも怖い。でも、そうならざるを得ないこともあるよ。共同体の中で無難に生きるか、個人として強く生きるか。どちらを選ぶかだな」

質は窓枠に腰掛けて両腕を前に投げ出し、軽く微笑んだ。幽霊は脚がないという説がある。有子は質の脚を眺めた。麻のズボンは太めで短く、頑丈な革の短靴とズボンの間から白い靴下が見えた。

「何を見てる」

「あなたは幽霊なのに脚がある」

「僕は幽霊じゃない。存在してる」

存在しているのなら、触れることができるだろうか。有子は寝台から降りた。質に近付こうと一歩足を踏み出すと、質が手で制した。

「来ないでくれ」

「なぜ」

「月光みたいなものだから」

有子は寝台に戻って、月光に照らし出された床を見た。そこかしこに溢れる月の光。実体はないが存在はしている不思議なもの。掌《てのひら》で受ければ、掌は色を変える。光が当ったものは、いつもと違った貌《かお》を見せる。でも、それだけ。自分は生身の人間たちと付き合うことにこんなに疲弊しているのに、月光と共にやって来る質とはいつも会いたい。会って話し、慰められたい。それとも、自分が月光になることはできないのだろうか。

「どうやったらあなたみたいになれるのかしら」

「どういうことかな」

「月光みたいなものになる方法。人間でいるのに疲れたから」

「わからないね」質はそれが癖なのか、大袈裟に肩を竦めた。「ところで、さっきの話だけど、僕はどちらを選ぶかだって言っただろう。でも、選ぶことができない人間もいるんだよ。最初っから共同体に入れて貰えない人間。あんたは曖昧なところにいるんだろうな」

話の腰を折られた有子は笑った。

「あなたは理屈っぽいわね。『トラブル』を読んでそう思ったわ」

「全部読んだか」

質が顔面に喜色を巡らせた。感情の起伏が余程激しいのか、表情がよく変わるのが新鮮だった。

「半分読んだ」

「そうか。ま、ゆっくり読んでくれ。あれを書いた頃、この街に日本人は二万人以上もいたんだ。日本人旅行者も多く来たが、皆、租界があって安全だと思っていた。ほんの少し異国情緒を味わって、それで満足して帰る。作家なんかは特にそうだ。表面だけつるりと見て、面白がって帰るのさ。帰る場所がある人間はそれでいい。しかし、ここの日本人社会で爪弾きになった奴は大変だった。生きていくために何でもした」

どんな人間が爪弾きにされたのだろうか。有子はふと萱島の研究している鈴井顕一のような男を連想した。

「あなたも共同体から爪弾きにされたことがあるの？」

問いを投げかけてから、有子は質が戦後失踪した事実を思い出し、質問を後悔した。

だが、質は穏やかに答えた。

「ある。個人として生き抜こうとすると、ぶつかるものは必ずある」

「話して」

「簡単な話じゃないよ。どこに行っても自分の世界を引きずって最果ての世界に到着する。新しい世界など存在しない、というのはそういう意味だ」

「それはよくわからないけど、私は孤独だわ」

有子は呟いた。

「共同体から外れるってことは孤独なんだよ」

質は窓の外を眺めている。

「じゃ、私は共同体の中に入りたいわ。孤独は嫌」

「入れるのならそうしたらいいよ」

質は微笑んだように見えた。

「質伯父さん。あなたはどうして船乗りになったの」

「きっとあんたのように、新しい世界が待っていると思ったのだろう」

「そうじゃなかったのね」

「どこに行っても一人っきりだし、自分自身でしかないということがわかるまで少し時間がかかったけどね」

質はまだ生きているのだろうか。有子の脳裏に、質が昭和二十九年に失踪し、その後消息不明のままだという事実が浮かんだ。生きているとしたら九十七歳。有子は眼前の若い男が老人になった姿を想像した。怖いとは思わなかった。ただ、時間を経ると加齢するという当たり前のことが堪らなく不思議だった。

「何を考えているんだ」

質は愉快そうに強い眼差しを向ける。好奇心が躍っていた。

「あなたは死んでいるのかしらと思って」

「もし、そうなら」

「悲しい」

こうして会えるのも、いつまでかわからない。しかし、死者には二度と会えないのだからそれでも稀有なことだと納得するべきか。なぜ、自分にこんな運命が降りかかったのかと有子は怪しく思った。その時、月が雲に隠れて急に光が翳った。質の姿全体が暗くなり、何となく影が薄くなった気がした。月光のような存在だという質の言葉は本当かもしれない。もしそうなら、消える場面だけは見たくない。有子は固く目を閉じた。

「寝ます。また来てください」

急いで寝台に横たわった。返事はなかったが、傍らを何かがさっと横切る気配がした。有子は咄嗟に手を差し出した。その手が温かな掌に握り返された時、有子は驚喜した。同時に、全身に鳥肌が立った。人ではない何物かに触れられたせいで起きた自分の生理的な反応。時間の隔たりや生死の分け目を、生きている人間が超えられないからだ。有子はこの不思議な感情を持て余した。部屋は静まり返って自分の呼吸音だけが聞こえた。有子は枕元の照明を点け、「トラブル」に質の人生が書かれているのではと思い直して取り出してみた。だが、そこには、七十年前の危険な航海の様が描かれているだけだった。

支那人は個人間では殴《なぐ》り合いや打合いの喧嘩は余りやらない。二人が向い合って大声疾呼《たいせいしっこ》し、口角泡を飛ばし、地団駄踏んでるのを見るならばそれは仲々の大喧嘩である。けれどもこゝに書こうとするものは数人の負傷者を出した程の激しい喧嘩であった。

下級船員は悉《ことごと》く支那人である事は前記の通りであるが、同じ支那人でも、多くは上海付近の人間を使ってる。然《しか》るに本船では百人許《ばか》りの下級船員の半数は上海付近の人間即ち「寧波《ニンポウ》人」であり、他の半数は南支那即ち広東《カントン》人なのである。寧波人の性格は温順、勤勉、そして悠長でねばり強い。広東人は何《いず》れかと言えば重厚であり短気であって稍《やや》日本人の性格に似たものを持っている。こうした言語や性格の相違があるために、本船の両地方人は決して溶け合わない。截然《せつぜん》とした画壁《かくへき》を互に作っている。言葉の行違《ゆきちがい》や何かで口論したり小競合《こぜりあい》したりすることは殆ど毎日のようにあるのである。しかも本船では水夫側が皆寧波人であり、火夫側が総て広東人である。水夫と火夫とは元来仕事の性質が全く相反《あいはん》するのでとかく仲が悪いものである。

船は汕頭《スワトウ》碇泊中で、香港に向けて出帆しようという日の朝であった。ハンマーと何かも一つの鉄片を持った石炭夫が、奇声をあげながら汽鑵《きかん》室を飛出して船尾の方へ走り去った。ウインチの仕事にでも行ったのであろうと余り気にもしないで居ると、水夫長が顔色を変えて疾風のように艫《とも》の方へ走っていった。続いて多くの支那人共が口々に激しい言葉を発しながら同じ方へ走った。

「何か起ったのだ」

はじめて気がついた私は、倉皇《そうこう》として艫へ急いだ。メインデッキへのトラップを降りようとする鼻先へ、血だらけの顔がぞろぞろと昇って来た。どの顔も皆、私の部員である、油差しや火夫達である。

「ファット　マター」

驚いた私は、使い慣れたピジョンイングリッシュで事態を探ろうとしたが、格闘と自らの血とにすっかり興奮した負傷者達は、私の問《とい》を無視して、自分等の居室である舳《へさき》の方へさっさと引あげて行った。

負傷者を検《けみ》したところが、水夫側では船大工が一人、眉間を骨膜が見えるまで割られていた。機関部の方では油差二人、火夫二人、石炭夫一人、何《いず》れも頭部や面部に縫合《ぬいあわせ》を要するような裂傷を受けていた。一人の火夫は最も傷が大きく、打撲が激しかったらしく治療してやる時は殆んど昏倒していた。傷の手当はすんでも紛擾《ふんじょう》は決して終結しなかった。甲板部一人の負傷者に対して、機関部の負傷者は五人にも及んでいるというので、五人の負傷者は勿論、機関部の仲間達は極度に憤激して、水夫側の者が一人でも近寄るならば殺さねばならないと怒号し、色々な兇器を持って激越な気勢を示した。

此《これ》に恐れた水夫側は、機関部員の室と隣合せの、舳の自分等の室へは近寄ることができず、水夫長をはじめ悉く、船の中央である私達船員の室の付近に集まって動こうとしない。

その時水夫長の言うところによって漸《ようや》く知り得た喧嘩の原因を此処《ここ》に記す方がい丶と思う。

出帆前早くから当直しなければならない機関部の者等は、午後一時の出帆だったので、早く午飯《ひるめし》をとらねばならなかった。

石炭夫が、その午食《ごしょく》のための飯《めし》を、いつもするようにコック室から自分等の室へ運んで置いた。所が二三等船客——といっても殆ど支那人のみ——の食事を持運ぶボーイの如き者、此奴《こいつ》が、お客の方へ早く食事を出さねばならぬというので、石炭夫が室へ運んでおいた飯を持ち去った。此を知って驚いた石炭夫は、此を追って此処に飯の奪合いが始められた。短気な広東人である石炭夫は「手が早」かったであろう、こうして二人の殴合となった。

付近に寧波人である水夫が仕事をして居た。「同郷人をなぐるとは生意気だ」というので水夫はボーイの方に加勢した。然《しか》し腕力の強い石炭夫は二人を敵として闘って、仲々負けては居なかった。そこへ、水夫側に属する船大工が飛込《とびこ》んで水夫の方に加勢した。此の大工は、上海の支那人街で名の売れた無頼漢で、片頬に三寸程の刀痕《とうこん》があって見るからに悪党面をしている。船内の支那人等、殊に広東人に対しては横暴であり私達に対しても屢々《しばしば》反抗的態度に出るような奴で、勿論腕力は優れていた。それが持前の腕力を奮《ふる》ったのである。

急を聞いて石炭夫の加勢に飛込んだ四人の油差や火夫等は、忽ち大工の為に傷《きずつ》けられてしまったのである。此が血を流すに至ったまでの原因及び顚末である。

その後本船には何等《なんら》の海賊事件もないが、海賊に対する予防と警戒とは非常に厳重に行われている。支那人船客は乗船直前に、所持品を徹底的に点検される。此によって兇器が船内に運込まれるのを防ぐのである。海賊は既に記した通り、メインデッキの船客中にまぎれ乗って来るのである。本船ではこのデッキパッセンジァーは後部に収容するので、後部と、ブリッヂ、機関室、船員室等一船の枢要部を為す中部との境界には、いかめしいプロテクターを設けた。賊が若《も》し後部から中央部に侵入しようとして此の境界線に迫る時は、数十条の高熱のスチームを噴出せしめて賊を退ける装置が施された。

平常この境界線は、四人の印度人ワッチマンが、短銃《ピストル》と小銃とを携帯して、交替で昼夜警戒する。非常に頑丈なプロテクターがあるので彼等は、安全に充分な警戒を行い得るのである。賊が若しピストルを以て此の境界線を襲う時は、九人の私達船員は、各自の短銃や小銃を以てワッチマンと共に此の防禦線について応戦するのである。時々、総員でピストル射撃の練習が行われる事は勿論である。

こうした厳重綿密なそして積極的な予防法が行われるようになったので、支那人間には「日本船L丸は海賊の心配がない」という評判が出て、最近は毎航海支那人船客で一杯である。だが私達は船客が多ければ多い程厳重な警戒を要するのである。

佳美が帰国した数日後、図書館に向かう道で声をかけられた。萱島が、大きな毛沢東《もうたくとう》の彫像が立つ広場のベンチで煙草を吸いながら本を広げていた。

「広野さん、どこに行くの」

「図書館です」

「良かったらどうぞ」

有子は萱島の横に腰掛けた。プラタナスの木陰にある鋳鉄《ちゆうてつ》製のベンチはひんやりと冷えていた。日向は三十度を優に超す暑さで、有子は汗を拭き拭き歩いていたのだった。木陰でひと息入れるのは気持ち良かった。

「暑いですね」

「でも、ここは涼しい」

萱島は暢気《のんき》に言った。近くにあるプールから、水の跳ねる音と子供の興奮した声が共鳴して騒がしい。萱島の方から謝った。

「この間はどうもすみませんでした。お騒がせしましたね」

有子は目を伏せた。

「いいえ。私の方こそ差し出がましかったようで反省してます」

「広野さんて、いつもそういう口の利き方するんだね」と、萱島は笑う。「真面目な人なんですね」

真面目というのだろうか。距離を置きたいだけの有子は戸惑った。

「そんなことないです」

「なんだかいつも諌《いさ》められているみたいだって、熊谷さんが愚痴をこぼしていた」

熊谷とはあれ以来会ってなかった。山本はちらと寮内で見かけたが、何事もなかったかのような顔をしていた。有子が黙っていると、萱島が呟いた。

「彼女どうしてるかな。また噂が広まると嫌だろうな」

「私は誰にも言いません」

喋るとしたら、他ならぬ熊谷たちなのではないかという懸念があった。それは萱島にも伝わったらしく、萱島が頷く。

「あなたが言う訳ないよね」

「ええ。でも、室矢さんは、もうこちらの大学に来ないつもりなんでしょう」

「まあ、そうは言ってるけどわかんないですよね。喉元過ぎればってやつで、また来るかもしれない。あの人はこっちの水が合ってたかもしれないし、他人のことは良くわからない」

萱島は冷酷とも取れる口調で言った。大学のロゴが入ったTシャツの首に、白い粗めのタオルを巻いている。

「でも、彼女が悪い訳じゃないのに損だわ」

「そうだけど、注意が必要なんですよ、こういうところでは」

その通りだった。男は皆、それがわかっているから、わからない女には平気で制裁するのだ。有子は反感と共に攻撃的な気分になっていく自分をどうしようもなかった。

「先生はあの時、先に帰ってよかったと思ってるでしょう」

萱島は困惑も見せずにあっさり首肯した。

「そりゃ、そうですよ。だって、俺、その場にいたら、絶対に皆と同じことしちゃうと思うもの。何せこっちは溜まってますから。あ、すみません」

「でも、あなたがいたらそんな雰囲気にはならなかった」

「さあ」と萱島は首を傾げ、タオルで喉の辺りを拭った。「わかんないですよ。皆の見てるところでやられるのが好きという女もいますしね」

有子は直截的な言葉に怒った。

「だから、どっちもどっちだと言うんですか」

「そりゃそうですよ。一方的な問題じゃないよ、これは」

「だけど、彼女は大学を辞める」

「うん、そうしたいのなら、無理に止められない」

「結果として、熊谷さんたちは助かったのね」

どうしてもその話題に行き着いてしまう。萱島は黙って煙草をベンチの脚で潰した。

「彼女はどうしてあなたのところに相談に行ったんでしょうね」

萱島に尋ねた後、その事実も自分は気に入らなかったのかもしれないと有子は思った。

「好きだったのに帰ったからこんなことになったと、非難されました」萱島は淡々と応えた。「でも、応えられませんものねえ。俺は女房に惚れてますから。性的に応えることはできても、彼女を傷付けるだけだし」

「先生は正直ですね」

「ええ、まあ」

有子は笑った。率直な萱島が嫌いではなかった。ちらと萱島の膝の上の本に目を留めた。『満鉄調査部の記録』という分厚い本だった。確かめたい気持ちに駆られ、有子は聞いた。

「先生。お持ちの資料の中に広野質っていう人物がいませんか」

萱島は意外な顔をした。

「広野質ですか。知らないな」首を傾げる。「満鉄調査部にもそんな名前はないし」

「N汽船の人です」

「どうして知ってるんです」

萱島はその方が興味深いとばかりに有子の顔を見る。

「私の親戚だからです」

何だ、と萱島は笑った。

「先生、もし広野質の名前が出てきたら教えてくださいね」

「いいよ」

萱島は急に積極的になった有子の心を推し量りかねる表情を隠さなかった。


有子が久しぶりに穂積と会ったのは、大学構内にある書店だった。書店は、取り壊し中の古い建物の隣にあった。プレハブの仮店舗で、冷房が効いていないので中は蒸し暑く、五分といられない。有子は汗を拭き拭き、満鉄関係とN汽船の資料がないか書棚に目を走らせていた。すると、隅の書棚の前に穂積らしき背の高い男が立っていた。

穂積はよれたTシャツに大きめの短パンという姿で、その辺りの学生と見分けの付かない格好になっている。長い手足は良く陽に灼けて健やかだった。もう白いシャツにチノパンは着ないのかと、有子は驚いて穂積の横顔を見つめた。穂積は有子にまだ気付かない様子で、短パンのポケットに片手を入れ、もう片方の手は顎を触りながら語学関係の本を眺めている。視線を感じたのか、振り向いた。有子を認めて、あっ、という声を発した。笑いとも怯えとも付かない顔になり、目を伏せる。

「こんにちは」と、声をかけると、穂積はお辞儀をした。

有子は穂積の表情を見て、もしかすると、あの晩、佳美にとってもっと残酷なことが起きたのではないか、という疑念が湧いた。

「どうもこの間は失礼しました」

穂積は顔に汗を噴き出させている。暑さばかりではなさそうだ。

「ちょっと外に出ません？　暑いから」

二人は書店を出た。炎天にも拘らず、風が爽やかで涼しさを感じるほどだった。

「あの中、暑かったわね」

「地獄ですよね。よくあの店員、我慢できるなあ」

口調だけはのんびりと、穂積は有子に調子を合わせた。

「元気でしたか」

有子の問いに、穂積は「はい」と答え、顔を歪ませた。

「あの、聞いたんですけど。室矢さん、学校辞めたって本当ですか」

「らしいですね。よく知らないけど」

誤魔化すと、穂積は眉を曇らせた。

「それは僕があんなお願いをしたからでしょうか」

企業内で不祥事になるから口外しないでくれ、と頼んだことらしい。

「違うと思います。彼女の問題なのでしょう」

「そうですか。いや、ショックだったな。何も助けてあげられなくて」

「何かあったの」

つい、有子は尋ねていた。

「いや、何でもないです」穂積は首を何度も振った。「じゃ、失礼します」

穂積が足早に去って行く。その剥き出しの長い臑《すね》が夏の光に輝いているのを、有子はいつまでも見ていた。

第二章　東京戦争

松村行生《ゆきお》は八歳の夏、額に角を生やした人を見たことがあった。鬼と呼ぶには、あまりにも美しく若い女だった。松村はそのことを誰にも告げず大人になったが、最近、広野有子《ゆうこ》にだけは喋った。体も心も緩んだ寝物語の時だったのか、テーブルで相対している気取った食事時のことだったのか、はたまた飲み屋のカウンターでほろ酔い気分の時だったのか。奇妙なことに、いつどんな状況で有子に言ったのか、松村は覚えていなかった。だが、有子の白い顔が急に萎《しぼ》んだように青ざめたことや、有子の言葉のひとつひとつは鮮明に思い浮かべることができた。会話は、松村の故郷の話から始まった。

「俺は奈良県の山の中で育ったんだ。あちこちに幾つも滝がある小さな村で、俺の家は代々医者をしていた。兄は長野の大学に残って研究者となり、この俺は東京で勤務医になっている。だが、兄は長野の大学に残って研究者となり、この俺は東京で勤務医になっている。いずれ、兄か俺のどちらかが跡を継いで村の医者になるはずだった。だが、兄は長野の大学に残って研究者となり、この俺は東京で勤務医になっている。どちらも父の跡は継がないだろう」

松村は三十四歳。胸部内科の専門医で、清瀬市にある結核専門病院に勤めている。兄は長野県の国立大学内科助教授で地元の女と結婚してしまった。有子は広い額にかかった髪を掻き上げ、興味深そうに聞いていた。

「そこはどんなところだったの」

「十津川とまではいかないが、似た地形だった」有子は十津川を知らないらしく、問う目をした。「底に一本深い川が流れている、ごつごつした岩の谷があるんだ。その谷沿いに道があって、俺たちはその道を歩いて学校に行ったり、バスで五條市に出て本を買ったりした。空を見上げるにも深い森が邪魔になるし、どこに行くにも谷に沿った細い道しかない。そんな閉塞感がある土地だった」

閉塞感という言葉に、有子は反応した。

「私の町は太平洋に面していたから閉塞感はないわ。いわきと水戸のちょうど間なの。いわきに行けば東北文化圏、水戸に行けば東京文化圏。ちょうど中間の、中途半端なところだった。私はその中途半端さが嫌いだったな。本当は高校から東京に行きたくてしようがなかった」

「そうか。同じ日本でも随分違うもんだな。俺は寺の住職の息子と仲が良くてね。よく、そいつの寺の墓地で遊んだものだ。他の場所と比べて広やかだったからだよ。学校以外にそんな場所は墓地しかなかった。そう言えば、そこで変なことがあった。誰にも言ったことがないんだけど。おかしいな、今急に思い出したよ」

松村はあの女のことを思い出したのだった。誰にも言うまいと封印しているうちに、忘れかけていた出来事。二十六年も前のことが鮮やかに蘇ってきたのはどうしてなのだろう。意識してはいなかったが、いつも答えを探しているような有子の切迫した雰囲気が、松村の中の何かを誘発しているのかもしれなかった。松村は話してみようと思った。

「何、変なことって」

有子は好奇心を漲《みなぎ》らせていた。松村の肩にしがみついてせがむ表情をしたのを覚えているから、やはり寝物語だったに違いない。

「一緒に遊んでいた住職の息子が、寺に何かを取りに戻ったんだ。俺は崩れかけた墓石に腰掛け、菓子を食べながら自分の持ってきたマンガを一心不乱に読んでいた。杉木立の木漏れ陽やミンミン蟬のうるさく鳴く声が忘れられない。多分、夏休み中だったんだろう。ふと、気配を感じて目を上げると、若い女が墓参りをしているところだった。俺のいる場所から数メートル離れた場所で、背中を向けていた。青地に小花の散った洒落たワンピースを着ていた。俺は綺麗な格好をした女の人がいるなと感心して眺めた。村ではそんな格好をした若い女は滅多に見かけなかったから、奈良か大阪辺りから帰省して来たんだろうと思った。女は白い紙に包んだ花束を傍らに置き、墓石にひしゃくで水をかけていた。長い髪は後ろで纏《まと》めてあって、見るからに涼しげだった」

「ねえ、どうして後ろ姿だけで若い女だとわかるの」

有子は不満そうに尋ねた。

「小学生だって何だって、男にはわかるんだよ。若い女かどうか」

「そうかしら」と笑う。

「女は俺の視線を感じたのか、こちらを振り向いた。額が広くて、優しげな綺麗な顔をしていた。だが、俺は驚いてマンガを地面に落とした。その女の人には角が二本生えていたんだ。それ程、長くはない。ほんの小指の先しかなかったが、確かにおでこの両端に角が生えていた」

　松村が指を立ててその真似をすると、有子は白い顔を青ざめさせて震えた。

「怖い」

「俺もすごく怖かった。慌てて友達の家に走って逃げて、何も言わずにがたがた震えていた。友達のお母さんがどうしたんだってしつこく聞いたけど、理由は絶対に言わなかった。鬼を見たなんて言えなかったんだよ。なぜかわからないけど、それを言うと、あの女の人に復讐されるような気がしたんだ。帰る時、女が本堂に上がって拝んでいた後ろ姿を見た。今だったらもう一度確かめたかもしれないが、何しろ八歳の子供だ。もう二度と顔を見る勇気なんかない。飛ぶように家に帰って、その夜、熱まで出した。俺が父の跡を継ぎたくないって思うのも、案外この事件が関係しているのだろう。二度と、あの女に会いたくはないもの。今、初めてそう思ったよ。高校から奈良に出て下宿してたけど、村を出てほっとしたのは事実だからな」

　その時、有子が意外なことを言ったのだった。

「でも、それはその女の人があなたを騙《だま》したのかもしれないわよ。頭に角みたいな物を付けてね」

松村は絶句した。そう考えたことがなかったからだった。なぜ、なんのために、女は少年の松村を騙して脅す必要があるのだろうか。少年の松村は恐怖のあまり、一人でトイレに行くことも寝ることも暫くできなかった。鬼女の悪夢にうなされたこともあるし、始終、暗闇から、木の陰から、ひょいとあの女が出て来たらどうしようと怯えて暮らしていた。しかし、ある日、角のある女を心のどこかで哀れに思っている自分に気付いた。可哀相な女だ、大きくなったら僕が好きになってやるのに。だからこそ、他人に告げることはしないで来たのかもしれない。松村は思わず不機嫌な声を出した。

「どうして、そんなことまでして子供を脅す必要があるんだろう」

「さあ、わからない。でも、そこにいちゃ駄目ってことを報せようとしたのかもしれないし、邪魔だってことを言いたかったのかもしれない。何か理由があったのかもしれないじゃない。あるいは、全部あなたの夢だったのかも」

それはあり得ない。なぜなら、自分はマンガに付いた土を払い落としたことや、白い半ズボンに染みた苔の緑色まで明白に覚えているからだ。しかし、有子は冷静な口調で言った。

「そのお墓はどこのおうちのだったの」

「俺の親戚だった」

「ほら。何か意図があったのかもしれないじゃない」

「考えられないよ」

「そうかしら。鬼の振りをして脅したんじゃないの」

有子の言葉は、松村の内部に深く刺さり、鉤針《かぎばり》のように引っ掛かって取れなくなった。少年時代の怖ろしい、そして少し甘美な思い出を合理的な思考によって一変させたからという理由だけではなかった。もしかすると、有子自身がそのような発想を持っている女なのではないか、という疑念が生まれたからだった。意図があれば少年を騙すことも厭《いと》わない女。無論、言いがかりに過ぎないことも、頭のいい有子が推理しただけなのだ、ということもわかってはいた。が、松村の中に、ある感情が萌芽したことは否めない。それは、有子を理解できないのではないかという諦めだった。

その出来事が直接、有子との別れに繋がった訳ではない。しかし、行き違いを更に拡大する分岐点になったような気がしないでもない。有子は松村を「残酷な男だ」と詰《なじ》り、「帰っても連絡はしないから」と言い捨てて上海《シャンハイ》に旅立ってしまった。有子が半ば強引に自分の人生から姿を消したこと。松村は有子との別れをどう考えていいのか、まだ判断が付かない。自分が有子を傷付けたのか、自分が有子に傷付けられたのか。それすらもわからなかった。しかし、有子が上海に発つ前、自分にくれた長い手紙を読むと、有子が松村に傷付けられたと考えていることだけはわかった。松村には辛いことだった。

私のような地方出身者は意気込んで東京に出て来ます。東京戦争。東京で戦うんだ、と。でも、東京での戦いは虚しかった。最初から不戦勝の女たちが沢山いるのですから。東京で生まれ、親元から大学に通い、就職する女たち。化粧がうまくセンスもいい、経済的にも恵まれた彼女たちは容姿も私たちより垢抜けている。私たち地方出身者は安いアパートに住み、自由でいる代わりに自分で自分の安全も守らなくてはいけないし、貧乏な暮らしにも堪えなくてはならない。格好のいい暮らしなどできません。不公平だと思いました。

仕事なら絶対に負けないと自信はあったのに、彼女たちは私なんかより遥かに優秀で、しかもリスクがないから物怖じしない。怖じないから、どんどん冒険して伸びていく。今や、私はこうした不公平さに怒りを覚えることも、負けまいと頑張ることもやめにしました。茨城で私がどんなに優秀でも、東京では何百人、いや何千人のうちの一人に過ぎないという事実を受け入れなくてはいけないからです。私も東京でなくては生きていけないからです。

でも、どうやったら一番自然な姿で生きていけるのか、私にはわからなくなりました。優等生でやってきた私の限界なのでしょう。私は仕事を辞め、上海に行って語学を勉強することにします。逃亡だと非難されても一向に構いません。逃亡には違いないのですが、誰も私の気持ちなどわかりっこないのですから。

あなたならわかってくれる、と幻想を持ったこともありました。でも、私はあなたとの恋愛戦争においても敗れました。最初から最後まであなたは、広野有子という女を理解してはくれなかった。私を個人ではなく、W大卒で二十代後半の出版社勤めの女、という記号でしか見なかった。医者であるあなたに相応《ふさわ》しいかどうか、という記号で。そうなのです。それは、あなたという男が東京戦争で緒戦の勝利を収めたからなのです。男たちには女たちほど明白な勝敗はない。たとえ出発点が違ったところで東京出身と地方出身と、さほどの差はないのです。むしろ、地方出身者の方が一人前と思っているのではないですか。でも、女は逆。地方出身者は差別される。同じ地方出身者の男にまで。男は私たち地方出身者で一人暮らしの女をものにする。東京戦争は恋愛戦争にまで発展するのです。あなたはそこでも勝利を収めた。どころか、あなたには戦争という認識すらなかったでしょう。

私はあなたが好きでしたが、最近のあなたには失望していました。なぜなら、あなたは私の話を面倒がって聞こうとはしなかったからです。私が自意識過剰で、不必要に肩に力が入っていると思っていた。私が重荷だったのではないでしょうか。

あなたは軌道に乗った今の仕事をずっと続けていきたいと願っている。幸せなことです。でも、今の私には、軌道に乗る仕事というものは存在しません。会社では押しが弱く、書き下ろしひとつ取れない編集者と思われています。あなたが私をもっと理解してくれれば、私もこの街で生きていけたかもしれない。でも、深い溝が開いていたのです。もう二度とあなたと会うことはないでしょう。私のことはどうぞ早く忘れてください。あなたは、現象的には私が勝手に去っていったのに『恋愛戦争で勝った』とはどういう意味かと不審にお思いでしょうね。でも、恋愛戦争では、逆説のようですが、神経の鈍い者が勝つのです。敗者はもう二度と勝者と戦うことはありません。鈍い人とは戦えないからです。

有子の手紙は強烈な痛罵に満ちていた。他人から誹《そし》られたことのない松村にはひどく応え、いったい自分の何が悪かったのかと茫然とした。松村には、有子の言う「東京戦争」も「恋愛戦争」も全く実感のない言葉だったからだ。戦い。日常がそんな勇ましい言葉で語られようとは。それが、有子が松村に感じる怒りの正体だったのかもしれないと考えた時、松村は故郷の鬼女のことで有子に対して持った自分の違和感を生々しく思い出した。自分は曖昧なロマンチシズムというものを信じていた分だけ甘く、有子の日々の戦いには疎《うと》かったのかとも思った。しかし、確かめようにも有子はもう戻って来そうもない。戦いの実感はないのに、敗北という烙印を押された気分。更に「神経の鈍い者が勝つ」と断じられた悔しさ。そのことがこの夏、松村を憂鬱にしている。

炎暑が続いていた。

松村は、商店や民家の軒下にできた日陰を伝い歩きながら、病院までの道程《みちのり》を急いでいた。ここ西武池袋線O駅から南北にまっすぐ延びた道路は真夏の強い照り返しで白々と光り、目を開けていられないほど眩しかった。車のフロントガラスが、凶器のように光を放って行き交っている。たった数分歩くのでさえ辛いのだから、三十二、三度は優に越えているに違いなかった。洗い立ての白いポロシャツが、汗で背中に張り付く不快さ。重いアタッシェケースの持ち手がべたべたした。

うっかり銀行のドアマットを踏み付けたらしく、音を立てて自動ドアが開いた。中から冷気が流れ出る。僥倖《ぎょうこう》とばかりに松村は立ち止まり、ポケットからハンカチを出して額に当て、ついでに汗で曇った眼鏡を外してレンズを拭いた。あまりの涼しさに立ち去ることができない。中から苦々しい顔で睨んでいる警備員と目が合い、松村は慌てて歩きだした。

暑さには強いと自負していたのだが、アスファルトに覆われ、エアコンが絶えず汚れた空気を吐き出す都会の熱は苦手だった。暑さに耐え得る体力をそろそろなくしかけているのかもしれない。それとも、疲労が溜まっているのか。時たま店から流れ出る冷気を楽しみに軒下を歩くしか、汗を防ぐ方法はなさそうだった。松村は近くに見えながらなかなか行き着かない病院の建物を振り仰ぎ、もっと駅の側に作れよ、と文句を垂れた。松村は毎週火曜の午後だけ、清瀬の結核専門病院から、O総合病院の呼吸器外来に診療に来ている。

大きな間口の店の前を通った。定休日なのか、シャッターが降りていた。そういえば、火曜はいつも閉まっていると思い出し、何の店かと看板を見上げた。「呉服の大黒屋」と掠《かす》れた文字で書いてある。その時、七十半ばは過ぎている老人と擦れ違った。あれ、と松村は首を傾げる。患者の一人ではなかったか。老人は皺だらけの白いシャツと灰色のズボンを身に着け、この暑さの中、帽子も被らずに歩いている。姿勢良く首を伸ばして歩いているのだが、脚は弱々しく下半身がいかにも覚束《おぼつか》ない。鶏を思わせる筋だらけの首と厳《いか》めしい口許には見覚えがあった。先週回診した岸本という患者だった。夏風邪をこじらせて肺炎を併発し、内科病棟に入院していたのだ。常勤の内科医が担当のため、松村は岸本の経過すべてを把握してはいない。

「岸本さん」と松村は声をかけた。

岸本は不思議そうな顔をして立ち止まった。白衣を着ていない松村が誰かわからなかったらしい。が、すぐに気付いてお辞儀をした。

「松村先生ですか。お暑うございます」

頭を上げた途端、岸本はバランスを崩してよろめきかけた。

「大丈夫ですか」松村は岸本の痩せた腕を支えた。「駄目ですよ、こんな暑いところを歩いちゃ。外出してもいいんですか」

岸本は屈辱を感じたかのように、松村の腕を邪険に払った。

「お蔭様で先程退院となりましたので」

もう快復したのかと松村は驚いた。自分ならこんなに早く退院許可を出すはずはないが、担当医が出したのか。この炎天に性急過ぎないか。松村は岸本の手首を摑んだ。暑いのに汗ひとつかかず、乾いて冷たい皮膚だった。

「熱下がったんですか」

「はあ。今朝はとっても調子良くてですね。先程、退院の許可が下りました」

岸本はきびきびと答える。松村は慎重になった。

「あなたは、あと一、二週間は安静にしてた方がいいと思いますよ」

「そうですかねえ」

話しているうちに、岸本の黄ばんだ顔にうっすらと汗が滲んできた。松村は岸本の手首を摑んだまま、大黒屋の前の日陰に引き入れた。手を引かれた岸本は照れた様子で、薄い頭髪を片手で撫で付ける仕種をした。

「駄目ですよ、日向を歩いちゃ。心臓に負担がかかるでしょう。それに、おうちの人とか、お迎えはいないんですか」

「女房が迎えに来ております」

「奥さん？　どこに」

「この先の銀行です」

「あそこなら涼しいですからね」

そう言って微笑んだ後、どうしてこの岸本の妻は病院まで迎えに来なかったのだろうと不審に思った。しかし、岸本はそそくさと松村に礼を言った。

「それでは大変お世話になりました。先生もお元気で」

岸本は陽射しの照りつける道に出た。炎熱に炙《あぶ》られながら銀行まで行くつもりなのだろう。口を開きかけた松村を尻目に、岸本はさっさと歩きだした。松村はどうしたものかと暫く岸本の後ろ姿を眺めていたが、診察時間が迫っている。松村は腕時計を眺め、自分も病院に向かって歩き始めた。だが、岸本が手ぶらで荷物も何も持っていなかったことを思い出し、踵《きびす》を返した。やはり妙だった。

銀行で岸本は人待ち顔でソファに座っていた。松村が自動ドアから入って行くと、はっとした顔で振り向いた。期待に満ちた目がたちまち曇る。妻の姿を探しているのだろう。松村は側に行って岸本の薄い肩を叩いた。

「岸本さん、奥さんいらっしゃいましたか」

「いや、まだのようですな」

「そうですか。じゃ、ちょっと連絡してみましょう」

「よろしくお願いいたします」岸本は丁寧に頭を下げた。

松村は銀行の公衆電話で、こっそり内科病棟のナースステーションに連絡を入れた。

「もしもし、松村だけどね。岸本さん退院許可出たの」

「いえ、とんでもない。姿が見えないんで探してます」

「そうか、やっぱり」松村は受話器を手で押さえて岸本の様子を窺った。岸本は自動ドアが開く度、そちらを振り返っている。「今、駅前の大東銀行にいるんだ。迎えに来てくれないか」

「はい、わかりました。すぐ行きますから」

「それから奥さんにも連絡して、来るように言ってください」

「あのう、先生。岸本さんの奥さんは仲が悪いから来ないと思います。病院には一度も来たことないんです」

そうか、と松村は口の中で答え、岸本の誰かを待つ必死な眼差しを横から眺めた。遣り切れなかった。松村の専門である呼吸器科の患者は老人男性が多い。長年の喫煙や加齢による肺癌や肺気腫、肺結核、気管支喘息。呼吸困難に陥り、最期は苦しむむごい病気ばかりだ。家族のために働いてきたはずなのに、ほとんどの老人は誰からも敬われず、疎まれ、孤独の中で死んでいく。なぜなのか、まだ三十四歳の松村には理由がわからなかった。あまりにも惨めな最期を数多く見ている結核専門病院の先輩、石嶺《いしみね》という医師が、私財を投じて老人のための呼吸器専門病院を造りたいという夢を持っているのも頷ける。松村は、石嶺に将来手伝ってくれないかと声をかけられて迷っていた。まだやりたいことが見えていなかったせいもあるし、石嶺の夢が地味で、福祉に近い仕事だと臆する気持ちもあった。医者という仕事は、もっと時代の先端を担う輝かしいものなのではないだろうか。しかし、こうして岸本の姿を見ていると自分の仕事が虚しく思えてきてならなかった。診療を続けているうちに、いずれ石嶺のような心持ちになっていくのかもしれない。未来を規定された気がして、松村は悲しみを覚えた。唐突に、上海にいる有子は今頃何をしているのだろうと想像し、有子の真摯な目を懐かしく思った。

その日は患者数が少なかった。呼吸器外来の半分以上を占める喘息患者にとって、真夏は比較的落ち着いている時期だからだ。暑さで体力を消耗し始めると重症患者が出ることもままあるが、昼と夜の寒暖差がなく、暑い夏は喘息患者にとって割合楽だ。逆に、不安定な天候が続く梅雨時や初冬は、喘息の外来患者数は一気に二倍になる。

　松村は患者一人一人に存分に説明し、丁寧に診察することができて満足だった。診察が終わる頃は声が嗄《しゃが》れて喉が痛んだほどだ。織田未知子がやって来たのは、午後四時過ぎ。例によって、一番最後だった。積み重ねられたカルテの最後に未知子の名前があるのを見て取り、松村はうがいをしてから名を呼んだ。意識しているのだろうと我ながら可笑《おか》しい。中待合い室から、はい、とはっきりした返事が聞こえる。未知子は白いカーテンを優雅な仕種で払いながら入って来た。

「暑いですね」

　未知子は三十代後半。フランス語の名の付いた映画会社に勤めている。赤茶に染めた流行の髪型をして、瀟洒《しょうしゃ》な身形《みなり》をしているため、病院内でも有名な存在だった。いつもグッチやプラダの新作バッグを持っている、と憧れている看護婦もいる。今日も黄色の鮮やかなミニドレスに白いサンダルといういでたちで、その爽やかさに松村は目を奪われた。だが、未知子は重い喘息患者だ。年に一、二回は中程度の発作を起こし、毎月一回、薬を取りに来る。小さな丸い椅子に腰掛けた時、陽に灼けた太腿が露わになった。見かけは健康そのものだった。

「具合はどうですか」

松村は、未知子には尊敬の念を禁じ得ない。自分の病気を研究し、積極的にいろんな薬を試しては、自分に合った治療法を選択しているからだ。未知子の知識は、専門外の内科の医者よりも遥かに豊かだった。医者の言うなりになる癖に、勝手に薬を打ち切ったり、民間療法に頼る高齢の患者に示してやりたい患者の模範だ。喘息というハンデを、強く生きることにうまく組み込んだ好例なのだから。

「発作は出てないです。やはり、ベコタイドが合ってるみたいですね」

未知子は綺麗にマニキュアした左手の人さし指を、血液中の酸素量を量るクリップに挟んで喋った。声は澄んでいる。調子が悪いとその声が淀むのですぐわかった。98と、デジタル表示が出た。

「いいですね」と松村は指先からクリップを外し、胸の音を聴こうかどうしようか迷った末、やめにした。調子も良さそうだし、ミニドレスでは聴診器を当てにくいからだった。未知子には、一昨年からステロイド吸入薬を使う療法に切り替えてあった。一日三回、ステロイド剤を直接気管支に吸入する。喘息が気管支の炎症だと考えられるようになってから、発作による死者を飛躍的に減らした治療薬だった。副作用を防ぐためにうがいを励行すれば何の問題もない。松村はカルテに「ベコタイド二本」と書き入れた。

「他には何の薬を持っていきますか。ベロテックはいる？」

「はい、一応。吸入薬と錠剤とを。それからお盆に旅行するので、念のため、抗生物質もいただきます」

「抗生物質か。あなたには何を出していたっけ」

松村はカルテを引っ繰り返して、前の記述を探した。

「最近はクラビットに変えましたよ、先生」

「クラビットは合いますか」

「ええ。胃も重くならないし、セフゾンよりいいですね」

未知子は仄かに香水の匂いをさせて微笑んだ。松村は「クラビット一週間分」と書き足してから、ペンを置いて未知子の顔を見た。背後に控えている看護婦を気にしながら、目を合わせる。未知子とは、診察室で僅か数分私語を交わすことを楽しみにしていた。

「旅行はどこに行くんですか」

「バリ島。のんびりしてきます。先生は行かないのですか」

未知子は剝き出しの腕を擦っている。冷房が少し寒いのだろう。

「僕は上海にでも行きたかったけど、やめました」

自分でも思いがけない言葉が出た。心のどこかで、否定されてもなお、有子を一度訪ねてみたいと思っていたのだが、未知子に会った途端、翻心していた。自分でもその変化に呆れ、松村は自分を恥じて俯いた。

「あら。じゃ、どこにもいらっしゃらないんですか」

「行きたいけどね。これからじゃもう、チケット取れないでしょう」

松村は壁に掛かった、製薬会社のカレンダーを眺めた。八月十五日を中心に一週間近くは休暇が取れそうだ、と考えている。一緒に見上げていた未知子は白い歯を見せる。

「どこかに行った方がいいですよ。気分転換しないと駄目」

そうですよね、と口の中で答え、でも、どこにも行かないだろうと松村は結論づける。上海行きだって漠然としたプランに過ぎなかった。おそらく盆休みは本を読んで過ごすか、溜まった家事を片付けることになるだろう。

「織田さんも忙しそうなお仕事ですよね」

「ええ、まあ」

「最近、面白い映画があったら教えてくださいよ」

「先生、映画お好きなんですか」

「学生時代はよく観たけど。今は駄目だな」

「じゃ、今度面白そうなものがあったら試写会の案内をお送りします。うちはフランス映画ばっかりですけどね」

未知子の外見も、自信たっぷりな物言いも、未知子が充実した仕事を持って豊かな生活を送っていることを表している。松村は五歳年上の未知子に憧れめいたものを持っていた。東京戦争。不意に有子の手紙の言葉が蘇った。未知子は勝者なのか。だから、自分は憧れを持つのか。思わず、未知子のきっぱりと描かれた眉や朱の口紅に見惚《みと》れる。洗練された美しさ。それは未知子が勝ち抜いて得てきたものなのだろうか。それとも有子の手紙にあったように、スタートラインから違う不戦勝の女だからか。松村は未知子に興味を感じた。もっと知りたかった。松村の視線を感じた未知子が問うような眼差しを向けてきたので、松村は慌てて会話を締めくくった。

「じゃ、どうも。お大事に」

もっとこうしていたいという思いを断ち切ったことがばれないかと松村は目を逸らせる。未知子はそんな松村の気持ちがわかっているかのように、余裕を感じさせる笑みを返した。未知子が診察室を出ていくと、若い看護婦の一人が救ってくれた。

「いつも綺麗ですよね、織田さん。先生もぽーっとしてた」

「呼吸器は爺さんばっかりだからな」

「ほんとですよねえ」看護婦たちが肘で突っつき合いながら密やかに笑っている。「待合室も茶色っぽいしねえ」

岸本のことが気になって、松村は内科病棟に立ち寄った。ナースステーションは交代のためのミーティング中だった。松村は看護婦の手を煩わせるのを避け、自分で病室を確認し、カルテにさっと目を通した。炎症は治りつつあるが、夜になると微熱が出ている。レントゲン写真を眺め、喀痰《かくたん》検査の指示が出ているのを確かめてから松村は岸本の病室に向かった。廊下の奥にある四人部屋だった。松村が覗くと、岸本はカーテンを閉め切った囲いの中でぎゅっと目を瞑《つぶ》り、点滴を受けていた。

「岸本さん、どうですか」

「あ、先生。どうも」

岸本は目を開けた。アルツハイマーの検査もいずれ行われるのだろうが、今の岸本は理知的でしっかりした目付きをしている。

「大丈夫ですか」

「捕まってしまいましたよ。やっぱり逃げられないな」

照れて笑っている。眩《まばゆ》いほど白い道路で見た岸本は何かに魂を奪われかけていたが、今は自分のものに取り戻している。あの惑乱は何だったのか、と松村は岸本の点滴薬を眺めながら思った。点滴薬は生理食塩水だった。

「どうして勝手に退院しようなんて思ったんですか」

「いやあ、何だかこんな暑い日に寝てるのが悲しくなっちゃってね」

「ちゃんと治すことが先決ですよ」

「わかってるけど、真夏って何だか焦るんだねえ」

「なるほど」

「年のせいですかね」

「そんなことないでしょう。お大事に」

当たり障りのない声をかけ、松村は岸本との会話を断ち切る。まだ何か話したそうだった岸本が落胆した顔をするのを見て、自分がまた誤魔化していると感じた。有子の真の思いも知らず、未知子への好奇心を隠し、こうして岸本の気持ちを忖度《そんたく》することも面倒になって中断している。自分は狭い人間なのだろうか。有子が指摘したように、他人を記号やイメージで測っているだけなのか。鬼女を合理的に説明することを良しとしなかった自分は、何かを欠落させているのかもしれない。四人部屋の他の三人の患者のところには、妻や娘、母親たちが訪れていた。賑やかで家から持って来た食物の匂いに満ちている。オレンジ、西瓜、ほうれん草の和え物、サラダ、焼き魚。しかし、岸本が寂しかったという理由は、見舞い客が来ないという寂しさだけではあるまい。岸本が「真夏って何だか焦る」という理由が何となくわかるような気がした。廊下に出て窓から眺める空は、まだ暮れていない。それが心を騒がせる。何かをし残したようで気が急くのに、何をしたらいいのかわからない。だが、こうしているうちにも時間が過ぎていく。焦る気分は自分にもある。

陽が落ちても蒸し暑さは去らなかった。O総合病院での仕事を片付け、松村は来た道をまた駅まで歩きながら、これから清瀬の病院に戻ることを思ってうんざりしていた。担当の肺癌患者で容態の悪い者がいるため、徹夜で詰めていなくてはならないからだった。患者は今夜か明日の朝、死ぬだろう。老人の死をすでに何とも思わなくなっている自分。こうなるには、幾多の死を経験しただろうか。幾重の疲労を堆積したか。最初の頃は衝撃があったが、じきに慣れた。高齢の岸本も肺炎が悪化するかもしれないし、元気な織田未知子だってこの先はわからないのだ。加齢によって体力が落ちてきた時、大発作を起こすかもしれない。その時は薬も効かなくなり、死に至る可能性だってある。今は生気に溢れて魅力的だから、自分は未知子に惹かれているが、未知子が弱れば患者としてしか見なくなるだろう。医者というのは不思議な仕事だった。予測と手だて。この二つを滞りなく行っている間は、呵責など感じる必要もないのだが、岸本の心の揺らぎや、未知子の魅力に惹かれると、冷徹にそのむごい未来を予測している自分が嫌になる。個人的に親しんではいけない。松村は自分に禁じ、しかし、どうしてそんなことをしなくてはならないのだろうとまた自問した。とどのつまりは、自分が辛くなるからに他ならなかった。目を瞑ってルーティンワークをこなすうちに、何かとてつもなく大事なものをなくしてはいないだろうか。

清瀬に戻ったその夜、予測通り癌患者は逝った。帰宅した松村は、シャワーを浴びた後、ベッドでビールを飲みながら学会の資料を読んだ。患者が思いがけず早く亡くなったことによって生まれた時間だった。時々、こうして得た時間のことが頭を過《よぎ》った。が、いつの間にか寝入ったらしく、激しい雨音で目を覚ました。午前三時半。点けっ放しになっていたエアコンの静かな唸りを消すように、ざあざあと降りしきる雨の音が聞こえる。松村は雨音を聞いて妙に不安な心持ちになった。たった一人きりで生きていくことが、急に怖ろしくなったのだった。有子が別れると言った時はほっとしたはずなのに。これで諍《いさか》いばかり繰り返していた日々から解放されると思ったのに。

有子に初めて会ったのは三年前の春だ。桜が満開の季節だったので、良く覚えている。S出版社の知り合いから、小説原稿に記述してある肺癌の箇所について、一読の上、当否を聞かせて欲しいがどうか、という電話を貰ったのだった。承諾すると、早速、広野という担当の女性編集者から電話があり、約束が取り付けられた。電話での応対はせっかちなほどてきぱきしていて好感が持てた。松村は広野に会う日が楽しみになった。おそらく知的で有能なのだろう。女性編集者というものに対する純粋な好奇心もあった。

当時の松村は、合コンで知り合った女たちとしか異性との付き合いがなかった。そういう女たちはおおむね職業意識が薄く、早く医者と結婚して専業主婦になりたいと願っている。深く知り合えば魅力的な女もいたのかもしれないが、松村には皆同じに見えた。ほどほどに美しく、可愛く、容姿を問われる職業に就いている。それにしても、背が高いだけで外見がさほどいいとは思えない松村は、どうして自分がちやほやされるのかわからなかった。ある日、大学の後輩に聞いて納得した。松村が地方出身で次男坊の医者だからだった。長男ならば、いつかは故郷に帰って家を継がなくてはならない。次男なら東京で自由に暮らせる。そんなことで女たちが群がるとは。女たちは自分という男に就職するつもりなのだ。自分はいい就職先なのかという驕《おご》りも生まれないではなかったが、松村はそこまで単純ではなかった。もし、有子の手紙にあったように自分が女を個人ではなく、記号だけで考える人間だとしたら、とっくにその手の女たちの一人と結婚していただろう。記号と記号。確かに、自分は東京戦争での緒戦には勝ったかもしれない。医者という職業を得て、仕事も充実している。経済的にも余裕がある。だが、有子の手紙にはやはり異議を唱えたかった。自分は違う。そういう選択をしないで来たはずだ。松村は、有子の手紙に激しく傷付けられていた。

約束の日、受付からの電話でロビーに降りて行くと、若い女が大きな窓から外を眺めていた。病院の敷地内にはソメイヨシノがぐるりと植えられていて、いずれ劣らぬ満開だった。あれが広野という女性編集者か、と松村は遠くから女を観察した。女は、その若さや健やかさで周囲から完全に浮き上がっていた。荷物を床に置き、初めて桜を見た人のようにガラス窓に両手を突いて眺め入っている。紺のスーツに白いブラウス、黒のパンプス。就職活動をしている女子大生さながらの地味な装いをしていた。が、松村はその無難さが気に入らなかった。その時突然、何かを感じたかのように女が振り向いた。松村と目が合うと、女は少し怒った顔をした。声をかけずに暫く観察していた松村を責めている顔だった。服装と同様、柔らかさに欠けているようで、松村は気が重くなった。

「広野さんですか。松村です」

女は頷いた。ショートカットが似合う広い額に聡明そうな目が光っている。だが、口許だけは自信がなさそうに歪んでいた。不安定な微笑み。それが初対面の松村に奇異な感じを与えた。もっと自信たっぷりの女を想像していたのだった。なぜ、この女は自信がないのだろう、こんなに美しいのに。松村は逆に興味を感じた。

「すみません、お忙しいところを」急に女は上がったように早口で喋り、名刺を差し出した。「S社出版部の広野有子と申します」

「ちょっと座りませんか」

松村は白衣のポケットに名刺を入れ、受付横にあるソファに誘った。患者の家族らしき一家が弁当を広げている。だが、二人分の席はそこしか空いていない。午後の診察が始まる寸前で、ロビーは大勢の外来患者で溢れていた。有子はちらと弁当を見遣った。

「でも、原稿のコピーが汚れると困りますので」

「あ、そうですか」

松村の硬い返事に、有子ははっとした顔をした。またやった、という表情だった。自分の発した言葉と相手の反応をいちいち吟味しているのだろうか。疲れる女だ、と松村は思った。松村はロビーを見渡した。医局まで行って、どこか空いている部屋を見付けても良かったのだが、親切心はとうに失せていた。

「座る所ないですね。じゃ、立ったままでいいですか」

「私は構いませんが、少し時間がかかるかもしれません」

「いいですよ。早く終えましょう」

だが、有子の説明は周到だった。手に提げた出版社の名入り紙袋から、大量のコピーを取り出し、それを書いた小説家の略歴と作品の概要について話し始めた。

「僕はそんなこと聞いても仕方がないから」

松村は遮った。要領の悪い有子に苛ついていた。そんなに話す心積もりがあるのなら、どんなに狭い場所だって、汚れた椅子だって文句を言わずに腰を下ろすべきだったのだ。それが機転というものではないか。有子は戸惑っている。

「すみません。一応説明だけは、と思いまして」

「要点だけお願いしますよ」

松村も多少意地になっていたし、居丈高だったかもしれない。有子はちらと松村の顔を見て、怒気を感じ取ったようだった。口調が早くなった。

「先生、この原稿の付箋箇所をチェックしていただきたいのです。ピンクの付箋は事実と合っているかどうかを見てください。それから黄色の付箋は、ピンクの付箋箇所と関係のある記述箇所です。前後関係がわからないと困るので付けてきました。こちらは参考に見ていただければと思います」

「はいはい」

松村は大量の原稿コピーにピンクや黄色の付箋がびらびらと造花みたいにくっついているのを見て、やや鼻白んだ。これほど量が多いとは予想していなかったのだ。忙しいのに面倒な仕事を引き受けてしまったことをひどく後悔した。また、広野有子という女性編集者に失望もしていた。要領が悪い上に神経質過ぎる。自分が勝手に女性編集者という像を思い浮べていたに過ぎないのに。

「随分あるね」

「すみません」

「これ、いつまでにやればいいんですか」

「申し訳ないのですが」と、有子は困ったように視線を逸らせた。「来週の今日までに」

「たった一週間ですか」

すみません、と有子は何度も頭を下げ、「この袋を使ってください」と持って来た紙袋を差し出した。松村は仕方なしに紙袋ごと原稿を受け取った。有子は重い荷物がなくなったせいか清々した様子で、のんびり満開の桜を振り返っている。こちらの都合も聞かずに短期間で大量の仕事を押し付け、謝った後はすっきりした面持ちになって別のことを考えている。変な娘だ、と松村は思い、有子はいったいどんな暮らしを送っているのだろうと想像した。ぴりぴりしたり、抜けていたり。顔と同様、すべてにアンバランスに生きているに違いなかった。

三階の医局に戻った松村は何気なく外の景色を見て、あっと声を出した。庭の桜の前で、有子がぺたんと座っているのが見えたからだった。芝草はまだ生え揃っていないのに、有子はピクニックでもしているかのように足を前に投げ出してくつろいでいる。売店で買ってきたのかサンドイッチを頰張りながら文庫本を広げていた。有子は上から松村に見られていることも知らないで、時々、牛乳パックに直接口を付けて飲んだ。スカートにこぼしたらしく、ハンカチで慌てて擦っている。松村は呆れ、それから笑った。有子が気の利かない、どじな女に思えたのだった。どちらかというと、松村は気の強い有能な女の方が好みだった。しかし、満開の桜の下に一人いる有子の姿は、松村の心に美しいものとして残った。

その頃の有子が必死に東京戦争を戦っていたのだとしたら、戦いの勝率はかなり低かったに違いない。有子は鈍《どん》くさくて不器用そうだった。仕事熱心になればなるほど、それが露わになりそうな危うささえ感じさせた。だが、会う度に違う表情や態度を見せるところが松村には魅力的だった。今思えば、戦いの最前線にいる人間だったからだろう。刻々と変化する戦況。松村と会って話すことも、有子にとっては東京戦争の一部だったに違いない。二人の恋愛戦争に移行するまで、まだ暫く間があった。

一週間後、有子は原稿のコピーを取りに来た。松村は時間がかかることを予想してあらかじめ場所を物色しておいた。一週間前に自分が有子にしたことが、少し意地悪だったと反省があったからだった。まさか立ったままで説明させられるとは思ってもいなかっただろうし、原稿のコピーが汚れるからというのも、それを受け取る松村を慮《おもんぱか》っての言葉だったのだろうから。松村は受付に有子が来たら、内科病棟のテレビ室に来るように伝言しておいた。単にボードで囲っただけの部屋だが、一応、落ち着いて話はできる。松村がそこで待っていると、有子はやや遅れてやって来た。菜種梅雨が始まっていて肌寒い陰鬱な日に、赤いレインコートを纏った有子は華やかで明るく見えた。それだけで松村は心浮き立つものを感じた。

「すみません、お待たせして」

有子はアンバランスさを感じさせる独特の笑みを浮かべて謝った。慌てて来たらしく、まだ息が荒い。松村は、有子の、この何とはなしに後ろめたそうな笑みが、実は魅力なのだと発見した。本当は優秀なのに自信がなく、美しいのに自分を嫌っている。長所の背後に隠れた弱点の存在が仄《ほの》見える人間は可愛げがある。松村は有子を可愛いと思った。

「ここ、すぐわかりましたか」

「いいえ。違う建物に行ってしまいました」

松村は、相変わらずどじな女だと思ったが、今日の有子は穏やかで余裕があった。松村は立って、自動販売機でホットコーヒーを二つ買った。

「お砂糖どうしますか」

「あ、すみません。ブラックで」

有子はてきぱきとバッグから筆記用具やメモ帳を取り出しながら答える。有能そうに見える。初対面の印象が極端に悪い女なのかもしれない。そのことが松村を愉快にさせた。なぜなら、合コンで知り合う若い女たちのほとんどが逆だったからだ。初対面で鮮やかなほど印象が良く、その後どんどん貯金を失うように魅力を減じていく。有子が逆に魅力を増していくのなら、自分は永久に会い続けるだろう。松村は熱い紙コップを二つ、危なっかしくテーブルまで運んだ。有子は手伝うでもなく、黙って待っている。

「有り難うございます」

「ミルクの方がいいんじゃない」

松村は真顔で聞いた。有子は怪訝な顔をした。

「いえ、コーヒー好きですが」

「先週、桜の前で牛乳飲んでいたでしょう」

「ああ」と有子は思い出して笑った。八重歯が目立ち、意識せずに笑った顔は子供っぽく愛らしかった。だが、すぐに警戒する目をした。「見ていらしたんですか。どこから」

「三階から」

「嫌だわ。油断できないですね」

有子は冗談めかしたが、同時に松村の人の悪さも見抜いたようだった。目がきつくなった。松村は有子に告げたことを後悔した。有子が防御壁の厚い人間だとわかったからだった。何を言っても跳ね返されそうで怖くもある。こういうところは苦手だな、と松村は思った。

「先生、お時間はどのくらいいただけますでしょう」

有子はすぐさま本題に入った。腕時計を眺めて松村の返答を待つ。白衣の腕をまくり上げていた松村は腕時計を医局のロッカーに忘れて来たことに気付いた。午前中に気管支鏡検査があったためだった。有子が来るので、気もそぞろだったのか。松村は壁に掛かった時計を見て、小一時間ならと答えた。

「そんなにいいんですか」

有子は意外そうな声を出した。松村は有子と会うために、午後の診察時間をずらしていたのだ。最初に会った時から松村が引っかかっていたのは、有子の混乱であり、二人の間に生じる齟齬《そご》だった。なぜ、いつも焦っているのだ。どうして自信がなさそうに振る舞うのだ。だから、自分は苛立って意地悪になる。しかし、その日の有子は厭味なほど落ち着いていて小癪だった。

「じゃ、これをお返しします。気になるところは鉛筆で書き入れておきましたから」

松村はコピーを返した。間違いはさほどなく、著者がかなり念の入った取材をした原稿だということはすぐに気が付いていた。

「有り難うございます」

有子は付箋箇所を最初からひとつひとつ丁寧に見ている。松村はコーヒーを啜《すす》りながら、その様子を観察していた。有子はゆっくりした速度で原稿をめくっては松村の記述を声に出して読んだ。

「先生、手術のところにクエスチョンマークがあるのはどうしてでしょう」

「ああ、これはですね。手術成績がいい癌かどうか、事前に記述がないので記述を入れるか、あるいは手術という言葉を削除するか、どちらかがいいと思って書きました」

「事前に記述するとしたら、どんな癌が」

有子はメモを取る態勢になった。松村は説明した。

「主に扁平上皮癌で、直径三センチ以下、リンパ節転移のないものが手術成績がいいです。このように主治医が述べている方がリアリティがあるでしょう」

「なるほど。じゃ、削除するとしたら」

「切除か放射線治療か化学療法か、いずれかの治療法を検討すると書いて誤魔化したらどうですか。病気がメインの話じゃないのですから」

「おっしゃる通りですね」

有子は考え込んでいる。松村は有子に自分の仕事の話をするのが楽しくなってきて、つい言わずもがなのことまで言った。

「著者は良く調べてありますよ。でも、内容はあまり感心しなかったな」

「そうですか」有子はきっと顔を上げた。「どの辺りが、ですか」

「どの辺りと言われても。多分、僕好みの小説ではなかったのでしょう」

「それは残念です。私はいい小説だと思って読みましたが」

有子の顔に悔しさが溢れる。松村は苛《いじ》めたくなった。不思議なことに、男である著者に対しての対抗心からだった。有子が著者の味方をしているせいだ。

「編集者じゃないから間違っているんでしょうけどね、僕は一読者ですから。でも、正直な感想ですが、まだ浅いような気がした」

「先生が全部読んでくださったのは嬉しいですけど、内容は私も自信があります」

有子は逆らう姿勢を見せた。松村は笑った。

「あまり向きにならないで」

「すみません」と有子は謝ったが、周囲にはまだ憤懣《ふんまん》が漂っている。「でも、担当者ですので気になります。どうぞ、おっしゃってください」

「人間はもっと醜くてかっこ悪いですよ。これは綺麗に書き過ぎている。理想論でしょう」

「それは」と言って、有子は言葉を切った。この先を続けると失礼だと思ったのだろう。

松村は促した。

「それは？」

「それは、先生がまだお若いからだと思います。何でも思い通りになると思っていらっしゃる。でも、世の中にはいろんな人がいると思います。主人公のように六十歳になった時、そんな気持ちにならないとも限らないでしょう。私はいつもそう思って小説を読みます」

「だって、幾つになったって、未来に対して希望を持たなくてどうするんですか。僕は臨終の患者さんを知っていますが、人間の執念はなかなか消えませんよ。そういう問題じゃないんですか」

松村はこのこうるさい女と議論しているのが嫌になってきた。有子も同じ思いだったと見え、すぐさま口を噤《つぐ》んだ。

「申し訳ありません。先生のご感想は著者にも伝えますので」

有子は事務的に先を続けた。ほんの十分ほどで付箋箇所を見終わると、さっさとテーブルの上を片付けて立ち上がった。

「先生、お忙しいところ、本当にどうも有り難うございました。お礼は後ほど振り込ませていただきます」

松村は苦いものを噛み締めながら一礼した。折角、時間を取ったのに、打ち合わせは二十分もかからなかった。自分が幼稚な感想を言ってしまったことが気にかかった。向きになったのは自分の方だった。有子を困らせてみたい自分がいる。著者への対抗心というより、嫉妬のなせる業《わざ》だったのかもしれない。松村の苦い思いは、思いがけない反応をする自分に向けられていた。そして、そういう自分を引き出す有子に。


うまくいかない、互いに気に入らない相手だったのに、付き合うようになったのはなぜか。松村は有子から電話を貰った時のことを思い出した。テレビ室で気まずい別れ方をしてから、きっかり二週間後だった。

「先生、この間は申し訳ありませんでした。お時間を割いて読んでくださいましたのに失礼なことを申し上げて」

「いえ、こちらこそ」

松村は肺に影があるレントゲン写真について、中年男性と話している最中だった。患者は会社の定期健診で要再検となり、松村の病院で精密検査を幾つか受けたのだった。喀痰検査、気管支鏡検査、擦過細胞診などの結果も机上に載っていた。松村は、相手の今にも破裂しそうな不安を受け止めることができずに必死に堪え忍んでいた。明るい材料を何も提供することができない辛さ。しかし、患者は縋《すが》るような目付きで松村を見ている。何も言えずに言葉を探していると、患者の表情に暗い影が差した。「お前みたいな若造に何がわかる。言葉にしてみろ」という非難が籠められている気がする。図らずも、二週間前に有子が指摘した「それは、先生がまだお若いからだと思います」という言葉には一面の真実が含まれていた。診察室で中高年の患者を診る度に、他ならぬ松村自身が痛いほど感じ取っていたことだったのだ。診察室の重い沈黙を知らずに、受話器から有子の少し緊張した声が漏れてきた。

「それでですね。著者の方も交えまして、お礼かたがた夕食でもと思いまして。いかがでしょうか」

「いいですよ。ただし、あなただけの方が嬉しい」はっとした気配が伝わってきた。沈黙。松村は診察室での沈黙の方がより堪え難いがために、有子には一方的に言って切った。「是非、そうしてください。私からまた連絡します」

電話を置くと、患者は早くこっちの用件を済ませてくれとばかりに松村を見た。自動車販売会社の営業を長くしている山崎という五十三歳の男だった。

「先生、肺癌ですか」

「まだはっきりとは言えません。しかし、その可能性はあります」

「可能性って言うと、いいことみたいですよね」

松村は絶句する。助けてくれ。俺に何かいい言葉を言わせてくれ。松村の中の気弱な部分が叫んだ。しかし、松村は医師の態度を貫いた。

「可能性というのは僕らの場合、それもあり得るという範囲を表す言葉です。ここまで来たら、どんどん絞るしかない。もう少し検査をします。頑張ってください」

愕然とした患者の目を見ないために、松村は窓の外を眺めた。有子が見惚れていた桜は葉桜となり、量感を見せつけるように葉の塊を強い風に揺るがせている。

その日、松村は有子に電話をかけようとはしなかった。有子はどう思ったか、どう出て来るか。自分が一歩先んじたのだから、今度は有子の番だった。松村と有子はすでに仕事を離れ、駆け引きに入っていたのだった。ところが、有子は意外な手を打ってきた。数日後、病院に事務的なファクスが来たのだ。

「お食事の件。五月十一日、七時に新宿Hホテルの中華を予約しました。ご都合はいかがでしょうか。ご変更あるようでしたら、ご一報くださいませ」

場所と時間が詳しく書いてあるだけで、何のメッセージもなかった。これでは著者も一緒かもしれないし、松村を有子に紹介した上司も来るかもしれない。一本取られたと松村は思い、結局、当日の予定を空けた。

当日は初夏らしく晴れた気持ちのいい日だった。日暮れてからも、新緑の香気が薄闇のあちこちに残っているようで、松村は気もそぞろだった。診察を終えた後、いつもなら喋り疲れ、あるいは病人の重い気持ちに惑わされ、何となく飲まないではいられないのに、この日ばかりは上空で葉を揺らす大欅《けやき》のように、ざわざわと心が騒いで駆けだしたいほどだった。有子を何とかものにしようなどと若い男のようなことは思わなかったが、有子に気に入られたかった。そして、自由に振る舞ってほしいと願う気持ちの余裕もあった。松村は新調したチャコールグレイのスーツにブルーの縞のシャツを着て、紺系のタイを締めた。著者や有子の上司が来るかもしれないから、というのは全くの言い訳で、有子に自分の気持ちを伝えたかったからだった。

五分前に約束の中華料理店に着くと、極彩色の竜が彫られた柱の前で、有子が人待ち顔に立っていた。明るいベージュのパンツスーツ姿で靴とバッグは茶色。仕立ての良いテーラードカラーの首元に、ごくごく細いゴールドのネックチェーンをしていた。繊細なチェーンが細い首から鎖骨を通って喉下の僅かな窪みに沿っている。松村は有子の首に指で触れることを想像した。

「先生。この間は有り難うございました」

有子は松村の顔を正面から見てお辞儀した。松村を招いて失敗しないように、と張り詰めているのがわかった。

「お一人ですか」

「勿論です」有子はきっぱりと返答した。

「それは僕がそう言ったからなのでしょうか」

松村の問いに、有子は曖昧な笑みを浮かべた。あの不安定さを感じさせる笑みではなく、もっと柔らかで攻撃的な笑みだった。松村は有子がそんな表情を見せたことにたじろぎ、有子をすでに好きだと思っている自分に驚いたのだった。その答えを知りたい。

なぜ言わないのだ。焦りが口を衝いて出た。

「あなたがそう思ったからですか」

「私がそう思ったからです」と、有子ははっきり言った。「いけませんか」

「いや、嬉しい」

「なぜですか」

有子は畳みかけるように問い返す。気が付くと、松村は有子の、ゲームにも似た言葉の遣り取りに巻き込まれていた。最初に会った日に、有子が相手の言葉にいちいち反応し、吟味していると感じた時と同じ経験だった。あの時は鬱陶しいと思ったのに、この夜はそれが胸が締め付けられるほどスリリングで、やめることなどできそうにない。松村はこの女と恋愛したいと真剣に願った。恋愛というものがどういうものなのかわからなかったが、少なくとも合コンで知り合った女たちと飲みに行ったりカラオケに行って、ホテルに誘う方法を考えるのとは全く違っていることだけは明らかだった。もっと自分を露わにして恥を掻くことだ、と松村は有子の緊張した顔を見て思った。

「さっきの答えですけどね」

松村はとろりとした飴色の紹興酒が入った小さなグラスを持ち上げた。

「は？　何でしたっけ」

有子は太い箸で餡のかかったエビを苦労して摘んでいた。

「僕が、嬉しい、と言ったらあなたが『なぜですか』と聞いたでしょう。あの答えですよ」

「お答えにならなくてもいいですよ」

有子は戸惑ったように言った。松村はがっかりした。

「どうして」

「失礼な言い方かもしれませんが、わかるような気がしました」

「多分、あなたの想像と違ってると思う」

「そうかしら。違うのかしら」有子は箸を置いた。「あなたは何て言おうとしたんですか」

「先生」が「あなた」になっている。有子がにじり寄って来た気がした。

「僕はこう答えようと思っていた。あなたが僕と二人だけで会いたいと思ったことが嬉しい、と」

「そうですか」有子は真面目な顔をした。「私は最初にお会いした時から失礼なことばかりしているので、先生ときちんとお話ししてお詫びしなくてはと思ってました。それで、どうしてかなと」

松村は落胆して、酔いで少し赤くなった有子の目許を見た。折角ここまで追いつめてきたのに、またぬらりと有子に逃げられた気がした。壁は厚く、強固だ。これを崩して何とか中に分け入りたい。壁の向こうに何があるのか。松村は自分が誰よりも早くその中に入り込んでしまいたかった。こんな変わった女がいるのに、出版社の連中は何をしているんだとも思い、またその思いは、松村を訳のわからぬ妄想に囲まれた嫉妬の世界に連れて行きそうだった。それが怖くもあって、他方では、仕事だけで手一杯なのに恋愛なんかに引き回されたらどうする、早く戻れ、と自分を律する感覚も生じてきている。それほどまでに有子と関わることは危険な匂いがした。

食事が終わり、有子は支払いを済ませて戻って来た。松村は、クロークで書類袋と薄手のコートを受け取っている有子の背に話しかけた。

「広野さん、明日は早いんですか」

有子は振り向き、頭ひとつ以上背が高い松村を見上げた。

「特に急ぎの用事はないですが、十時には出社します。先生は」

いつの間にか「あなた」が「先生」に戻っていた。有子のバランス感覚が正常に作動している。本当はアンバランスな癖に、と癪に障る。

「僕はいつも通り八時には病院に行きます」

「あら、じゃ何時に起きられるんですか」

「六時です」松村は反射的に時計を見た。すでに十時近かった。「良かったら、下のバーにでも寄りませんか」

「でも、早くお帰りになった方がいいのでは」

有子は迷っている。構わず松村はこう切り出していた。

「誰か付き合っている人いるんですか」

有子は驚いたように両脚をぴたりと揃えて立ち竦《すく》んだ。磨かれた大理石の床が、有子の影を映して光っている。松村は沈黙した。有子に惹かれていることを告げなくてはならない。これまでのことを謝らなくてはいけない。だが、出て来たのは単なる誘いの言葉だった。

「一緒に酒飲んでください」

有子は何も言わずに頷いた。バーで二杯ずつカクテルを飲んだが、直前の「誰か付き合っている人いるんですか」という問いが災いしてか、急に松村は気楽に喋ることができなくなった。有子も黙りこくって自分の指ばかり眺めている。気詰まりのまま、松村は高円寺の有子のアパートまでタクシーで送って行くことにした。青梅街道を走るタクシーの中で、松村は有子の手をようやく捕まえた。指先は冷たい。松村はその手を自分の掌《てのひら》の中にくるみ、こう言った。

「また会ってくれないか」

「いいけど」と答えた後、有子は思いがけないことを言った。「先生、私に睡眠薬くれる？」

「眠れないの？」

そうなんです、と有子は低い声で答えた。松村は有子の自信なさげな口許を思い出し、不眠症だったのかと溜息を吐《つ》いた。

「いません」

「どんなふうに眠れないの」

「時々、全然眠れなくなるんです。仕事で失敗したり、何かトラブルがあると。すごく些細なことから始まるの。ストレスだってことはわかってるんだけど」

「些細なことってどんなこと」

有子は少し躊躇《ためら》ってから、こう言った。

「たとえば、先生とのいろんなことです。ああ、失敗した、と思うと駄目になるんです。すみません、こんなこと言って」

「ごめん」

松村はきつく手を握った。有子が弱過ぎるとは思わなかった。ただ、自分のささやかな意地悪がこの女を眠れなくさせたと思うと申し訳なかった。この女はたった一人で生きているのだ、支えてやりたい、そんな気持ちが湧いてきた。

「今度会う時に処方してくるから」

「お願いします」

有子は時々対向車のヘッドライトで明るく照らされる車内で軽く頭を下げた。静かになったので覗き込むと、有子は目を閉じていた。

「手を握ってて貰うと安心します」

有子が呟いた。松村はタクシーの後部座席で有子に軽く口づけした。有子の方から耳許で囁いた。

「お願いだから、今夜手を握ってて」

有子の暮らす高円寺のアパートは鉄筋三階建てで、古いながらも頑丈そうな造りだった。タクシーに運賃を払う間、松村の気持ちは複雑だった。有子の申し出は嬉しいが、あまりに簡単に部屋に誘う有子が安くも思える。いったい何人の男がこの部屋に通って来たのか。しかし、有子の暮らし振りを見たい、どんな女なのか知りたい、という好奇心の方が遥かに勝《まさ》っていた。松村は鉄製の外階段の側に立っている有子の顔を見つめた。ほんのりと酔った艶やかな表情をしている。松村の気は逸《はや》った。有子の部屋は三階だった。酔った二人は息を切らせながら階段を上った。有子が自分の部屋の扉を開ける間、松村はこんなことを言った。

「下の方が便利じゃない？　騒音も気にしなくていいし。俺は下ばかりだな」

「一階だと痴漢が来るのよ。それが怖くて三階にしたの。下着を盗まれたこともあったし、うっかり窓なんか開けて眠れないし。一階は絶対に嫌」

「女の人は大変だな」

「そうなの。自由でいいけど、辛いことだらけよ。オートロックのマンションに引っ越したいわ」

有子は誰も信用できない都会の生活にも疲れているのだろう。この古いアパートで眠れずに暗闇で目を開けている有子を想像し、松村は可哀相になった。有子がどうぞ、とドアを開ける。六畳間二つと小さなキッチン。ひとつは仕事部屋に使っているのか、本棚があり、大きめのテーブルの上にパソコンが載っていた。まめに自炊をしているらしく、フライパンと小さな鍋がコンロの上にある。有子は奥の部屋から松村を呼んだ。

「先生。来て」

「先生って、やめてほしいな」

松村は苦笑して奥の寝室に入った。青いカバーの掛かったシングルベッドがあり、有子がスーツ姿で横たわっていた。

「お願い。眠りたいの。私、この一週間で十時間くらいしか寝てないと思う。お願い、助けて」

「服はそれでいいの？」

「いい。起きたらこのまま会社に行くから」そう言って有子は笑った。

皺だらけになるよ、と言いかけた松村はすぐに有子の気持ちに気付いた。有子は今日はまだ自分と寝る気はないのだ。本当に睡眠を取りたいだけらしい。松村は自分もスーツ姿で有子の横に横たわった。腕枕をしてやり、有子の手を握る。

「こんなので眠れるかな」

「やってみるわ。悪いけど、先生。私が寝たら帰ってね。ごめんなさい」

松村は腕の中で目を閉じた有子の唇にもう一度口づけした。有子がうっすらと目を開けた。松村は激しく唇を吸い、有子のスーツのボタンを外し始めた。下にはレースの付いた白いブラしか着けていない。露わになった鳩尾《きゅうび》をそっと撫で、触りたくて堪《たま》らなかった首筋の細いチェーンに指をかけた。指が鎖骨に触れると有子があっと声を出し、身じろぎした。「感じるの」と聞きながら、有子の柔らかな唇に自分の唇を重ねる。有子は何も答えずに松村の肩に腕をかけ、舌先を軽く噛んだ。指が松村の硬い髪の中に差し入れられる。経験が豊富だ。身勝手は承知で、そのことに松村は傷付く。

「あなた幾つ」

「二十七になったばかり」

経験があるのは当たり前かとも思いながら、この部屋で、このベッドで他の男に抱かれたのかと松村は顔を上げ、周囲を眺めた。和室の六畳間にカーペットを敷いて洋室風にしてある。だが、家具や調度は学生っぽく、安物ばかりだった。学生時代から、この部屋に住んでいたのだろうか。同棲していたのではあるまいか。気が付くと、他の男の存在を示す証拠がないかとそればかりを探していた。有子が松村の表情を下から窺っていた。

「どうしたの」

「いや、何でもない」

「嘘」と有子は冷たい口調で言った。「何か探している」

「何も探してないよ」

有子の体に力が入り、硬くなった。松村は有子を上からやんわりと抱き締めた。またさっきのように柔らかく溶けてほしいと思った。だが、有子は力を緩めない。両腕を突っ張った。

「嘘。私が一人暮らしだから、男にだらしないと思ってるんでしょう。あなたを誘ったと思ってるんだわ」

有子は松村の体を押し除けて身を起こし、はだけた上着のボタンを留め始めた。松村は有子の鋭さと急激な変化に驚き、茫然としている。

「他に男がいるんじゃないかと思ってるのよ」

「違う」否定したものの、それは確かに真実だった。松村は項垂《うなだ》れ、自身の乱れた髪を掻き上げた。

「あなたが好きだから嫉妬しただけだよ」

「なぜ、そんな風に考えるの。なんで勝手に思って嫉妬なんかするの。どうしてあるがままの私を私だと受け止めてくれないの。それができないのなら、会わなくてもいいわ」

「どうして」

「私が傷付くだけだからよ」

有子はさっとベッドから身を翻し、カーペットの上に降りた。綺麗な形のスーツが皺だらけになっているのを、松村は悲しい思いで眺めていた。

「俺だって決めつけられて、傷付かないと思ってるの？」

「だって、先生も私とやりたいだけなんでしょう」

「じゃ、どうして手を握っているだけでいいと言ったのにキスしたの」

「違う」

「キスしたかったからだよ」

松村はだんだん腹が立ってきた。なぜ、こんな滅茶苦茶なことを言われるのかわからなかった。有子を好きになって、他に男がいないかと嫉妬することのどこが悪いのか。いったい、何をそんなにまでして守りたいんだ。それほど自分が大事なのか。だったら、壊《こわ》してやる。松村はベッドの上から有子の手を強引に引いた。有子が倒れ込むと、そのまま押さえ付けて強引にキスした。争っているためにマットレスが揺れる。有子が泣きそうな顔をしたのが、また松村の怒りに油を注いだ。

「やりたくてどこが悪い。あなたを好きなんだからしょうがないじゃないか。あなたは俺が好きじゃないのか。だったら、なぜ手を握っててくれなんて言ったんだ」

「あなたが私を安心させるから」

「安心しろよ」

有子は頷いて大人しくなった。松村は有子のスーツのボタンを再び外した。ブラとお揃いのショーツを着けている体は意外に豊満で、松村は宝物を発見したような気がした。焦ってジャケットを脱ぎ、片手でシャツのボタンを外し、有子を抱き締めて口づけし続ける。肩の丸みをそっと撫で、首筋に唇を沿わせる。有子の力が抜け、柔らかくなってきた。そうだ、丸くなれ。濡れてほしい。松村は有子の乳房を愛撫しながら願った。有子の体の中にようやく入ることができた時、松村は不安と快楽の交錯する有子の目を覗いた。怖がらないで。安心して。松村は有子の髪を撫でて、囁いた。

　裸のまま有子は松村の腕の中で寝入った。松村はほっとして、床に落ちている腕時計を拾って眺めた。午前三時半。そろそろ戻らなくてはならない。一時間でも睡眠を取らないと持たない仕事だった。床にきらりと何かが光ったので摘み上げると、有子のネックチェーンだった。途中で千切れている。松村は悪いことをしたと後悔した。気配を感じたのか、有子が目を覚ました。

「帰るの」

「うん、また来てもいい？」

「来て」有子は甘えるように両腕を松村の首に絡めた。「私、少し眠ったでしょう」

「寝ていたよ」

「良かった」有子は満ち足りた顔で微笑んだ。

「これ、ごめん」松村は切れたチェーンを差し出した。「同じ物を買ってあげるから」

「見せて」有子は危ういほど細い鎖の塊を掌に受け取った。薄闇の中で、それはきらきらと砂金のように光っている。「いいわよ、そんなことしなくても」

「でも、買ってあげたいから」

「じゃ、買って」

　チェーンを握った有子の手を、その上から両手でくるんだ。やがて、有子は安堵したように目を閉じた。松村はアッパーシーツを肩の上まで引き上げてやり、有子の寝顔を見つめた。立ち去ろうとすれば、また目を覚ますかもしれない。このまま朝までいてやろうか、しかしそれはできない。自分の仕事は、他人の命や人生が懸かっている。松村は、有子の複雑さをずっと愛せるだろうか、と自分の力量が心配になったのだった。

感受性が強いがゆえに、何もかも言葉にして解決し、何とか前進しようとする有子の態度が自分を疲れさせるとは、松村自身も思わなかった。有子のような不安定で複雑な女には、言葉で交通整理することが必要だからだ。しかし、言葉にするのは面白いが、ただのゲームに過ぎないとも松村は考えていた。それが有子と自分との間に常に横たわっていた深い溝だった。

有子は言葉を使う仕事に従事している。言葉は道具で、商売の種でもある。しかし、自分にとって小説はやはり虚構。言葉を重ねたところで、このリアルで危険な現実には敵《かな》いっこない。病院で毎日病人と接すれば、すぐわかることだ。インフルエンザが流行《はや》れば感染しかねないから、医療従事者である自分も予防接種をする。苦しむ人間には、苦痛を取り除くための薬や療法を考えて手を打つ。つまり、松村にとっては、正しい予測とそれに合った手立てが順次行われていくことが仕事なのだった。それには物事を単純に考える必要も生じる。そうでなければ物理的に動けないからだ。なぜインフルエンザが流行するのか、なぜ人は病を得るのか、そんなことをいちいち考えていては治療などできない。

　正直に言えば、有子が面倒な自我を抱えていることが苦痛と感じられることもあった。問題をわざわざ複雑化することに堪えられないとも思った。だが、それが有子の言う、記号でしか女を見ていない、という論理になるとは思わない。


　しかし、二人の関係はじわじわと悪化していたのだ。終止符が打たれたのは、鬼女の話が出た数カ月後、ゴールデンウィークの最後の夜のことだった。有子からワインでも飲もうと誘いの電話があった。

　実は、その年の初めに、ゴールデンウィークには二人で海外旅行に行こうという話が出たのに、互いに乗らずそのまま休暇を迎えてしまっていた。それも暗い予兆ではあったはずだ。が、松村はまだ気付かなかった。松村を迎えた有子が、明るく機嫌が良かったからだ。

「あなたと付き合うようになってから、不眠症は治ったのよ」

　有子がサラダボウルの縁についたドレッシングをティッシュで丁寧に拭いながら言った。確かに、初めて会った頃に有子の顔に浮かんでいた不安定さは、近年なくなった。強さの代わりに、決然としたものが現れ、それは有子の唇の両端にはっきり刻まれていた。強さなのか、別の屈託なのか、松村にはわからなかった。

「良かったね」松村は有子と会う度、軽い導眠剤を渡していた。が、必要ないらしい。

「そういえば、最近、顔が変わったみたいだ」

「え、どういうふうに」

有子は気にしてスプーンを取り上げ、裏の球面に映る自分の顔を覗いた。休日は素顔でいることが多い。その日も化粧気なしでジーンズにTシャツという構わぬ身形《みなり》だった。夜になって肌寒くなった、と上から黒いカーディガンを羽織っている。

二人は月に二、三回は必ず会うことにしていたが、近頃は二人で外出するよりこうしてくつろいでいることの方が多かった。口論が絶えなくなったせいもあった。いや、二人きりで籠もり、他人の目を意識しなくなったから口論が増えたのかもしれない。いずれにせよ、互いに相手の瑕疵《かし》が気に入らなくなっていたのは事実だった。

「前はもっとぴりぴりしていた。その割に抜けていて、そこが可愛かったけどね」

松村は有子の機嫌を損ねないように言葉を選んだ。

「そうね。私、仕事で失敗ばかりしていたのよ。だから、びくついていたし、自信がなくて辛かった」

考えてみれば、有子の仕事上の愚痴は聞いたことがない。松村が仕事の話をよくするのに比べ、有子はほとんど喋らなかった。松村は二つのグラスにワインを注ぎながらさりげなく問うた。

「何が辛かったの」

「東京に一人でいることでしょうね」有子はあらぬ方向を見つめる。「あんなに来たたかったのに」

「前も言ってたね。東京に来たかったたって」

「ええ。私の家って、茨城の北の方でしょう。人口五万。東北と関東に挟まれた中途半端なところよ。父はそこで代々店をやってるの。今はコンビニだけど、私が小さい頃はよろずやのような何でも屋。母は店を手伝っていて、年に二、三回東京に買い物に行くの。一緒に行きたくて堪らなかった」

　有子は何か思い出したのか、小さく笑った。松村はたいして興味がなかったが有子が楽しそうなので尋ねた。

「何を買いに行くの」

「近所の人たちに頼まれた服を買いに行くのよ。朝から出かけて行って、一日問屋巡りをして、夕方帰って来る。十日ほどでその荷物が届くと、皆がうちの座敷に集まるの。母は荷を解いて、服を畳の上に広げるの。そして、やって来た近所の人に片っ端から渡すのよ。誰それさんは子供の入学式に着るワンピースと言ってたから、はいこれ。生命保険の仕事をしているおばさんには社員旅行に着ていく服を選んできてくれ、と言われてたから、はいこれって。それが楽しくて、私はいつも側で見ていた」

「田舎のスタイリストみたいなもんだな」

　松村の茶々に有子は笑み崩れた。

「そう。でも、東京に行って帰って来た時のお母さんって、いつもと違う匂いがするのよ。煙草の匂いが髪に付いていて。列車の匂い、雑踏の匂いっていうのかしら。東京に行って帰って来たんだと思って羨ましかった」

「どうして東京に行きたかったんだろうね」

「わからない。何か自分が実現できるような気がしたんじゃないの」

松村は有子の口調にある、諦めを感じ取った。

「今はそうは思わないの?」

有子は押し黙り、ワインを飲み干した。松村は新しいワインの栓を開けた。栓を引き抜く時にワインがこぼれ、手を濡らす。松村はチノパンのポケットからハンカチを取り出して指先を拭った。有子がぽつんと言った。

「私、今月末に会社を辞めるの」

「どうして」松村は驚いて大きな声を出した。「勿体ないじゃないか。どうして辞めるの。入社試験、難しかったんだろう。折角、勝ち抜いてきたのに」

「勝ち抜いてなんかこなかったわ」

有子は冷ややかな声を出した。声の調子が自分をも拒否しているように感じられ、松村は顔を上げた。有子は俯いている。その首にいつも着けている金のネックチェーンがないことに気付いた。最初の晩に千切れてしまったために松村が買い直してやったものだった。有子は喜び、いつも肌身離さず着けていたのだ。松村は動揺を押し隠して話した。

「よくわからないな。あんなに一生懸命仕事してたじゃないか」

「だから、嫌になったのよ！」有子は悲鳴を上げた。松村は凍り付き、黙った。「だから嫌になったの。私、このままじゃ、あなたが前に話してくれた鬼女になっちゃうかもしれないよ。ここに角が生えてる。そうじゃないと、とてもこんなところで生き抜いていけないもの。もう疲れたよ」

松村は思いがけず、鬼女の話が出たので眉を顰《ひそ》めた。そういうことだったのだろうか。自分にとって鬼女は怖いが、美しく妖しいものだった。有子はあの時、合理的にそのイメージを粉砕したではないか。なのに、今度はもっとつまらないものにしてしまった。自分の密かに持っていたイメージが、再び有子によって損なわれたような気がして、松村は微かに不満を抱いた。

「じゃ、どうするんだよ、これから。女はすぐ辞められるからいいって言われるよ」

厭味を言うと、有子は暗い声で聞いた。

「誰が言うの」

「さあ、世間だろう」

「世間だなんて誤魔化さないで。あなたがそう思うんでしょう?」

「俺は思わないよ。有子が頑張っていたの知ってるもの」

「でも、男が言う台詞《せりふ》よね。女はすぐ辞められるからいいっていうの」

有子がまた、言葉を発し合うゲームを開始した気がする。松村は苛立って大声を出した。

「男だなんて一般論にするなよ。俺はそうは思わないと言っただろう」

「先に一般論にしたのはあなたじゃない。世間だなんて言って」

有子が絡んでいるのを感じた。松村は怒らないように、と自分を宥《なだ》めた。

「悪かったよ」

「これから一人で生きていかなくちゃならないんだから、辞めたら損だって、私にだってわかってるわよ。でも、堪えられないのよ」

「堪えられない。何に」

「自分じゃなくなるってことかな」

有子は松村の目をまっすぐ見つめた。しかし、有子の視線は松村を通り抜け、その後ろの壁を通り抜け、更にその向こうに広がる暗い夜空を眺めているような気がした。突然、松村はこれまでひと言も口にはしなかったことを言った。なぜ言わなかったのかは、自分でもわからない。おそらく有子という女を好きだという真実は変わらなくても、有子と運命を共にする覚悟はまだなかったからだろう。しかし、なぜ言ったのか、その理由はわかっていた。たった今、松村は有子を失いかけているからだった。卑怯者と思われても良かった。

「じゃ、結婚でもするかい」

「誰と」

有子は挑むように松村を見た。アルコールが入っているにも拘わらず、白目の部分が澄んでいて綺麗だ。松村は動悸がした。有子はいったい何を言いたいのだ。激しい嵐の予感がして、物陰に退避したくなってきた。最近の松村は疲労していて、有子の嵐に到底耐えられそうもない。

「誰とって、俺とに決まってるじゃないか」

「突然、結婚なんてよく言うわ。私が結婚したがっていると思ってるの」

「思ってないよ。俺が有子としたがっているんだ。誤解しないでくれ」

「そんな話、今まで一度も聞いたことなかったわ」

「仕事に夢中になっていると思ってたから、言えなかった」

ゲームが突然、中止された気がした。自分が虚偽を述べたからだった。しかし、有子と結婚したいというのは虚偽だろうか。考え込んでいると、いきなり有子が怒鳴った。

「あなた、他の女と寝てる癖によく言うわね。その女が自分に相応しくないから、私ならいいっていうの。私はあなたにとって、他人と不等号で比べられる記号に過ぎなかったの」

松村は言葉を失った。動揺してはいけないと思いながらも、顔が紅潮するのがわかる。有子に知られていたことが大きな衝撃だった。半年前から、新しい女が出現していた。女は、さまざまな物事をひどく単純化するための一助として現れたのかもしれない。女が欲しいから抱く。柔らかな肌にくるまれていたいから一緒にいる。ただそれだけの夢のような存在。本当は有子にそうなってほしいのに、有子はすぐ言葉を発する。

「この間、あなたに会いたくなってあなたのマンションまで行ったの。あなたと最初に会った時のように桜が満開で、それを見ていたら何だか悲しくなったからなの。近頃、私たちはどうして喧嘩ばっかりしてるんだろうって思ったのよ。日曜なのに電話もないし、会おうともしない。私たちはどうなるんだろうって寂しかった。あなたのマンションまで行ったら、あなたは女の人とどこかから帰って来たところだった。そういうことだったのかと納得したわ」

「納得なんかするなよ。俺は有子が好きなんだから」松村は繰り返した。「俺は有子が好き。本当にそれだけなんだ。どうしてうまくいかないんだろう」

真実だった。どうしてこの真実だけで、やっていけないのか、松村には不思議で堪らない。有子は何でも言葉で分析し、言葉で考えていこうとする。自分が有子を好きだという真実は他の言葉で表すことはできない。これ以上因数分解できない素の言葉なのだ。松村はテーブル越しに有子の手を握った。それは冷たく、だらんとして、松村の掌に容易に納まった。初めて抱いた夜のように、力を籠めて松村を拒否してくれた方がまだましだったかもしれない。有子は弛緩した手を松村に預け、目を合わせずに聞いた。

「あの人はどこの人」

「近くに住んでる人。好きでも何でもない。関係もない」

しかし、有子が見たのは松村と女が仲良く手を繋いで帰って来たところだったかもしれない。女は松村より二歳上で、離婚した経歴を持ち、昼間はスーパーのレジで働き、夜はスナックでアルバイトをしている。そのスナックで松村は女と知り合ったのだ。店の女と客。他人に話すのが嫌になるほど俗な始まりをした関係だった。互いに欲望を交換しているという認識のみが二人を繋いでいる。だが、そのシンプルさが今の松村には面白くて堪らないのだった。また、自分に何の期待も抱かない女の潔さも好きだった。三年前に有子に対して感じた恋愛したいという願いと対極にあるからだろうか。多分、それは松村が有子との関係という難しいものを構築している反動だった。言葉を信じている有子に対しての、意識的な裏切りだった。この日の有子はたった一語を発しただけだった。

「残酷な男ね」

松村は、有子のアパートの鉄製階段を音をさせないように注意して下りた。すでに夜も更け、街はしんと静まり返っている。どこからか新緑の香りが漂ってきていた。三年前は闇に残る新緑の香気に心を騒がせたのに、今は青臭い匂いが鼻に付いて松村を苛立たせる。松村は皮肉な気分で夜気を吸い込んだ。そして、階段を下り切ってから有子の部屋を振り仰いだ。もう、この階段を二度と上ることはないだろう。落胆とも後悔とも、何とも遣り切れぬ思いが突き上げてきて、松村に大きな溜息を吐かせる。しかし、これでようやく難しい有子から解放されたという嬉しさもないではなかった。有子との最初の一年は嫉妬に明け暮れて、独占欲から有子を苦しめた。二年目は二人とも性愛に囚われていた。そしてこの一年、有子との間にあったのは、言葉尻ひとつで繰り返される口論や、果てしなく続く意地の張り合いだった。豊かでありながら、何と虚しい時間だったことか。

松村は、時々車が通る以外、人っ子一人通らない暗い夜道を歩いた。人類が死に絶えたのかと思うほど人影がなかった。ゴミの集積所があるのに気付いて立ち止まる。松村は有子から返された品々をそこで捨てた。歯ブラシ、整髪料、パジャマ、下着、CD、本。有子はそれらをひとつの紙袋に突っ込んで返して寄越したのだ。その時の自分の驚いた表情を苦く思い出す。三年間、有子の周りをぐるぐる走り回っていた気がした。すべて徒労だったのか。いや、そんなはずはない。空車が通りかかったので松村は片手を挙げた。

「練馬区関町まで」自分の住まいの場所を告げてから、言い直した。「いや、三鷹に行ってくれないか」

女のアパートがある場所だった。こんな夜は一人でなどとてもいられない。女に縋って甘えるつもりだった。が、いずれこっちの女にも、言葉が足りない、自分を肉体という記号で見ているだけか、と詰られるのかもしれない。松村はそんなことを想像して笑いを浮かべたのだった。

気が付くと、雨の音がしない。あれだけ激しい雨が降ったのだから、夜明けの空気はさぞかし重い湿気を含んでいることだろう。乾き切った部屋の空気が急に疎ましく感じられ、松村は立って、カーテンを開けた。空が白み始めていた。太陽が昇れば、この不安な思いも消えてなくなるに違いない。松村は振り向き、机の上にあった有子の手紙を破り捨てた。

第三章　青い壁

盧山丸《ろざんまる》は揚子江に入った。川と呼ぶにはあまりに大きく、海と大河の境目は水の色で判断するしかない。船首楼の横に立った広野質《ただし》は、身を乗り出して海を覗き込んだ。しかし、行く手から射す強い陽光に、白くきらめく波頭しか見せない海は、その色をまだ明らかにはしてくれない。

月に三度は往復する上海《シャンハイ》・広東《カントン》間の航路だが、質は船が揚子江に入る度に水の色を見ることにしている。波の荒い東シナ海から大河に入ったと認識した途端、波があるにも拘わらず、そして両側の陸地が見えないほどの川幅であるにも拘わらず、体内の緊張が少し緩むからだった。陸地の懐に抱かれ、やがては港に入る。船乗りにとって、これほどの喜びを感じることがあるだろうか。板子一枚下は地獄。海という地獄、そして、いつ何が起きるかわからない戦火という地獄からの生還なのだった。船乗りになって五年。洋上で暮らすことに慣れてきた質でさえもそうなのだ。滅多に船に乗りつけない乗客に、その思いは一層強烈に違いない。質は船の後部を振り返った。

後部甲板は、七十名近いデッキパッセンジャーで膨れ上がっていた。七月の太陽は中天にあって、容赦なく甲板を照り付けている。いくら安い運賃とはいえ、さぞや辛い旅路だろう。欧米人や日本人は見当たらない。そこにいるのは、大半が中国人だった。甲板上で沸騰させた水を商っている者もいれば、持参した饅頭を売っている者もいる。だが、多くの者は三泊四日の船旅に飽き飽きしたようにだらしなく寝転んでいた。出稼ぎ者、商人、学生、難民。彼らのほとんどは貧しく忍耐強い、中国の庶民だった。しかし、中には密輸を企んでいる者もいる。匪賊《ひぞく》に豹変する輩もいるかもしれない。不測の事態に備えて、デッキパッセンジャーは厚い板で作られた頑丈な境界に遮られ、船の後部甲板に閉じ込められていた。そこは常に、銃を携えたインド人ウォッチマン（警備員）が両舷で警備している。万が一、暴動が起きれば、すぐさまスチームが噴出して撃退する装置も仕掛けられている。大袈裟なようだが、船の安全航行のためには致し方のないことだった。それだけの策を講じて運航しているからこそ、N汽船は安心だと評判が高くなるのだ。N汽船は、N郵船、O汽船、D汽船、K汽船らと並び、主に揚子江沿岸と、中国沿岸の航路を持っていた。

質は廬山丸の機関長をしている。廬山丸は総トン数、二五三一トン。長さは約九十メートル、幅約十三メートル。上海・広東間を約四日で航海する。平水、沿海、近海、遠洋航路のすべてを航行できる一級の資格を持ち、最大速力は十三ノット。エンジンは三連成。暗車（スクリュー）は一基。特別室が二十名、普通室が七十二名、計九十二名の旅客を運ぶ。最近は不安定な国情を反映してか、金のかからないデッキパッセンジャーの方が断然多い。積み荷は上海で主に大豆、米などの食料品、雑貨。広東からはバナナ、マンゴ、パパイヤなどの果実、砂糖、生糸など。船長以下、質も含めて高級船員は十名ほどだが、水夫、火夫ともに現地の中国人を百人近く採用している。

一九二七年、中国は内戦状態にあった。国共合作を提唱した孫文《そんぶん》は二年前に死んだ。北部では軍閥がはびこって反共クーデターが勃発し、蔣介石《しょうかいせき》率いる国民革命軍は昨年北伐を開始した。そして日本軍までが入り乱れて中国を揺らし続けている。戦国時代とは、おそらくこんな時代だったのだろう。明日はもう運命が変わるかもしれない、先の読めぬ世情。海難を避けることはできても、港に近付けば人間が怖い。海賊や匪賊、戦火に巻き込まれる可能性も多々ある。軍閥の突然の徴用による無賃乗船は始終で、各汽船会社の被害は甚大だった。しかし、命あっての物種だ。四年前に起きた宜陽丸《ぎようまる》事件は、他人事ではない。宜昌《ぎしょう》から重慶《じゅうけい》に向かって揚子江を遡行する我がN汽船の貨客船を、匪賊と化した軍隊が襲った。船長と舵手が即死、二人の船員が身代金目当てに拉致され、一年二カ月間も中国各地を一緒に引きずり回された事件だ。この他、誤爆、誤射された事件は枚挙に遑《いとま》がない。もっとも、陸《おか》に上がったところで、この身が無事だという保証はどこにもない。一昨年、上海で起きた五・三〇事件は、日本紡績企業に対する労働運動の激化と工場側の弾圧が発火点となって、イギリス警官隊が発砲したことによる。これが契機となって反日・反英運動が高まった。その波は広東にも広がり、昨年六月、イギリス側の発砲事件が起きた。以来、反英ボイコットは続いている。上海も広東も不穏だった。冗談ではなく、外国人だという理由で殺されることもあるのだ。

命は惜しくない、と覚悟は決まっているのに、揚子江に入った途端に体中の血が温かく巡り、力が緩む。この安堵は何だろう。質は再び目を海に転じた。波頭の合間に、ようやく茶色い水面が見えた。揚子江が運ぶ粘度の高い茶色の泥。それが大河を航行する印なのだった。質の頰に笑いが浮かんだ。初めてこの色を見た時の興奮を思い出した。

三年前、二十二歳の時、長崎丸の三等船客でやって来たあの日。日本には二度と戻らない決心を抱えて眺めた、揚子江の茶と東シナ海の青とが混じり合う大胆な水の色。遥か彼方にほんの僅か、細い陸地が垣間見えた。姿は現れなくても、すぐ向こうに広い大陸が横たわっている。質はその姿を想像して興奮した。そこに、まだ見ぬ大きな混沌があるのだ。闘争もある。混沌や闘争は自分という人間をどう捏《こ》ね上げるだろうか。命をなくすかもしれない。もしかすると、新たな自分を得ることができるかもしれない。新しい世界で新しい自分になる。膝頭が震えるほどの恐怖と、空を見上げているような広やかな期待と。どうやってでも一人で生き抜いてやる、とその時、質の心は密かに弾んでいた。

右手に島が二つ、その先にかなり大きな崇明島《すうめいとう》。いずれも揚子江の中洲だ。中洲といっても、小豆島《しょうどしま》の三倍くらいの大きさがあるのだから揚子江の規模は恐ろしいばかりだ。上海に向かう揚子江の支流、黄浦江《こうほこう》に入るのは予定通り午後二時過ぎだろう。質は腕時

計を覗いた。汽船や帆を上げたジャンクの姿が多くなってきた。擦れ違う船影を追って

いた質は、背後に、目に染みるほど鮮やかな白を感じて振り向いた。船上では滅多に見

かけない清潔な白さだった。デッキパッセンジャーの中に、優雅にも白いパラソルを差

した女がいる。まさか、邦人の女ではあるまい。質は急いで上甲板を歩き伝って、乗客

の見える船橋まで行った。

　青いスカートに白いブラウスを着た女が船尾の係船ウィンチの脇に立って海を眺めている。体付きから、東洋人であることは確かだった。女の存在は、みすぼらしい黒っぽい上着やズボンを着用している中国人たちの中にあって、大いに目立つ。なのに女がパラソルを差すまでその存在を知らなかったのは、機関長をしている質が機関室にいることが多く、滅多に船の後部にいるデッキパッセンジャーに注意を払わないからだった。質の視線を感じたのか、不意に女がパラソルを下ろし、こちらに顔を向けた。耳の下で切り揃えた黒い断髪が見えた。瞬間、質の口から驚きの声が漏れた。

「浪子《なみこ》」

　浪子が質に気付き、ほっとしたように笑い、大きく手を振った。振り返したものかどうか、質は迷っている。だが、浪子はそんなことに構わず、蹲《うずくま》り寝転ぶ乗客を足先でよけながら甲板上を走って来た。インド人ウォッチマンが「ストップ」と叫ぶ。いいんだ、と質は手で警備員を制した。浪子はやっと顔が出る高さの、厚板で作られた境界の向こうから、背伸びして質に話しかけた。

「質さん、やっと気が付いてくれたの。こんな狭い船にいるんだから、絶対会えると思っていたのに全然会えないんだもの、がっかりしちゃったわ。一度くらい様子を見に来てくれてもいいのにと思ってたのよ。このインド人に言ってもひとつも聞き入れちゃくれないんだから頭に来ちゃう。もう、暑いし揺れるし、あたし心底くたびれちゃったわ。最初は船酔いでげえげえ吐いちゃったしね。でも、夜は寝転んでいると満天の星が見えてとっても気持ちいいの。初めて乗ったけど、三等船客も悪かないわね」

浪子は質と会えたのが余程嬉しかったのだろう、一気に喋った。揺れる甲板でいつ化粧をしたのか、いつものように白粉を塗り、赤すぎるほどくっきりした紅を引いている。浪子は決して自分の歳を明かさない。が、陽光の下では目尻の皺がはっきり露わになった。やはり三十五歳は過ぎている、と質は残酷なことを思った。

「どうしてデッキパッセンジャーになったんだ。船室に入ればいいのに」

「だって、満室だったし、お金がないもの」

浪子は肩を竦《すく》め、暑さで青菜のように萎《しお》れた乗客を振り返る。

「上海に行くのか」

「当たり前じゃない、この船に乗ってるんだから。もう広東は駄目よ。共産党やら軍閥やらいつ戦争になるかわかんない。あたしは強姦されて殺されるのはまっぴら。日本人が多いところに行きたいのよ」

浪子は真っ白な歯を見せて笑ったが、顔色は青く、目付きはどこか荒んでいた。時々、しつこい咳をしていることから、質は浪子が肺病なのではないかと疑っていた。結核で死んだ父親や長兄にそっくりの咳だからだ。病身の女が一人で船旅をするには、デッキパッセンジャーはさぞかし辛かっただろう。優しい言葉をかけるべきか。質は迷った。浪子が上海に向かう真意が今ひとつわからない。逃げるのなら日本が一番ではないか。質は複雑な思いで突っ立っている。

「ねえ、何か言ってったら」

浪子は駄々をこねるように、畳んだパラソルを手持ち無沙汰に揺らした。背の高いインド人ウォッチマンは無言だが、こっそり横目で浪子の様子を眺めている。質は、その目に軽蔑の色が浮かんでいるような気がした。

「言うも何も、これからどうするつもりなんだ」

「質さんの家に置いてよ」

「冗談じゃないよ」

質は不機嫌な顔をした。姿を発見した時から、自分を追いかけて来たのではないかと怖れていたのだが、その危惧は当たっていたようだ。この数カ月会わないようにしていたにも拘わらず、浪子の方からは始終、広東の出張所に連絡があった。浪子は広東に住む得体の知れない女だった。初めて会ったのは、ちょうど一年前、夏の日の夕暮れ時だった。

　広東は香港《ホンコン》から珠江《しゆこう》を遡ること八十哩《マイル》。珠江は三千トン級の船しか遡行できない。珠江に浮かぶ中洲・沙面《しやめん》にN汽船は出張所を構えている。沙面は英仏租界だ。芝生のグリーンベルトが敷かれ、プラタナス並木のメーンストリートに洋館が建ち並ぶ美しい街。中国人街とは明らかに別世界で、治外法権。中にいる限り安全で、船に乗っているのと同じだった。その日、埠頭に碇泊中の船でひと仕事終え、出張所に入ろうとした質は、背後から女に声をかけられたのだった。

「日本の方ですか」

「そうです」

　振り向いた質は、目を奪われた。女はテニス帰りででもあったのか、白いシャツに襞の多い白スカート、手にはラケットと水色のハンカチを結んだバスケットを持っていた。痩せぎすで色黒、筋張った手をしていたが、切り揃えた前髪の下にある大きな目が夕陽を映してオレンジ色に燃えているのが息を呑むほど美しかった。並木道に白い服が何とも涼しげで、行き交う西洋人も見惚《みと》れている。

「今、何時でしょう。時計を忘れちゃって」

「五時半です」いったい何者だろう、と訝しく思いながら質は答えた。

　女は礼を言い、それから質の顔をちらと見上げた。廬山丸は早朝、広東港に入港。珠江の対岸にある芳村碼頭《ほうそんマートウ》（埠頭）に碇泊している。質は、機関整備の後、苦力《クーリー》を指揮して積み荷の下ろし作業を一日がかりで終えてきたばかりだ。高温湿潤な広東の空気のせいで汗と埃にまみれ、街のあちこちに漂う蘭の匂いに酔って倒れそうなほど疲れていた。そして、いつもの暗い衝動に囚われた、熱の籠もった眼差しを隠せないでいる。無事に航海を終えた時に決まって襲ってくる、急激に自分を壊したくなる衝動。酒を浴びるほど飲み、女と遊びたくなる。そうしないと、丸々四日に及ぶ航海中、緊張していた自分を、取り崩せないのだった。それくらい厳しい自律で、航海中の質はきりきりと緊張している。いったん作り上げた自分を壊し、また彫塑《ちょうそ》して次の航海に出る。質の生活とはこのようなものだった。女は去ろうとせずに、質の目を覗き込んだ。まるで、その奥にある虚ろを見つけ出したかのように。

「あなた、N汽船の方でしょう」と、出張所の看板を指で示す。「航海士さん?」

「いえ、俺は機関長ですが」

生成《きな》りの制服ズボンに付いた機械油を見れば一目瞭然のはずだったが、女は知らん顔で聞いた。

「そう。出張所長は今でも西さんですか」

はい、と返事し、質は姿勢を正した。女の正体が気になった。沙面に海員クラブのテニスコートがあるのは知っている。しかし、そこでテニスをしている日本人は見かけたことがなかった。沙面という場所そのものが、長崎の出島のように英仏租界、外国人だけの街なのだ。女がここでテニスコートに出入りできるのだとしたら、上流階級に属す誰かの夫人に違いない。だとしても、優雅に過ぎる。質は反感を持った。

「西をご存じなのですか」

「ええ、時々お店で会いますから。私、この店におりますの。良かったら遊びに来てね」

浪子はバスケットから小さな名刺を出した。『青い壁　宮崎浪子』とあった。

「何の店ですか」

「カフェですよ」

浪子はにこやかに笑うとスカートの襞を翻して、石畳を夕陽の方向に歩いて行ってしまった。何だ、名流夫人なんかではなく、カフェの女給だったのか。一瞬でも緊張した質は苦笑した。が、浪子の夕陽を反映して輝いていた目を思い出し、名刺をポケットに入れた。

出張所内はプラタナスの葉陰になっていて薄暗く、しかもひんやりと石造りの冷たさを感じさせた。太り気味の西は、麻の開襟シャツの襟をはだけ、扇子で忙しげに胸元に風を送っていた。入って来た質を見て、西は椅子から立ち上がり、丁寧にお辞儀をした。

「ご苦労様。ご無事で何よりです」

大正十年の出張所開設の時から所長をしている西は、船員一人一人が航海から帰ると必ずこう礼をするのだった。船長や航海士たちはひと足先に裏にある社員寮に帰ったらしい。質は整備手帳と荷揚げの報告書を西の机の上に置いた。心得の蒲郡《がまごおり》が笑いながら顔を上げた。質は、ありきたりな皮肉しか言わない蒲郡が好きではなかった。凡庸な男だと思っている。

「今、窓から見てたんだけどね。広野君、きみ『青い壁』の女に捕まってただろう。あの女は獲物がないとああやって沙面まで出て来るのさ」

質は苦笑して何も言わなかったが、内心は不快だった。浪子のことではなく、自分が蒲郡に「獲物」と断じられたことだった。航海を終えたばかりの安堵と、逸楽を求める緩みを、石造りの暗い安全な部屋から眺められ、観察されていたことが嫌だったのだ。しかも、紛れもない真実を見抜かれたこと。まさしく自分は「獲物」なのだ。あの女もそれを認めて、自分の目の中を覗き込んでいたではないか。

現場に身を置く人間にしかわからない複雑な感情があった。座礁の危険、戦火の災難を避けて浅い川をやっと抜ければ、外海の荒波が待つ。旅客にも気を許せず、水夫、火夫に外国人を雇う気疲れ。実際に船に乗らなければ決して理解し得ない心労だった。外灘《バンド》に立派な社屋を構えるN汽船本社に行っても同じだ。事務系の社員に対するこの違和感は、陸に上がった質をいつも孤立させる。

「沙面なら中立地帯だから安全だと思ってさ、あの女は何とか伝《つて》を見付けてこっちに越して来たいんだよ」

蒲郡がなおも言った。広東は国民党軍の本拠地だった。それが不安を掻き立てる。珠江沿いの僅かに離れた町、三水《さんすい》に軍閥の広西軍が駐留していて、今にも広東を爆撃するという噂も飛び交っている最中だった。今日も国民党軍の貧相な戦艦が港内に五隻も碇泊していた。西が扇子をぴたっと閉じ、真面目な顔で諌《いさ》めた。

「まあまあ蒲郡さん。広野君は若いんだから。ねえ、あそこは面妖《めんよう》な店ですよ。まだ逃げずに営業しているなんて偉いですよ。あるうちに、広野君も一度行ってみるといいでしょう、話の種に。第一、青い壁なんて青かびみたいじゃないですか。誰が名付けたんだか」

「カフェだと言ってましたが」

質は汗臭さを気にしながら、事務員の差し出した冷茶をひと口啜った。

「カフェっていうほど洒落てはいないですよ。そんなに遠くはない。行ってみたらどうです。出航は明々後日《しあさって》でしょう。明後日までは休暇なんだから」

温厚な西はそう言うと、回転椅子をゆらゆら回して、質の持って来た報告書に目を落とした。


その夜、出張所裏手にある寮でシャワーを浴びた質は、清潔な開襟シャツに着替え、紺色の麻ジャケットを手にして外に出た。「青い壁」に行ってみるつもりだ。場所は、沙面から程近い清平路《チンピンルー》にある。沙面から一歩でも中国人街に足を踏み入れることは、決して安全とは言えなかった。だが、陸で感じる身の危険は、航海中の自分を壊す目的には適っている気がした。質は躊躇なく沙面と街とを繋ぐ橋に向かった。橋の両端に、インド人ウォッチマンとイギリス兵歩哨が立っていた。川から吹いてくる湿った夜風が、髭を剃ったばかりの質の頬に当たる。その艶めかしい感触は、質の心をざわめかせた。橋を渡り切って古い街に入ると、欧米人の姿も日本人の姿も全くなくなった。カーキ色の軍服姿が目立つ。蔣介石が親日的だといっても、国民党軍内部で排日の機運が高まっているという噂もある。質はなるべく目立たぬように中国人街の暗がりを歩いた。

清平市場はまだ喧噪が残っていた。踏み固められた地面は水や動物の血で濡れ、人々はその上を臓物や魚の浮き袋を蹴飛ばして歩く。暑さで蒸らされた臭気が市場全体に籠もり、慣れるまで質はかなりの時間を要した。提灯の光の下、汚れた水槽の中で黒い生物がぬらりと底で蠢《うごめ》いている。覗き込むと、サンショウウオだ。質は思わずのけぞる。店番をしている老女が真面目な顔で「精が付く」と言い、質を見上げて怪訝な顔をした。日本人と知られたら何が起きるかわからない。質はそそくさとその場を去った。奥に進むに従い、夜市はますます活況を呈していた。食用の蛇は箱の中で互いに絡み合って様々な形を作り、まるで違う生物のようにも見えた。六十センチはある大亀を生きたまま無造作に積み上げてあるのを、物乞いの子供が男から追い払われながらも珍しそうに見つめるのをやめない。まだ生きている鶏の羽を毟《むし》る女。食用の子猫や子犬を売る男。アルマジロやクジャクなどの珍しい動物の入った籠。皮を剝がれた蛙やネズミが赤身を見せて仲良く並ぶ。半裸の子供が金魚の店に群がり、手を突っ込んでは店主に追われて逃げることを飽きもせず繰り返していた。ありとあらゆる食物があった。マンゴやバナナ、ドリアン、南国産の果物が狭い通りに濃密な香りを放つ。いつしか質は市場の熱気に浮かされ、剝き出しの欲望の荒々しさにすっかり魅せられていたのだった。

市場を抜けて質は服を嗅いだ。八角を入れて煮しめた肉の匂いと、川魚の生臭さとが染み付いている。しかし、不思議な解放感に満ちていた。逸《はや》る気分で下九路《シアジウルー》を右折すると、川風がまた吹いていた。蛇料理屋の角を曲がった。蛇のいっぱい放たれたショーウィンドーの前に、幼い街娼が立っている。桃色のドレスを纏《まと》い、手足も服も薄汚れていた。ちらと質を一瞥し、声をかけてきたが、質は振り返らない。豚を解体している店の隣に、目指す「青い壁」はあった。小さな日本語の看板に黒い液体がべったりと付いて店名が判読できなくなっている。嫌がらせで何かを掛けられたのだろう、と質は推測し、店の扉を押した。

店内は暗く、隅で蛍のような小さな光が明滅していた。目が慣れない質は、床の段差に蹴躓《けつまず》きそうになった。「あら、嬉しい」という日本語が聞こえ、ぱっと電灯が灯った。浪子が壁に寄りかかって煙草を吸っていた。その光が蛍に見えたのだった。ウナギの寝床風の細長い店だった。

「きっと来てくれるだろうと思ってた」

浪子はゆっくりと煙草を灰皿で揉み消し、微笑みながら質の方に歩いて来た。腕の部分だけが透けた赤い長いドレスを着ていた。首にきらきら光る黒いビーズのネックレスを巻いている。腕にも揃いのビーズ。質は頷き、店の中を見回した。質の他に客はいなかった。浪子と、奥に老けた女しかいない。老けた女は、仲居が着るような素っ気ない黄緑色の着物を着て、一生懸命南京豆の殻を割っていた。化粧気もなく、愛想も悪い。漆喰の壁が青く塗られ、そこに小さな絵が何十点も掛かっていた。

「看板が汚れていたね」

質は勧められた布張りの椅子に座った。老けた女がビールを運んで来て、テーブルの上に載せた。ビールは温《ぬる》いらしく、小便のように黄色く泡も立っていない。

「あれはね、隣の豚屋に血を掛けられたのよ」

なるほど、豚の血だったか。質は笑った。

「どうして青い壁って名前なんだ。壁が青いからか」

「そうよ」浪子は再び火を点けた煙草を持つ手でぐるりと壁を示した。「あたしね、絵描き志望だったの。パリに行こうとしたのに果たせなくて。こんなところで豚の血掛けられているんだから情けないわ」

「上海や香港にはあんたみたいなのは沢山いるよ。いつかパリに行くって思って、皆、途中の街で歳を取る」

「あらあ、一緒にしないでよ。私、ちゃんと描いてるんだから」

ふん、と浪子は鼻で笑った。青い壁にある絵はすべて浪子の作らしかった。だが、絵に何の関心もない質はちらと見ただけで目を背けた。花や風景を好んで描く少女趣味の退屈なものに思えた。浪子自身が、自分の絵が映える背景は「青い壁」が一番いいと考えたらしい。そこに浪子の自負心が露わになっているようで気恥ずかしくもあるが、青く塗られた壁は確かに、浪子の描く稚拙な赤い花や臙脂《えんじ》色の壺を、とりあえず美しくは見せていた。

「売ってるのよ。良かったら一枚買って」

「悪いが不調法でね」

質は絵をもう一度見ようともしないで冷たく断った。

「ま、いいわ。飲みましょうよ。何がいい」

質の無関心に落胆した風でもなく、浪子は明るく言った。

「何があるんだ」

「ビールでしょう。パイカルにウォッカ。今日はそんなところね」

ウォッカを注文した質は、前に座って温いビールを啜っている浪子の顔を眺めた。大きな目が下がり気味で鼻が低く、どちらかというと狆《ちん》くしゃの系統だった。夕方、どうしてこんな女を名流夫人と思ったのか、その謎を解き明かしたかった。しかし、謎が解けなくてもそれはそれで別に構わない。要するに、質は奇妙な女と知り合い、一時、興がることができればそれでいいのだった。質の生活の本拠は上海だし、広東に滞在するのはせいぜい月に四、五日しかないのだから。浪子も頬杖を突いて質の顔を見つめている。同じことを考えているのかもしれない、と質は可笑《おか》しくなった。

「この店は浪子さんの店かい」

浪子は首を横に振り、質の耳に顔を近付けて囁いた。入港するなり質を酔わせた蘭の匂いがした。

「あの婆さんの店よ」

「じゃ、浪子さんは雇われてるのか。それにしちゃ、壁に絵を掛けて貰ったり、いい目に遭ってるな」

「いい目に遭ってるのは、あっちよ。あたしがいなきゃ、儲からないんですもの」

　浪子は蓮っ葉に煙草をくわえたまま、唇の端から煙を吐き出した。そう言いながらも、気弱そうに、ちらと老けた女の方を窺ったりもする。この女はたいして美人じゃないし、頭もそう良くないかもしれない。だが、自分を引き立て、特別な女に見せる才能がある。質は女の喉を幾重にも飾っているビーズのネックレスに目を遣った。ガラス玉なのに、それは浪子に大層似合っており、浪子を色白に、そして豪奢な女に演出していた。夕方、初めて会った時も、白いテニスの服装が沙面という街に似合っていたのだった。青い壁。唐突に店の名が浮かんだ。浪子自身も絵もたいしたことはないが、背景によって魅力を倍加する術《すべ》を知っている。つまり、浪子は青い壁を必要とする女なのだ。しかも、必要なものを見付ける才能はある。勝手に解釈をした質は愉快になって、ウォッカを呷《あお》った。疲労があっという間に酔いを促進する。三、四杯飲んでいるうちに、頭の芯が痺れてくる予感があった。悪くない感覚だった。

　店の扉が開き、さっと異国の匂いが漂って来た。振り返ると、大きな白人が数人連れ立って狭い入口を塞いでいた。挨拶の言葉からして、ロシア人だった。農民のような厳つい体格に、地味な面持ち。革命を逃れてアジアにやって来た白系ロシア人ではなく、コミュニストらしいと質は踏んだ。共産党軍がロシア人軍事顧問を重用しているので、近年、広東でも上海でもロシア人は数が増えていた。浪子がにっこり笑って立ち上がった。両手を広げ、質の知らない言語を放った。ロシア人はちらりと質を見たが、勝手に奥のテーブルを囲んだ。酒の種類から言っても、ここはロシア人の溜まり場となることで、広東での安全と経営を何とか保っているのかもしれなかった。浪子はロシア人のテーブルに付いたきりだ。老けた女が時々、辛気臭い顔でウォッカを注ぎ足しに来るだけで質は一人で飲んだ。最後に覚えているのは、青い壁に大きな南京虫が這っているのを眺めていたことだけだった。

虫の羽音で目が覚めた。ブーンと唸るような音がすぐ側でしている。質は天井を見上げた。虫かと思ったら、扇風機が回っていた。枕元にある大きな窓から光は射し込むものの、風は全く入って来ない。室内は蒸し暑かった。質は顔の汗を腕で拭い、ここはどこだ、と周囲を見回した。ほんの六畳間くらいの小さな部屋で、家具はこのベッドとタンスぐらいしか見当たらなかった。あとは、卓袱台《ちゃぶだい》が木張りの床にひっそり置いてあり、その前に手縫いの小さな縮緬《ちりめん》座布団があった。それが逆に、異国で暮らす侘しさを感じさせた。

伸ばした腕に、冷たい女の髪の毛が当たった。質の横で窮屈そうに身を縮め、浪子が眠っていた。襟元に刺繍のある古びた中国風の白いパジャマを着て、腹の辺りにだけそそけた毛布を掛けている。覗き込むと、やや口を半開きにした意外にあどけない表情で熟睡している。自分は昨夜の服装のままだ。酔い潰れた質を、浪子と老けた女とで運び込んでくれたらしい。質はベッドを降りて懐中を探った。財布も身分証明書もある。安心して皺になった開襟シャツと麻のズボンを脱ぎ、ランニングシャツ、下着姿になった。暑さは若干凌げたが、天井の扇風機が送ってくれるささやかな風などないに等しかった。汗ひとつかかずに寝ている浪子は、余程慣れているのだろう。質は、陽に灼けた更紗地のカーテンが掛けられた窓の、観音開きの扉を開けた。華南風の建物で、小さなバルコニーが付いている。同時に、湿気を帯びた熱気と人の声、生臭い饐《す》えた臭いが部屋に侵入して来た。下は往来になっており、横に豚屋が見えた。ここは「青い壁」の二階らしい。寝返りを打った浪子が目を覚ました。

「起きたの？」

「うん、ここは暑いな」

「暑いけど、窓開けないで。動物の生き血の臭いがして嫌なの」

質は黙って窓を閉めた。たちまち部屋はむっとしたが、街の喧噪や臭いからは遮断された。浪子が起き上がり、ひとしきり空咳をした。

「大丈夫か」

「いつものことだから」物憂げに答え、浪子は再びベッドに横になった。「もう少し寝ない？　まだ十時過ぎでしょう」

「この部屋では暑くて眠ることなんかできないよ」

浪子は大きな目を開き、じっと質を見つめた。初めて会った時に質の虚ろを見抜いたように、質の身勝手さを感じ取ったらしい。

「あんたって恩知らずね。ゆうべ、二階に上げるのにあたしたちがどんなに苦労したか。あのまま放って道端に転がしたって良かったのよ」

そんなことになったら追い剝ぎに遭うか、工部局（警察）に捕まるか。いずれにしても碌《ろく》な目には遭わなかっただろう。

「悪かったよ」

「わかればいいのよ」

浪子は壁を向いた。部屋の壁は白い漆喰塗りで、青い色をしているどころか、一枚の絵も掛かってはいない。昨夜は黒いビーズで豪奢に見えた浪子も、何の取り柄もない女に変貌している。今の浪子は背景すらも失っていた。質はベッドに身を横たえ、浪子の白いパジャマの背に付いた微かな汗染みを眺めた。幾ら洗っても落ちそうにもない染みはやや黄ばんでいる。

「悪かったって言ってるだろう」

「いいわよ。どうせあんたは船員でしょう。明日になればどっか行っちゃってここには帰って来ないでしょうよ。ほんと、外に出て行けて羨ましいわ」

階下の店にある何十枚かの絵と共に、浪子はたった一人、いつ戦場に変わるかわからない街でひっそりと暮らしていくのだろう。空襲されたらどうする。共産党軍が来たらどうする。便衣隊（ゲリラ）に襲われたらどうする。急に浪子の頼りなさが胸に迫った。質は背後から浪子を抱き締めた。浪子の胴は細く、質が腕に抱き取っても胴に回した手で自身の体に触ることができるほどだった。俄《にわか》に、質の中に昨夜の衝動が湧き上がった。航海中の自分をすべて壊してしまいたい強い衝動。質は、窓を閉め切った暑い部屋で、水差しの水を飲みながら何度も浪子を抱いた。二人は、体を合わせていると汗で滑るほど熱中した。質がベッドから起き上がったのは、浪子が作ってくれた焼き飯を食した時と小用に立った時だけだった。夕方、疲れ果てた質が汗にまみれて眠っていると、身支度する気配があった。質は目を開けた。

「起きるのかい」

「お店に出なきゃ」

浪子は全裸で西陽の射す部屋の真ん中に立ち、洗面器の水に手拭いを浸して固く絞っては、体をごしごしと拭いていた。質はベッドに片肘を突いて眺めた。昨日もこうして汗を拭き取った後に白い服で装い、沙面まで客を捕まえに来たのだろう。そう思うと、感動すら覚えるのだった。風呂もない暑い部屋から、縁のない美しい租界に出撃する女。どこか、自分たちが碇を上げて出帆する時の昂《たか》ぶりに通じているような気がする。自分たちはまさしく誰にも理解されない戦場を生きているのだと実感した。

「この部屋は台所とトイレが共同じゃないから助かるの」

自分の行為を見られていることを意識した浪子が言い訳するように言う。質は浪子に尋ねた。

「浪子はいつ広東に来たの」

一日じゅう馴染んだせいか、すんなりと互いの名前が出るようになっていた。

「四年前よ。その前は上海に一年いたわ。上海って良かったわ。ここも綺麗な街だけど、上海は何といっても洒落てるもの」

「絵の勉強に来たのかい」

その質問に、浪子は強張った笑みを浮かべた。

「そうよ。ゆうべは馬鹿にした癖に」

馬鹿にしたのではなく、一般論を言っただけだ。上海には、フランスに行きたくても結局、金が足りなかったり、度胸がなかったり、アジアが居心地良かったりで、長逗留してしまう人間が多い。上海は似非《えせ》西洋なのだった。欧米人が多く居留していて異国情緒を満喫できる上に、日本人として暮らせる程度に日本人街も充実している。そして、爛熟した都市の垢ともいうべきアンダーグラウンドもちゃんと兼ね備えた本物の街だからだった。

「ここよりも香港の方がヨーロッパに渡りやすいんじゃないか」

浪子がタンスから下着を出した。ブラジャーも下穿きもレースが付いているが、さんざん洗濯されたものだった。

「あたしはね、上海で一度結婚したのよ。広東出身の男とね。だから、この街に来たの。夫は商人で一昨年死んだわ」

この話を聞くまで、心のどこかで浪子を軽侮していたのかもしれない。絵描き志望の大陸を流れる女、と。だが、夫に死に別れた女だと聞いた途端、同情が湧いた。日本に帰ろうにも帰る場所とてないのだろう。浪子は急にしんと静まった質の顔を見た。

「どうしたの。同情してくれてんの」

「同情っていうか、気の毒に思っただけさ」

「田舎には帰れないのよ。中国人と結婚したって父が大層怒っててね。だから、もう広東にいるしかないのよ。でも、夫が死んだ途端に親戚じゅうが寄ってたかっていろんなものを持って行っちゃった。あたしは一文無しになってしまって、あのお杉さんに雇って貰ったのよ。もともとはあの店だって夫があたしに買ってくれたものだったのに取り上げられてしまった。それをお杉さんが買い取って、私をそのまま使ってくれてる状態。絵も置かせてくれてるし、有り難いとは思っているのよ。でも、お金がなくちゃどこにも行けやしない」

「あの老けた女はお杉というのか」

「そう。広東で長くお女郎をしてたそうよ。今はああやって店を持って遣り繰りしてるけど、つくづく業突張《ごうつくば》りな女よ。あの人も帰るところがないんだろうね。お金はあっても」

浪子という女の身の上話を聞いた質は、やれやれ、と仰向けになり、白い天井に広がる茶色の染みを眺めた。扇風機は相変わらずゆっくりと旋回し、部屋の生温い空気を攪《かく》拌《はん》するだけだった。

「いつまで広東にいるつもりなんだ。いずれ中国のどこにも日本人はいられなくなるよ。俺にはわかる」

遠からず、日本と中国は戦争状態に突入するだろう。一九二六年の現在、水運という、世界の潮流と大きく関わる仕事に携わっている質にはそういう勘があった。浪子は小さな動物を思わせる息をひとつ吐《つ》き、タンスの上にある鏡を覗いてコティのクリームを顔に伸ばし、白粉を鼻の頭にはたき始めた。それが終わると筆を使って注意深く口紅を引く。だんだん暗くなっていく部屋で、妖艶に変身しつつある女を質は見つめている。暑気は収まってきていた。

「あたし本音を言うとね」と、浪子はタンスから出した青のチャイナドレスを着ながら言った。「日本になんて帰りたくないのよ。あんな貧乏臭くて田舎臭いところ、つまらないじゃない。上海みたいに、いつまでも彷徨《さまよ》い歩いていたくなる美しい街もなければ、人殺ししてでも欲しい素敵な服も宝石も車も何もない。いろんな国の男や女、信じられないほど美しい男や女、溜息が出るような金持ちも、スラムの貧乏人もいない。極上のものも、最低のものも、つまり抜きん出たものは何もない国よ、日本て。そんな中途半端なところじゃ生きられないわ。私なんかがたった独りで中国から帰って来たら、きっと何だかんだと後ろ指さされて生きることになる。何もない国で、嫌な目に遭うのはごめんだわ。初めて上海に来た時から、私はこの国で生きるんだって思った」

「だけど、殺されるのは嫌だろう」

「そりゃ嫌よ」一気に喋った浪子は息を切らし、体にぴったり合ったドレスの脇に付いたボタンをひとつひとつ留めている。「その時は逃げるわよ。逃げて逃げて逃げ続けるけど、日本に帰るつもりはないわ」

　質は答えずに自分のことを考えていた。生まれて初めて揚子江を見た日、自分も同じことを考えていたのではないだろうか。浪子と自分は似ているところがあるのだった。浪子は女として異国に生きる方法を必死に編み出し、自分は船乗りとして胆を冷やして生きている。すっかり身支度を整えた浪子が声をかけた。

「あたし店に出るけど、あんたどうする」

　前髪を下ろした断髪に赤い口紅が合い、青いチャイナドレスが細い腰を強調していた。このまま広東の街を行けば、浪子は中国の装いをした国籍不明の娼婦に見えるだろう。質は、昨夜、蛇料理屋の前に立っていた幼い娼婦を思い出した。桃色のドレス。国籍不明の東洋人。あらゆる国の男が心を奪われるのは、女という幻なのだ。国籍も肌の色も関係がない。自分の中にある虚像の女を体現する者。街で擦れ違ったら、自分は今の浪子を買うかもしれない。質は気もそぞろになって腰を浮かしかけた。

「後から俺も行くよ。それから今夜も泊めて貰っていいかい」

花が咲いたように、突然浪子が笑った。

「嬉しいわ。広東に来た時は必ず私のところに泊まってちょうだいよ」

「空襲されてなければね」

質の冗談を聞いて、浪子の顔が不快そうに歪んだ。余程恐ろしく思っているのだろう。悪いことを言った、と質は目を逸らした。浪子は店に下りて行った。今夜もロシア人たちは来るだろうか。それとも、中国共産党員か。いずれにしても、この街であんな風変わりな店をやっていくのはもう難しいだろうと質は思った。

浪子がいなくなったため何の遠慮もなくなった。窓を大きく開く。すると、川の匂いのする一陣の風が部屋に吹き込んできた。遠からぬ清平市場の喧噪が聞こえる。風の向き次第では、浪子の嫌う豚屋の血腥《ちなまぐさ》い空気も入って来そうだったが、構わず質は窓の前に立って風の匂いを嗅いだ。空気が常に動いていることを実感したかった。

質は洗面所で顔を洗い、台所の中華鍋に残っている焼き飯を食べた。皺になったシャツを着て、ズボンを穿く。皺は我慢できても、汗の臭いが染み込んでいるのが不快だった。質は浪子がしたようにタンスの上に置いてある鏡を覗き込んで、丁寧に髪を撫で付けた。質は身嗜《みだしな》みに気を配る男だった。高等商船の寮にいた時、「洗面所を長く使い過ぎる。貴様、女のような奴だ」と、制裁を受けたことがあった。嫌な思い出だ。質は髪に櫛の目が残っていないと気が済まない。ポマードがないため、浪子が使っていたコテイのクリームを借用しようと手に取った。だが、クリームは底に僅かに残っているだけだった。浪子はそれを指でこそげ取って使っていたのだ。上海から新しいクリームを買って来てやろうと質は思った。しかし、浪子を上海に連れて行こうと思う気持ちは毛頭ない。浪子が広東の中国人街で一人生きているからこそ、好きなのだった。上海に帰れば、浪子程度の女は掃いて捨てるほどいる。広東の街、この部屋こそが、浪子の「青い壁」なのだ。残酷は承知で、質は浪子が永久にこの街に住んでいてほしいと願った。

質は階下にある「青い壁」に行った。入って来た質の顔を見て、浪子が微笑む。その笑みを見て、質は心浮き立つものを感じた。昨夜とは違うロシア人たちのグループが来ていた。浪子は腕に金色の毛を生やした若い男に肩を抱かれている。お杉という名の女が無表情に温いビールを運んで来た。

「お杉さん」

声をかけると、驚いたように立ち止まった。ぞろりとした更紗のロングドレスを着ているが、昨夜同様、地味で老けて見えた。化粧気のない茶色い顔をして、目に険がある。しかし、愛想は良かった。

「何ですか」

「ゆうべはごめんよ」

「いいですよ。酒乱よっかなんぼかましです」

表情を緩ませずに、お杉は言った。お杉は四十半ばを過ぎているだろうか。この脂気のない女が女郎をしていたなんて信じられなかった。だが、伸ばした首筋辺りに色香が残っていないでもない。質はグラスを持って来させて、お杉にも注いでやった。

「ありがとござんす。いただきますよ」

お杉は嬉しそうにビールを呷った。

「ここはロシア人のお客が多いのかい」

「最近はそうですねえ。前は日本の方も多かったけど」

「N汽船の西とか？」

「西さんも見えたけどね。最近は皆さん、命が惜しいと見えてお見限りで」

「蒲郡は来るかい」

「ええ、時々見えましたわね」お杉は口が重かった。

ロシア人に絡まれた腕を放し、浪子がやっと質のテーブルにやって来た。お杉は入れ替わりにさっさと奥へ引っ込んだ。浪子が不安な面持ちで尋ねる。

「さっき、お杉さんと何を話していたの」

質は答えずに浪子の手をテーブルの下でこっそり握った。明後日出航だから、明日は準備のために埠頭に行かなくてはならない。次に浪子と会えるのも十日後だった。そう思うと気が焦る。いつ何時、何が起きても不思議ではない戦場に生きている以上、会えなくなることもある。浪子の手を握る手に力が籠もり、最初は笑っていた浪子が切なげな表情をするのが心に響いた。

質の生活は大きく変わった。広東への寄港を心待ちにし、広東で暮らす浪子のことを考える日々。上海に帰ると、浪子のためにあれこれ買い物をする喜びに浸った。ドレス、化粧品、雑貨、食料。広東に入港して埠頭での仕事を終えれば、シャワーを浴びるのも面倒に思われるほどいそいそと、買い込んだ品々を大きなトランクに詰めて沙面から橋を渡って中国人街に行く。西が心配しようと、蒲郡が冷笑しようと、危険を冒して女に会いに行く興奮は質を虜にしていた。それが情欲を支えるのだった。

「困ったことになったわ」

浪子がうろたえたように店から部屋に飛び込んで来たのは、一九二七年三月も終わりの夜のことだった。卓袱台で酒を飲んでいた質は立って、開け放っていた窓を閉めた。冷たい風が入る、と浪子が嫌がるからだった。華南に冬と呼べるほどの冬は来ない。三月といえど、五月の宵のような爽やかな夜を迎えていた。凍える上海から来た質には快適なのに、浪子は寒い寒いと一度も窓を開けさせないのだった。浪子は部屋の中に、外気も匂いも人声も入るのを嫌がった。まるで、それらが自分に害を及ぼすといわんばかりに。いつも潮風に吹かれ、空気が淀んでいるのが嫌な質は、浪子の留守を狙って窓を開けていた。

「何かあったのかい」

「助けてよ、どうしよう。質さん」

　そう言われると逆に胆が据わる。

「俺にできることなら何でもするよ」

　実際、給料のほとんどは浪子のために使っていた。

「お杉さんがこの店を畳むと言い出したの」

　質は唇を噛んだ。近いうちにそうなると思っていた。国共合作で蜜月時代にあった蔣介石と毛沢東《もうたくとう》は袂を分かった。蔣介石がはっきり反共路線を打ち出して北伐を開始したからだ。以来、街を歩いていても、国民党軍と共産党員らとの小競り合いを多く目にするようになった。今や対立は避け難い。両派の拠点だった広東でこそ、武力衝突が起きる可能性は高い、と質は睨んでいた。そんなことになれば、コミンテルン関係者が通っていた「青い壁」はどんな運命を辿ることになるやもしれない。

「先週、お杉さんが街を歩いていたら、男に石を投げられたんだって。それを機にいろんな人が路地からわらわら出てきて、一斉に石を投げたって。何とか逃げて来たらしいけど、怖いから日本に帰るって言うのよ」

　遂に来たか。浪子と離れたくないのに、質は心にもないことを勧めた。

「浪子も帰ったらどうだ。これ以上、女一人でこの国にいるのは無理だよ」

　浪子はすぐには答えず、苛立って煙草に火を点けた。

「だって、私は日本でも帰るとこなんかないのよ。ここにしか私の家はないんだから」

「しかし、店がなくなったらどうするんだ」

「どうしよう。上海に行こうかしら」

浪子は立って窓辺に行った。浪子は陽に灼けた更紗地のカーテンを指でいじくっている。質は沈黙して、手の中にあるグラスを眺めた。気泡のある中国製のグラス。自分が決断を迫られていることはわかっていた。浪子が意を決したように振り向いた。

「質さん、結婚してよ」

浪子は本当の歳を言わない。おそらく三十路を過ぎているだろうから、今年二十五歳の自分よりかなり年上だということは薄々見当が付く。冬の間、始終微熱を出しては咳ばかりしていた。健康を害しているのでは、という危惧もある。絵描き志望と言いながら、絵を描いている姿など一度も見たことがない。浪子には、言葉に出せない胡散臭さが常に付き纏っていた。しかし、一年近くも睦んだ女をどうして捨てることができるだろうか。質は、浪子が広東に一人住まいしているからこそ好きだ、という前提そのものを捨てることにした。浪子を魅力的に見せている「青い壁」を捨て、浪子自身を選び取る。

「いいよ」と返事をすると、浪子は目を丸くした。

「本当に結婚して私をここからどこかに連れてってくれるの」浪子は立ち竦んでいる。

「こんな仕事をしててもいいの」

「こんな仕事って、別に女郎じゃないんだからいいじゃないか」

「そうだわね。ああ、これで助かった」

質の胸に飛び込んで来るかと思ったが、ほっとしたのか、浪子はその場にくずおれて笑いだした。質は肩の荷を下ろし、すぐさま新たな荷を得たような複雑な思いで、浪子の後ろ姿を眺めていた。

翌々日が出航のため、翌朝、質は浪子の部屋を出た。空はどんよりと曇り、肌寒さを感じる朝だった。浪子は沙面と街を繋ぐ橋のたもとまで一緒に来た。イギリスの若い歩哨が浪子をちらと見遣り、興味なさそうに視線を逸らした。浪子は普段滅多に着ない目立たぬ色のズボンと中国人の老婆が着ているような黒の綿入り上着を羽織っていた。店での妖艶さを見事に失っているどころか、部屋での若さも感じられなかった。浪子はいつになく早起きし、そわそわと母親の如く質の世話を焼いて側から離れようとしない。質が「結婚」を口にしたことで期待が膨らみ、その分、質の心変わりが心配でならないのだろう。わかってはいても、部屋を出た時からジャケットの裾を摑んで離さない浪子を、質は少し持て余していた。珠江から川霧が上り、橋の向こう側は霞んで見えた。

「質さん、気を付けてね」

浪子は質のジャケットの裾からようやく手を離した。これまでこんな遠くまで送って来てくれたことなど一度もなかった。結婚を約束した途端、浪子が平凡な女になってしまったのかと落胆する思いもないではなかった。しかし、浪子は結婚していたことがあるのだ。自分の経験したことのない哀しみや喜びも沢山知っているのだろう。今度は自分がそれを与えなくてはならない、一人前の男として。質は浪子に対して引け目と責任を感じた。

「じゃ、十日後にまた来るから。それまで何とか」

「待ってるわね。ご無事で」

橋を渡りながら振り向くと、浪子は寒そうに背を丸めてずっと手を振っている。その姿も川霧の中に消えて見えなくなった。質は向こう岸に、自分の何かを置き忘れて来たような気がして寂しかった。結婚することによって、浪子を引き立たせる背景はすべてなくなる。自分が欲しかったのは、広東に住む得体の知れない女、浪子という存在だけだったのかもしれないと気付き、質は沙面側の橋のたもとでしばし茫然とした。

午後、質は機関員らと小型作業船を操って、珠江対岸の芳村碼頭に碇泊している廬山丸に向かった。明日からの航海に備えて、三連成機関と呼ばれる蒸気エンジンの点検整備と、石炭の積み荷作業を指揮するためだった。作業に入って間もなく、川面を漂う霧の中を一艘の小船が現れた。

「こちらに、広野さんいますか」

聞き覚えのある愛想のない声に、デッキクレーンの横にいて苦力《クーリー》を指揮していた質は、ぎょっとして下を見た。ゆらゆら揺れる小船の上で、お杉が必死にバランスを取り、仁王立ちになってこちらを見上げている。質は急いでタラップを駆け下りた。お杉は船頭と苦力の助けを借りて小船から碼頭に移るところだ。お杉は質の姿を見て、頭を下げた。絣《かすり》のような細かい柄の入った地味なコートを着ている。髪を引っ詰めて結い上げ、決然とした表情をしていた。

「広野さん、ちょっとお話があるのでござんすが」

お杉は憤懣やるかたない様子で、その茶色い顔に怒気を露わにしていた。倉庫以外何もない碼頭にまで渡って来て話がある、とは何ごとか。質はお杉を連れて倉庫の裏に回った。お杉はいきなり言った。

「広野さん。結婚するからって、あたしを突然馘《くび》にするなんてひどかないですか」

「馘？」

お杉は小鼻を膨らませて質の顔を覗き込んだ。

「突然、店を畳まれたら、あたしもおまんまの食い上げですから」

いったい何を言っているのかわからない。

「店を畳むと言ったのは、お杉さん、あんたの方だろ？」

「畳むも何も、あたしは浪子さんに雇われているだけでござんすよ」

質は混乱して、お杉の骨張った肩を摑んだ。

「話が違うよ。お杉さん、あんたがあの店の主人で浪子が雇われていると聞いてるよ。浪子から、あんたが急に店を閉めて日本に帰るって言うんでどうしようかと相談されたんだ。それなら行く当てもないだろうから結婚しようかという話になった」

お杉は肩を竦め、へっと嗤《わら》った。

「あの人が何て触れ回っているのか知りませんけどね。あたしは十二年前に広東人の貿易商と結婚しましてね。子もないのに夫が五年前に死んだもんですから、親戚中に追い払われて行く当てがないのはこっちですよ。あんな浪子さんのところでも雇ってくれるなら有り難いっていうんで下働きさせて貰ってますが、いきなり解雇じゃあんまりじゃありませんか。こんな危ない場所に取り残されて、野垂れ死にしろというんでござんすか」

質は唇を激しく噛んだ。お杉の境遇を浪子はそっくりそのまま使ったことになる。それなら、浪子は何をしていたのだろう。

「あの店は誰のものなんだ」

「五年前から浪子さんのもんです」お杉は顔を顰《しか》めて親指と人さし指を擦り合わせた。「何、これっぽっちもあの人のものなんかない。借金だらけですけどね。あの人は上海から流れて来た女郎ですよ。騙《だま》されているみたいだから言ってあげましょう。広野さん、あんたのいない時はロシア人を泊めてるし、歳だって四十近いって噂ですよ。全部嘘で固めて生きてる人です。絵描き志望なんてのも大嘘。あの壁に掛かっている絵は全部、香港で二束三文で買って来たんですから騙されちゃいけませんよ」

質はお杉の顔を眺めた。喋ってすっきりしたのか、お杉は横を向き、石炭の積み荷作業を物珍しそうに見ている。浪子への恨みを晴らすためにわざわざここまで来て告げ口をしたのだろう。自分を置いて浪子だけ幸せになられちゃ敵《かな》わない、とでも思っているのか。うんざりした質は、作業ズボンのポケットを探った。お杉は気配に振り返って、質の指先を見つめている。

「これでいいですか」

質は紙幣をお杉に与えた。お杉は軽く一礼すると、埠頭で待っている小船の方に軽やかな足取りで走って行った。質はこれからどうしたものかと対岸を眺めた。浪子は自分と結婚するからと言って店を閉め、旅立ちの準備をしているのだろう。質は俄に焦燥感を感じた。明日の出航を一刻も早くしたい。浪子から逃げたいからだった。その思いは、これまで全くなかっただけに新鮮でもあった。


呉淞《ウースン》が近付いて来た。揚子江の支流、黄浦江に入る突端の港だ。黄浦江を遡っていくと上海に着く。呉淞辺りは浅瀬が多い。夏は特に水位が減っているので座礁に気を付けなくてはならなかった。しかも、廬山丸は貨客を満載しているため、喫水線が下がっていた。質は機関室に戻ろうかと浪子を見遣った。デッキパッセンジャーのために作られた境界線の向こう側で、浪子は質の去る気配を察して慌てている。そのうろたえた眼差しを目撃した質は、深い罪悪感を感じて空を振り仰いだ。夏の空は青く、マストに翻る社旗がひゅんひゅんと音を立てていた。

「質さん、もうじき着くのね」

浪子が心配そうに言う。

「ああ。そろそろ呉淞だよ。そこから黄浦江に入る」

質は行く手を指し示した。揚子江に注ぐ支流が黄浦江、と言われてもぴんとこないほど、揚子江は海と見紛い、黄浦江は堂々たる大河だった。呉淞は河口というより、海の岬のように見える。その丘には砲台があった。

「懐かしい」と、浪子は遥かかなたの陸地を見て息を吐いた。「何年ぶりかしら」

「じゃ、僕は仕事に戻る」

質は浪子から離れる口実ができてほっとしている。すると、「待って」と再び境界線の向こうで背伸びした浪子は、逆光に目を細めながら縋るように言った。

「碼頭で待ってるから来てね」

質は聞こえない振りをしてタラップを下り、機関室に向かった。エンジンの轟音の中、機関士たちが計器を睨んでいる。質の姿を見て、片手を挙げて挨拶して頷く。汗だらけになった広東人の火夫長が来て、一等機関士の指示を聞いて火夫のところに戻って行く。揚子江の潮流に押し戻されるので速度は六ノット。取り舵になればもっと減速になる。慣れた航路だった。仕事の問題は何もない。問題は今、自分の中にこそあるのだった。暗い穴蔵に潜り込み、そのまま隠れていたい気がする。質は自分の船室に戻った。船の揺らぎに身を任せて右に左に揺れ、どうしたらいいのか考え込んでいる。質は自分を弱い男だとつくづく思った。浪子が嘘を吐いていたにせよ、騙していたにせよ、自分も浪子を裏切ったのだ。上海に着いたら浪子をどうする。そのことばかりが頭を巡っていた。もうじき船は黄浦江に入る。上海はすぐだ。それまでに決めなくてはならない。

自分を追って来た浪子を引き取って一緒に暮らすか。しかし、広東という背景を失った女に、最早興味はなかった。追いかけて来るしつこさも怖かった。では、金を与えて突き放すか。質にはそれもできそうになかった。浪子に夢中になり、一年間心が離れることはなかった情熱の思い出が、むごい仕打ちを阻む。質は前にもこんなことがあったと思い出した。あの時も相反する二つの感情に挟まれてどうにも動けなくなり、結局妥協する自分を見るのが嫌で、ある選択をしたのではなかったか。

質が旧制中学を出て高等商船に入ったのは志望したからではない。医者になりたいという願望を密かに持っていたのだが、厳しい経済状況が進学を許さなかったのだ。

奈良で英語教師をしていた父が亡くなったのは、まだ四十二歳の時だ。結核だった。四人の子を持つ若い寡婦となった母親は急遽、茨城の実家に戻った。間もなく、母が頼っていた祖父も死亡。困った母は、手元に長男、末っ子だけを残した。次男の質は遠い親戚に預けられ、三男は養子に出された。質が預けられた家は、質に家業の金物屋ばかり手伝わせ、質が勉強するといい顔をしなかった。跡取りの長男は勿論のこと、養子となった三男も大学に進学させて貰う約束なのに。質は一日も早く独立することしか考えられなかった。それには、官費で学べて、すぐ技術を身に付けられる高等商船しか選択の道はなかった。高等商船は半官半民で即戦力となる船員を育て上げていたからだ。自分が船乗りになる。全く思ってもいない進路だったが、養家から出ることができるのならと質は迷わず願書を出した。

高等商船での訓練は厳しかった。質は初島を巡る五十キロの遠泳に堪えられなかった。泳ぎを知らなかったのだ。「貴様、泳げずに商船に入る奴がいるか。田舎に帰れ」。教官に怒鳴られ、苦しい特訓を課された。丁寧に髪を洗ったり、髭を当たったりしていると、「女のような奴だ」と同級生にからかわれ、生意気だ、と上級生からの制裁も始終受けた。理不尽なことだらけだったが、質は学校を辞めようとは一度も思わなかった。船員なら海外に行くことも可能だ、と気付いたのだった。自分の意思で広やかな海を航海してどこか知らない国へ行く。自分の才覚で自由に生きることを選べるのなら、これほど素晴らしい仕事はない。

ところが予想外のことが起きた。いよいよ高等商船卒業の年、長兄が父と同じ結核で死んだのだ。葬式に戻ったら、親戚中から家を継ぐように要請された。次男だから当然と言えば当然なのだが、外に出しておいて都合が悪くなると呼び寄せられる。堪《たま》ったものではない、と質は反発した。だが、母親に「広野は跡継ぎが夭折する家系だから、あんたが継ぐのも運命なのかもしれない。末の弟を育て上げ、私の面倒を見ておくれ」と頼まれ、嫌とは言えなかった。弟はまだ小学生なのだ。

質が承知した晩、母親は喜んで親戚に触れ回った。折角、苦労して学んだ技術と夢を諦めなくてはならない。広い世界を見る前に閉じ込められた。自分は運が悪い。夜、布団を被って質はこっそり涙を流した。親戚に預けられた時以来の涙だった。だが、涙を拭っているうちに、馬鹿馬鹿しくなってきた。自分はもう子供ではない、大人なのだ。母親も確かに大事だが、彼女は跡継ぎと末子だけを残して、俺とすぐ下の弟を厄介払いしたではないか。あの時、どんなに辛かったか。なのに、今頃呼び寄せて面倒を見ろと言う。間違いなく、母親は自分を愛してなどいない。質は起き上がって電灯を点け、学校の背嚢《はいのう》に荷物を詰め始めた。母親は慌てて聞いた。

「あんた、どこ行くの」

「出て行く」

これが母親と交わした最後の会話だった。質は高等商船に戻って卒業し、N汽船に就職を決めたのだった。


日本での出来事を思い出していた質は、顔を上げた。自分は浪子を受け入れようと、ようやく心が決まった。浪子は自分に嘘を吐いた。しかし、自分という男を大事に愛してくれたことは間違いないような気がした。それだけで充分ではないかと思った。

質は船室を出て、タラップを上がった。後部甲板では、デッキパッセンジャーたちが両舷に分かれて折り重なるように身を乗り出し、黄浦江の両岸を見つめていた。村々の港には白い帆を上げたジャンクが密集し、岸に生えた楊柳、川岸の道を歩く人々や水牛、ごくたまに走る車までがはっきりと見えた。乗客は黄浦江に入った途端、航海の終わりを意識して浮かれだしたのだろう、元気を取り戻したようだ。上陸する、という行為はいつも何かしらの興奮を伴っている。左舷で叫んでいる者がいる。客たちがわっとたかって川の中を指さした。黄色い汁粉のような水の中に、白い塊が浮いたり沈んだりしながら流されていったようだが、質にはそれが何かは確認できなかった。たとえ死体だとしても驚くには値しない。川は何でも流れて来るのだった。死体は揚子江でも珠江でもよく見かけた。特に、内戦がひどくなってからは遺棄されたのか戦死体が多くなった。行き交うジャンクやサンパンも平然と死体らしき物体の横を航行していく。

浪子は疲れたのか景色も見ずに甲板の真ん中に横座りになっていた。開いたパラソルをくるくる回したり、肩を落として溜息を吐いたり、落ち着かぬ様子で項垂《うなだ》れている。質が立っているのに気付くとすぐに境界線までやって来た。先程と違い、足取りは重かった。質に拒絶されると沈んでいるのかもしれない。浪子は質の顔を見るなり、関係のないことを口走った。

「上海のジャンクは帆が汚い」

「ジャンクは面白い構造をしてるんだよ。隔壁だけでキール（竜骨）がない」

浪子は聞いていなかった。具合悪そうに境界線の厚板に寄りかかる。シッとインド人ウォッチマンが警告を発しかけたが、質は「シャラップ」と短く遮った。浪子は厚板から手を離し、ぐったりした口調で言った。

「暑くて気分が悪いわ」

「あと一時間だよ」

浪子は辛そうな顔をして俯いた。広東のあの部屋で、背中に汗染みを作って寝ていた浪子の後ろ姿を思い出し、質は哀れを催した。デッキパッセンジャーは、浪子の体力では無理だった。ひとこと言ってくれれば何とかしたのに。しかし、あれ以来、自分は浪子を遠ざけていたのではないか。何を今更。質の心を再び罪悪感が満たす。果たして、お杉の密告は本当だったのかとさえ疑われて来る。碼頭での自分は、浪子をやや鬱陶しく思い、結婚の約束をしたことを後悔していたはずだ。そんな気持ちの裂け目にうまく塡《はま》り込み、亀裂を広げたのがお杉ではなかったか。渡りに船、と信用したのが自分ではなかったか。質は低い声で言った。

「浪子、何とかするから、碼頭に着いたらちょっと待っててくれ」

浪子は何度も頷き、下がり気味の大きな目に涙を溜めただけだった。二人は沈黙した。質は力の失せた、弱りを見せている浪子を抱き締めたくなった。だが、二人の間を頑丈な境界が邪魔をしている。インド人ウォッチマンが、抱えていた小銃でダーンとカモメを撃つ真似をして見せた。

「そろそろガーデンブリッジが見えるよ。懐かしいだろう」質は右舷を指した。「見てくるといいよ」

「船からしか見られない景色だものね」

「そうだ。街に住んでるだけなら永久に知らないよ」

質の言葉に何か希望を見出したのか、浪子はたちまち目を輝かせた。白いブラウスに吐瀉物が付着しているのを質は痛ましい思いで眺めている。

「じゃ、折角だから見てくるわ」

「俺は機関室に戻るから、後で」

身を翻して走って行く浪子の背中を、質は暫く眺めていた。浪子は舷側に固まっている中国人たちを掻き分けて何とか前で見ようとしている。しかし、乱暴に押し戻されると諦めたように後ろに下がり、一生懸命背伸びをした。右岸に外灘の景色がそろそろ始まろうとしていた。石造りのモダーンで美しい摩天楼群。中国人たちの顔は複雑だ。浪子が漏らしたように、「バンド」が、来訪する船からの視線を意識したこけおどしの景色だからだ。まさしく「偽りの玄関」。イギリス、フランス、アメリカ、日本。家の中に中国社会の汚濁や混沌を隠したまま、各国が寄ってたかり、分け合って作った玄関なのだ。蘇州《そしゅう》河に架かるガーデンブリッジには、こういう看板が掲げられている。「犬と中国人は渡るべからず」。そのガーデンブリッジを皮切りに、バンドは始まる。南に向かって、怡和洋行《ジャーディン・マセソン》、横浜正金銀行、中国銀行、沙遜大廈《サッスーン・ハウス》、匯中飯店《パレス・ホテル》、麦加利銀行《チャータード》、宇林西報《ノースチャイナ・デイリーニューズ》、台湾銀行、露清銀行、交通銀行、上海海関、輪船招商局、そして我がN汽船。ふと浪子の方を見ると、浪子は甲板にへたり込んで啜り泣いていた。

廬山丸はバンドの対岸、浦東《プートン》碼頭に碇を下ろした。船客はここで艀《はしけ》に乗り換え、対岸の桟橋に向かう。まず一等船客がタラップを下り、二等船客、最後がデッキパッセンジャーだ。質は先に碼頭の岸壁で、浪子が来るのを待った。浪子は大きな茶のトランクを提げてパラソルを抱え、よたよたとタラップを下りて来る。揚子江の洋上では目を引いた青いスカートも白いブラウスも洒落たパラソルも、ここ上海では平凡な身形に見える。背景をすべて失った女。しかし、自分はこの女を愛し慈しまなければならない。質はじりじりと照り付ける日光を全身に浴びながら、これからは心の中にある溶鉱炉にも火を絶やさぬようにしなければならない、と決心を固めていた。

「疲れただろう。これを持って先に行きなさい」

質は浪子に、虹口《ホンキュウ》の下宿屋の住所と鍵、人力車に乗る金を手渡した。

「下宿の人に、あなたの妻って言っていい？」

浪子は心配そうに尋ねる。質は、勿論だよ、と返答した。

第四章　鮮紅

一か八かの賭けに勝った。浪子《なみこ》はほっとした思いで、ささくれた厚い板を張っただけの簡素な桟橋を一歩一歩歩いた。揺れる桟橋から碼頭《マートウ》（埠頭）の上に立っても、長い船旅のせいで動かぬ大地をしっかり踏みしめていることがどうしても実感できなかった。まだ地面全体が大きくローリングしているような気がする。それほど炎天下のデッキで寝泊まりしながら外海の航海を続けたことは、浪子を疲労困憊させていた。しかし、とうとう上海《シャンハイ》に戻って来たのだ。浪子は込み上げてくる笑いを嚙み殺し、勝利感に満ちて周囲を眺め渡した。

浦東《プートン》は、共同租界の対岸である。外灘《バンド》の壮麗な建物群とは対照的に、黄浦江《こうほこう》沿岸に各船会社の碼頭が並び、倉庫や工場ばかりが目立つ殺風景な場所だ。N汽船会社の倉庫は、自社の碼頭の眼前にあった。壁に大きな白いローマ字で社名が書かれた堅牢な煉瓦造りの建物。倉庫前の日陰で、荷揚げのために集められた苦力《クーリー》らがしゃがみ込み、下船してきた乗客たちをいちいち検分するような目で見上げていた。いずれも半裸で、頑丈そうな肩や胸は黒光りし、茶色く変色した襤褸《ぼろ》と見紛う半ズボンを穿いている。腰にズボンを括り付けている紐も襤褸布である。彼らは中国人乗客に混じって一人日本人らしい女がタラップから下りて来たのが余程珍しいのだろう。鋭い目を隠そうともせずに浪子を指さし、小声で何か囁き合った。その苦力を監視するために、白いターバン、白シャツに白半ズボンという清々しい制服姿のインド人巡査が、小銃を抱えて碼頭のあちこちに立っている。

上海では近年、労働運動が激しい盛り上がりを示していた。三月には三度目の暴動が起きて、遂に上海臨時市政府が樹立された。港湾労働者も六千人以上が参加して支援のゼネストを繰り返していたというではないか。この中にも加わった者がいるに違いなかった。しかし、「青幇《チンパン》」の杜月笙《とげつしよう》と手を組んだ蔣介石《しようかいせき》軍が市政府を蹴散らしてクーデターに成功したのが、今年の四月十二日。その時は、共産党員、労働者らに凄惨な処刑が行われたと聞いている。ここは、たった三カ月前に血みどろの争いがあった地なのだ。

浪子はもやもやと不穏な空気を背中に感じ、冷たい汗をかいた。中国で暮らすのは命懸けだ。自分に関係がない、などと甘いことは言ってられなかった。すでに広東《カントン》は北伐軍が押さえ、軍閥と戦争状態になっている。最早どこにも帰る場所はないが、この二万人の在留邦人を抱えた上海でさえも、この先どうなるかはわからないのだった。浪子は自分の身を守るように、掌《てのひら》の中にある質《ただし》の部屋の鍵をしっかりと握り締めた。鉛色の鍵は汗で濡れている。

重い革の旅行鞄を地面に下ろし、浪子は質の下宿の住所を書いた紙を呼んだ。「虹口《ホンキユウ》、四川北路《しせんほくろ》、余慶坊《よけいぼう》七号　野坂光代方」とある。日本人街の虹口でも、北の横浜橋の側らしい。前に住んでいた乍浦路《ざつぽろ》とはかなり離れている。これなら、昔の自分を知る者に会う危険性は少ないだろう。浪子は安堵したものの、横浜橋の付近には日本の文化人や作家、中国の共産党員などの住まいが多いことを思い出し、警戒するに越したことはないと気持ちを引き締めた。

それにはまず、野坂光代という下宿屋の女主人と仲良くなり、懐柔することが大事だ。何はなくとも手土産がいる、と浪子は買い物の思案を始めた。何せ、質の妻として挨拶するのだから、どこぞで羊羹《ようかん》でも仕入れていかねばなるまい。広東の名産でも持参したら、さぞかし喜ばれただろうに。浪子は南国の珍しい果物や菓子を思い浮かべたが、広東で起きた暴動でさんざん肝を冷やしたことが蘇ると、命あっての物種、と安堵で膝から力が抜けるのを感じた。

持ち金は底を尽き、家具も服も絵も、すべて失って身ひとつに近い格好で脱出してきたのだ。しかも、うまく質の乗る船に乗船することができて、質の気を惹き付けられたではないか。運が良かったのだ。奇蹟的だ。来る前からあれこれ考えていた算段が上首尾に運んだこととの喜びが再び全身を満たして、浪子を束の間幸せな気分にした。もう、手土産などどうでも良かった。しかし、いきなり歳上の自分が妻として現れるのだから、覚えはめでたい方が都合好い。何事にも計算が先に立つ浪子は、炎天下でまた考えを巡らせていた。計算ずくを非難できる者は戦時の中国になど住めない。

インド人巡査が浪子の肩を軽く叩いた。乗客を対岸に運ぶ渡し船が出る、という合図があったらしい。気が付くと、炎天下の碼頭で立ち尽くしているのは浪子一人だけだった。他の乗客は黄浦江を渡るための小さな平たい船に乗り移って対岸ばかり眺めている。あまりの嬉しさですっかり我を失っていた。浪子は慌てて旅行鞄を持ち上げようとしたが、突然立ち眩《くら》みがしてその場に蹲《うずくま》った。周囲がぐるぐる回り、手に力が入らなかった。おかしい。どうしたのだろう。浪子は助けを求めようと、質の方を振り仰いだ。だが、質は荷揚げの段取りのために、乗客を吐き出して少し喫水線の上がった船に戻っている。甲板に背筋の伸びた質の後ろ姿が見え隠れするのを見て、浪子は「質さん」と力無い声を上げた。だが、質は振り向こうともせずにその固い背中を見せている。

インド人巡査が軽々と鞄を持ち、浪子の手を引き上げてくれた。浪子は背の高い巡査に手を引かれ、渡し船に辿り着いた。苦力たちが冷ややかな表情で浪子がよたよたと乗り込む様をじっと見つめている。渡し船の乗客も、浪子が日本人だと知って横を向いた。

「何さ、じろじろ見やがって。あたしは猿かい」

浪子はぶつくさ言い、痩せ我慢をして必死に気取った顔で船に乗ったが、座席はすでになかった。浪子は鞄にもたれかかり、機械油やスイカの種などの食べ物の滓《かす》で汚れた床にへたり込んだ。浦東に上陸したのを見届けただけで、こちらを振り向きもしなかった質が恨めしかった。

渡し船は浪子を乗せたと同時に出航した。茶色い汁粉のような水を掻き分け、外灘に近付いて行く。浪子は先程死体が流れていたことを思い出し、黄土色に濁った水面を凝視した。汽船の航跡で船が揺れると、途端に吐き気を催した。我慢できなくなった浪子は、船の縁《へり》から身を乗り出して川に胃の中の物を吐いた。その時、吐瀉物に血が混じっていた気がして浪子は怯えながら水面を覗いた。だが、浪子の吐瀉物は黄浦江のどんよりとした流れに掻き消えてしまった。ハンカチで口許を拭っても、血の色はない。良かった、気のせいだった。ひとしきり吐いて気分の良くなった浪子はほっとして、徐々に迫ってくる外灘の光景に目を奪われた。上海にいた時に着工したばかりだったビルディングが建っている。

浪子は、一九二〇年から三年ばかり上海に住んでいたことがある。上海でのことは、その輝かしさと裏腹に、薄暗い路地の隅に追いやられたような寂しさが伴っていた。逃亡。浪子は自分が上海で暮らしていた時の様々なことを思い出しかけたが、すぐに脳裏から追い払った。

蝟集《いしゅう》するサンパンを追い払うようにして、渡し船はN汽船本社前の小さな桟橋に横付けされた。たちまち冷水や果物、土産物を満載した屋台を引いて物売りが寄ってくる。難民目当ての移動床屋までが店を開いた。外灘の前の広い道を走るトロリーバス。自動車や黄包車《ワンポーツ》（人力車）、荷車。白い中国服を川風に靡《なび》かせて悠々と歩く人々、麻のスーツに帽子を被った姿勢の良い西洋人。その間を洋装のモダンガールが闊歩する。たむろしていた苦力の視線から不穏な空気を感じて萎縮していた浪子の気分が、心地よく解《ほど》けていった。ここは上海なのだ。共同租界、フランス租界、そして華界。三つの世界が交じり合って、この世にはあり得ない不思議な空間に生まれ変わった都市。お洒落をしたい。映画も観たい。ダンスもしたい。浪子は上海の輝かしい部分に早くも魅せられ、浮き浮きしてポケットの中に入れた五ドル紙幣を取り出して眺めた。さっき質が鍵やメモと一緒に渡してくれた金の一部だ。浪子は冷たいレモネードでも飲んで帰りたいと、黄包車の車夫に合図した。

四川路橋のたもとで黄包車を降りた浪子は、迷わず松坂屋の隣にあるパーラーに入った。四川北路が見える窓際に席を取ってソーダ水を頼んだ。白い清潔なクロスの掛かったテーブルに肘を突き、一服した。紫煙越しに電報局の時計塔が午後三時を示している。こうして無事上海に脱出できて、のんびりパーラーなどで雑踏を眺めていると、してやったり、という心地良い勝利の陶酔が湧いてくる。船上では質の心を得ようと必死だったが、いざ成功してみれば、果たして広野質という男と結婚することが嬉しいのか嬉しくないのか、良くわからなくなった。取りあえず金銭的な心配をしなくても済むようになったのは有り難いが、質が一度心変わりをしたことが心の奥底で浪子を傷付けている。今でも質を好きなのかどうか、自信がなくなってきた。

質は所詮、船乗り。常にこう思って自制してきた。いつ自分の店に来なくなるかわかったものではないから心を奪われてはいけない、と。質の心変わり。思いもかけない海難事故。また突然の帰国。何があっても不思議はない。いずれにせよ、質は長く関わっていく相手ではないと思っていたのだ。質の方も、自分を広東で待つ奇妙な女として馴染んでいたのは間違いない。

しかし、ひと冬を一緒に過ごしてみると、質が広東にやって来るのを待ち焦がれ、質が出航するのが辛くて堪《たま》らない自分がいた。二度と会えなくなるかもしれない。広東の戦況が悪化したら、あるいは上海が共産化して蔣介石軍や租界の軍隊と戦争になったら。命を失う恐怖よりも、質と会えなくなる恐怖の方が強かった。だからこそ、結婚してくれと本気で頼んだのだった。結婚となると、質が二の足を踏むのはわかっていた。自分は質より遥かに歳上で、氏素性も知れない女なのだから。だが、質がお杉の言葉をいとも簡単に信じて、自分との約束を反故《ほご》にしたことだけはどうしても許せない。二人が過ごした長い時間より、あんな女の一瞬の嘘を本気にするほど、その関係は脆いものだったのか。自分がどんな思いで四月からの三カ月を生きてきたと思っているのだろうか。

お杉はあれからすぐに店を畳み、浪子の私物だった絵や店の備品も売り払ってどこかに行方をくらましてしまった。自分がいなければ店など成り立たなかった癖に、恩を忘れて捨てていったのだ。しかも、浪子の幸せを妬んで質を騙《だま》すというおまけまで付けて。自分は服や装身具を細々と売って暮らし、最後はロシア人客を一人一人尋ねては金を借りて暮らしていた。惨めだった。だが、部屋代を払えなくなって追い出されたら、日本人の女が戦争状態の広東でどんな目に遭うかわかったものではない。命が懸かっていたから必死だった。ただひとつの希望は、質が救ってくれることしかなかった。

　質の連絡が途切れてから、何度中洲の沙面《しやめん》に渡り、N汽船の西所長や蒲郡《がまごおり》に廬山丸《ろざんまる》の予定を尋ねただろうか。度重なれば、西も蒲郡もひどく冷たくなる。お杉がわざわざ会いに来たことも、社員から聞かされたのだった。出張所の玄関で追い返され、N汽船の碼頭に立って質の姿を探したことだってある。質は姿を隠していたに違いない。待っていた自分が愚かだと気付かされた時は遅かった。いよいよ持ち金がなくなり、明日にも部屋から追い出されるとなった時、運良く質の船が入港したのだった。この時を措《お》いては、もう会えない。会えたとしても、船上で質に無視されれば、上海で物乞いし、野垂れ死にすることは必至。持っている服を全部売っても、デッキパッセンジャーの片道切符しか買えなかったから、上海行きの船に乗ることは、浪子にとって一か八かの賭けだったのだ。デッキで質が無視したら、自分は恐慌に陥ったことだろう。危ない橋ばかり渡っている。浪子は大きく息を吐き、その怖ろしさに胴震いした。だが、女一人、度胸と才覚だけで広東から上海に脱出してきたことが嬉しくて堪らなかった。浪子は自分の行動に満足して、もう一本煙草に火を点けた。ソーダ水の溶けた氷がからんと心地良く崩れる。後ろから肩を軽く叩かれた。

「すみません、奥さん」

　二人連れの年輩の女が横に立っていた。一人は単衣《ひとえ》の着物姿、もう一人は地味な夏のワンピース姿である。明らかに在留邦人だった。

「何でしょうか」

戦時の心得でも告げられるのかと、浪子は憮然として答える。その手の女はうんざりするほど見てきた。着物の方が腰を屈め、囁いた。

「さっきからお声をかけようかどうしようかと迷っていたのですが、お気付きではないようなので。あなたのスカート破れていますよ」

あまりにも思いがけないことだったので、ひっと小さな悲鳴を上げたほどだった。立ち上がってみると、一張羅の青いスカートのスリットが尻のすぐ下まで裂けていた。渡し船で床に座り込んだ折、無理な姿勢で鞄にもたれていたせいだろう。浪子は恥ずかしくなり、布製の手提げで尻を隠した。注意してくれた二人の女は何とも気の毒そうに、しかし口許に当てた手で笑いを隠している。浪子は気分が阻喪《そそう》した。上海の街で朗らかに感じられた解放感がたちまち萎《しぼ》み、浮ついた気も失せた。浪子はそそくさと支払いを済ませ、売店にあったありきたりな西洋焼き菓子《ビスケット》を包ませて下宿屋の女主人への手土産とした。

白い漆喰壁に赤い窓枠の家並みがプラタナスに映えて美しい。まだ新しい里弄《リーロン》（江南式の集合住宅）が、通りの入口から奥まで二列、ぎっしりと並んでいた。質の部屋は奥から二軒目の三階らしい。質の下宿が新里弄と呼ばれる中国式長屋を改造して建てた新建築だったことに、浪子は安堵した。以前暮らしていた乍浦路の家は、トイレも風呂もない旧来の里弄だった。夏も冬も、里弄での暮らしは辛かった。上海の人は馬桶《マートン》と呼ばれる桶で用を足す。朝になると馬桶が表に出され、専用の馬車が中身を回収に来た。馬桶を洗うのを仕事にしている女たちもいた。たとえそれらの人々に始末を任せても、その不便さ、不潔さは耐え難かった。上海の暮らしはきらびやかさや物珍しさだけでなく、狭い日本から解放された自由が得難い魅力だった。だが、里弄よりは日本の家屋の方がどんなにいいかと浪子は密かに思っていた。

一階の窓から中を覗くと、中年女が炊事場に立って豆の殻を剝いていた。赤茶色の袖無しの服を着て、その上から綿レースをあしらった古風な白いエプロンを付けている。これが家主の野坂光代なのだろうか。老婆を想像していた浪子は意外さに面食らった。

「ごめんください」

光代が顔を上げ、外に立っている浪子を怪訝な顔で見た。エプロンで手を拭いながら、玄関のドアを開けに来る。物売りか何かと間違っている様子だった。

「何のご用でしょう」

「私は広東の宮崎浪子と申します。このほど、広野質さんと結婚することになりました。質さんはまだ船で仕事してますので、先にご挨拶をと思いまして」

浪子の大きな革の旅行鞄をちらと見た光代の顔に、驚きの表情が走った。鼻が高く眉が濃くて、眉に近い目が険しく窪んでいる。西洋人のような立派な顔立ちだが、余裕が感じられなかった。どちらかというと悪相に近い。四十代後半ではないかと察せられるのは、いかにも硬そうな白髪が、たっぷりある頭髪のほとんどを占めているからだった。

染めればいいのに。浪子は、光代の頭を冷ややかに眺めた。身形に構わない女を内心蔑んでいる。光代は浪子に目を当てながら、ゆっくりエプロンを外して軽く頭を下げた。

「おやおや、それはおめでとうございます。私は何も知らされておりませんので」

口先と裏腹に、目付きに疑う色が現れている。浪子は念押しのため付け足した。

「今、広東が内乱状態ですので、急に一緒の船で来ることになりました」

そして、鍵と住所を書いたメモを光代の目に留まるようにわざと覗き込み、途方に暮れた様子で溜息をひとつ吐《つ》いて見せた。

「主人がこの住所に行け、と言ったんですが、本当に野坂さんのお宅なのでしょうか」

光代はようやくドアを大きく開けた。

「ごめんなさい、何も聞いてなかったので。どうぞお入りください」

家の中は二間きりで狭いが、綺麗にしてあった。居間を兼ねた台所と寝室。おそらく二階も三階も同じ間取りだろう。だが、光代は床に畳を敷いて、無理矢理日本風の生活をしていた。畳で床が上がった分だけ、窓や天井とのバランスが悪く見える。西洋人が日本人のこういう住まい方を嫌っていたことを思い出し、浪子は自然、非難がましくあちこちを眺め回した。玄関ホールの右手に階段が伸びている。階段の裏に籐製の椅子と簡素なテーブルが置いてあった。二階にも下宿人を置いているのは、ホール横に設《しつら》えた下駄箱に「二階谷川、三階広野」と紙が貼り付けてあることから知れた。浪子は汗で蒸れた茶のハイヒールを脱ぎ、広野と書かれた場所に入れた。裸足になると、畳の感触が涙が出るくらい懐かしかった。浪子は西洋人の目で無遠慮に観察したことも忘れて言った。

「畳ですね。嬉しい」

「ええ、だってあなた。道を歩くと痰とか唾とか犬の糞とか何でも落ちてて。この街とっても汚いでしょう。靴脱がなきゃ気持ち悪くて」

光代は癇性らしく、また濃い眉を寄せた。

「これはつまらないものですが」

「あら、すみませんねえ。お気遣いいただいて」

浪子が差し出した菓子の包みを、光代はたいして嬉しくもなさそうに受け取った。自分の突然の出現が、光代の気に入ってないのは薄々わかる。質は光代に自分の話をしたことなど一度もないに違いない。質が広東のことを思い出しもしないで上海でのうのうと暮らしていたのではないかと、浪子の胸に疑いのしこりが生じた。自分は質が帰って行った後、次の寄港はいつかとそればかり楽しみで生きていたのだ。不公平な気がして浪子は意気消沈したが、訳もなく腹立たしくもあった。

「お疲れのご様子ですね。ま、船旅でしたら仕様がないでしょう。質さんがお帰りになるまで、ここで横になりますか」

光代は窓際に置いてある布張りの古い長椅子を指さした。白い木綿のカバーに出来た穴を丁寧にかがった跡があった。質の留守中に素性の知れない女を家に上げる訳にはいかない、そういう頑迷さを感じる。浪子は階段を見て、強く言い張った。

「私は妻です。それに鍵を貰って来てますし」

「おや、そうですか。じゃ、どうぞ」

光代はそう言うと、手で階上を示した。浪子は重い鞄を持ち上げた。光代は手伝おうともせず、下からきつい眼差しで見送っている。浪子はスカートの裂け目を手提げで隠し、鞄を引きずりながら不自由な体勢で上り始めた。光代の視線を逃れた二階の踊り場で、浪子はひと休みした。体に力が入らず、脚が言うことを聞かない。先程、碼頭で立ち眩みを起こした時と同じだった。熱があるらしい。それでも三階まで行かねばならない。浪子は再び鞄を持ち上げ、階段を上った。だが、目眩《めまい》が酷くてそれも難しくなった。とうとう浪子は途中で腰を下ろした。あと八段、何とか行き着かなくては。気が遠くなりかける。光代を呼ぶのも癪で、浪子は少し休もうと目を閉じて階段の傾斜にもたれかかった。その時、二階のドアが開き、男が声をかけた。

「もしもし、どうしました。大丈夫ですか」

浪子は振り向くこともできずに途中で荒い息を吐いている。二階から駆け上って来た男が、浪子の手から鞄をそっと受け取ってくれた。度の強そうな厚い丸い眼鏡を掛けた中年の男だった。白い開襟シャツに灰色のズボンを穿いている。おそらく二階の下宿人、谷川という男だろう。

「すみません、急に気分が悪くなってしまって」

谷川は何も言わずにきびきびと鞄を質の部屋の前に運び上げ、取って返して浪子の体を抱えるように支えてくれた。浪子は見も知らない男と手を取り合って一歩一歩階段を上った。

「有り難うございました」

部屋の前で礼を言うと、男はまだ心配そうだった。

「大丈夫ですか。水、持って来ましょうか」

お願いします、と言いながらも、浪子はまだどうすることもできずにドアに手を突いたまま、やっとの思いで立っている。谷川が浪子の手から鍵を取り、ドアを開けた。閉め切っていたせいか、中はむっと日中の熱気が残っている。谷川が窓の鎧戸《よろいど》などを開け放っている音がする。谷川が手を引いて、浪子を小さなベッドに案内した。

「ここにどうぞ。広野君の奥さんですか」

「そうです」

「横になっててください。今、水を持って来てあげますから。ここの水道は飲んじゃいけませんよ」

浪子は、堅い寝台に横たわった。目が回って、体が重く沈んでいく。布団からは質の体臭がした。それが自分を守ってくれるような気がして浪子は息を吐いた。遂に、一度逃れた上海に、また戻って来たのだ。しかし、この体たらくは何だろう。黄浦江で嘔吐した時、波間に血のような物を見た恐怖が蘇った。まさか、肺病では。情けなさと恐怖で体が震えてくる。その時、また谷川の声がした。

「お水です。ゆっくりお飲みなさい」

体を起こして貰って、コップから温《ぬる》い水を飲んだ。水は日向の匂いがしたが、旨かった。喉を鳴らして飲み干すと、谷川が体を横たわらせてくれた。

「すみません、ご親切にしていただいて」

「お疲れのようですね」

張りのある声に聞き覚えがあるような気がして、浪子は改めて谷川を見遣った。銀色のフレームの眼鏡を掛け、頭髪がやや薄い。四十歳前後といったところだろう。人の好さそうな笑みを浮かべているが、眼鏡の奥の目は鋭かった。短軀でがっちりした体付きをしている。やはり、知らない男だった。浪子は安心して瞼を閉じた。

「ゆっくりお休みになった方がいいですよ。広野君は今日帰って来るはずだから、もうじきですよ」

谷川は優しく言った。

「一緒の船で来たんです」

「ほう、広東からですか。あちらは大変でしょう」

谷川はもっと話したそうだったが、浪子が目を開かないためか、口を噤んだ。やがて部屋から出て行く気配がした。浪子はそのまま浅い眠りに落ちた。

一時間ほど眠って起きた。ベッドの横にある大きな窓から夕焼けが見える。質はまだ帰って来ない。目眩はやんだが、体がだるく重かった。額に手を当てると、びっくりするほど熱い。ベッドサイドの小さな紫檀のテーブルの上に、谷川が持って来てくれたコップと瓶に入った水があった。喉が渇いた浪子は瓶に手を伸ばし、直接口を付けて飲んだ。もう旨くはなく、鉄錆の味がした。途端に口の中に苦い味が広がった。体の奥深いところから何かが込み上げてくる。浪子はベッドから跳ね起きて、洗面所へ走った。西洋式の便座を跳ね上げ、嘔吐する。涙を流して吐いた後、浪子はへなへなとその場に蹲った。便器は鮮紅色の血に染まっていた。肺病。浪子はへたり込んだまま、洗面所の長細い窓から夕焼け空を見上げ、暫く動くことができなかった。しつこい風邪が治らなかったことや咳が止まないこと、時々熱が出ることの原因がようやくわかったのだ。どうして気付かなかったのだろうと不思議でさえあった。

広東での暮らしはいつも余裕がなかった。もしや、という気持ちを追い払って必死にその日を暮らしていたせいだろうか。日本には帰れない以上、自分はここで最期を迎えることになるかもしれない。浪子は自身の短い生涯を思って呆然とした。やっと日本人街のある上海に戻って来られたというのに。質という庇護者と一緒に暮らせるというのに。その先には死が口を開けて待っているのだ。浪子は動くこともできずに自分の肺から溢れ出た赤い血を見つめている。

このことは、隠せるものなら何とか隠し通さなくてはならない、そうでなければ質が自分を捨てるかもしれない。浪子は獣じみた恐怖を抱き、質には絶対言わないことに決めた。何があっても告げない、一人ですべて処理する。そう決心すると、今度は静かな覚悟が生まれるのを感じた。浪子は立ち上がって顔や手を洗い、口を漱《すす》いだ。破れたスカートを脱ぎ、鞄を開けて乏しい衣類の中から着替える服を考える。寝間着で出迎えたのでは、質が鼻白むだろう。健康を損ねた今こそ、女として質を惹き付けておかねばならないのだった。

浪子は背中が汗で汚れた白いブラウスを脱ぎ、新しいブラウスと白いスカートに着替えた。鏡を覗いて化粧を直す。それだけでも息が切れて辛かった。鏡の中の自分の顔は、目が熱で潤んで大きく、頬が赤らんで別人のように若く、無垢に見えた。浪子は鏡の中の自分に見惚《みと》れた。しかし、この先、骨と皮に痩せて死んでしまうのだ。涙も出ないほどの絶望がともすれば浪子を無気力にしようとする。が、質に知らしめないことに命を懸ける、というただひとつの情熱が、無気力にとって代わって浪子を強く微笑ませるのだった。

浪子はベッドに戻って横たわった。いつの間にか寝入ってしまった。夢の中では、まだ船に乗っていた。東シナ海の波に揺られながら遠くの大陸を眺めていた。あそこに着くまでは死ねない、ともどかしさを感じている。しかし、波は荒く、夢の中の浪子は何度もデッキで転び、マストに頭をぶつける。マストの陰から質が顔を覗かせ、こう言った。「これから揚子江だ。まだまだ先だよ」。どうしてあんたは私を支えてくれない。浪子は夢の中で叫んだが、激しい風の音で質の耳には届かない。

ノックの音で目が覚めた。部屋は真っ暗で、腕時計を覗こうにも、文字盤も見えなかった。浪子は暗闇の中で髪を整え、返事した。

「質さん？」

ドアの外から低い声が聞こえた。

「下の谷川です。よろしいですか」

はい、と答えると、ドアが開いて電灯のスイッチが捻られた。途端に眩しくなり、浪子は反射的に手で顔を覆った。谷川が心配そうに部屋の中を覗き込んでいる。手に食事の盆を持っていた。

「奥さん、大丈夫ですか」

「はい、寝たらすっきりしました」

「脳貧血ですかね」

「そうだと思います」

先程の衝撃を隠し、浪子はひっそりとした声を出した。谷川は快活に言った。

「広野君はまだですかね。荷揚げ作業で手こずっているのかな。最近、苦力がなかなか言うことを聞かないとか言ってましたからね。つい、こないだですからね、蔣介石のクーデターは」

「はあ」

浪子は碼頭で見た港湾労働者の、どこか荒涼とした影を引きずった姿を思い出したが、それは遥か昔のことのように現実味がなかった。病を認識した今、果たして本当に自分が船で到着したのかさえ、定かではないような気がする。それほど気持ちは虚ろで、遠いところにあった。

「お食事持ってきましたよ」

谷川が窓際にある小さなテーブルの上に盆を載せた。白飯に炒め物のおかず、小皿に梅干しが添えてある。塗り椀があるのを見ると、味噌汁が付いているのだろう。

「ご親切に有り難うございます」

浪子はベッドの上で頭を下げた。内心では、質が帰って来ずに見ず知らずの谷川に世話を焼いて貰っていることが悔しく、惨めに感じられた。またしても、船の上で背を向け、浪子の窮状に気付かなかった質が恨めしい。病名は告げたくないが、それでも質に慈しまれ、大切にされたいという思いは激しかった。その激しい分、質に対する恨みつらみとなって膨れ上がる。谷川は浪子の気も知らないで、紅を注《さ》した唇を好もしそうに見つめている。

「わざわざすみません」

「ここは賄《まかな》い付きなんですよ。野坂さんは料理がうまいんで、それで僕らも居着いている訳で。ちょっと剣呑《けんのん》な人ですけどね」

谷川は腕組みをしたまま説明し、浪子が頷くと自己紹介した。

「自己紹介が遅れましたが、私は谷川福之助といいます。満鉄調査部に勤めております」

浪子は黙った。満鉄調査部といえばエリートで、一体どんな仕事をしているのか想像もできない。だが、縁がないとは言い切れなかった。まさか、あの人の知り合いではないだろうか。谷川は複雑な顔をして俯いた浪子に、手を振った。

「といっても、私は中国の水運を研究している学者でしてね、正社員の偉いさんじゃないですよ。現地で雇われた嘱託ですから。満鉄に属していれば給料だけは貰えるんで有り難く禄を食《は》んでいるだけですよ。広野君とはこの下宿で知り合って、懇意にさせて貰ってます。どうぞよろしくお願いします」

「こちらこそ。私は広東の宮崎浪子と言います。質さんと今度結婚することになりました」

「めでたいですねえ」谷川は嬉しそうに手を叩いた。「あなたのことは広野君から聞いてますよ。広東に凄い美人がいるってね」

浪子の顔が輝いたのがわかったのだろう。谷川は続けた。

「しょっちゅう、あなたのために買い物してましたよ。化粧品とか、ドレスとかね。その服、そうじゃないですか」

浪子は白いスカートの裾を手で広げた。この白いスカートは初めて質に会った時に着ていたものだった。テニス服のつもりで着て、沙面の出張所に入ろうとする質の気を惹いたのだった。浪子は媚びを含んだ目で谷川を見上げた。

「これは違います。その買った服って、私のじゃないんじゃないかしら」

「余計なこと言ったかな。くわばらくわばら」谷川はふざけて頭を抱えた。二人して笑っていると、ふと谷川が真顔になった。「失礼ですが、奥さん。上海にいらしたことありますかね」

浪子は平静さを装いながら微笑んだ。

「はい、もうかれこれ四年前ですが」

「そうですか。いや、その時どこかでお見かけしたのかな。前に一度お会いしたような記憶があるのですが」

浪子は黙って白い麻のシーツに出来た皺を数えている。浪子も谷川の特徴ある笑い声や、良く通る声音に聞き覚えがあった。もしかすると、自分の過去に通じる男なのかもしれない。浪子はこれからは谷川には気を付けなくてはいけないと警戒を深めた。

「ま、よくあることですからね」

谷川の方で、この話題を仕舞いにした。浪子は谷川が出て行った後、部屋にひとつしかない中国風の椅子に腰掛けて、光代の手料理を食べた。すっかり冷えていたが、小さな角切りの豆腐の入った味噌汁は懐かしく、旨かった。梅干しも日本の白米も、物資のなくなった広東では手に入れることのできないものばかりだ。満腹した浪子は煙草に火を点けた。煙を吸い込むと、肺の奥で痺れるような痛みがあった。確実な崩壊の感覚だった。が、構うもんか、と浪子はむせても煙を吸い続けた。今の自分は蓮っ葉女に見えこそすれ、病人なんかには見えないだろう。この姿を階下の光代に見せつけてやりたくもあった。

谷川の部屋が賑やかだった。夕食後、数人の客が訪れたらしく、ぼそぼそ話し込んだり、どっと笑ったり、楽しそうな声が階上にまで聞こえてきた。浪子はベッドに横たわってそのざわめきに耳を傾けている。十時を過ぎていた。なぜ質は帰って来ないのか。広東でも、入港した後は荷揚げや整備などの仕事は残っていたらしいが、夕刻にはシャワーを浴びたさっぱりした姿で、「青い壁」に走るようにやって来たではないか。部屋で待つ自分を避けているのだろうか。浪子の気持ちは難破船みたいに次第に沈んでいく。開け放した窓から、遠くの船の汽笛がぼうっと聞こえてきた。蘇州《そしゅう》河を行く船か、それとも黄浦江か。珍しく、たった一人で異国を彷徨《さまよ》っているという思いが募り、涙がこぼれ出て、熱のせいで赤らんだ頰を濡らした。

部屋のドアが音もなく開いた。微かな潮の匂いと機械油の臭いとが一緒に入って来た。ようやく質が姿を現したようだ。気配を察した浪子は涙を指で拭き取り、振り向くまいと決心している。さんざん待たされた挙げ句だったので、拗《す》ねる気持ちと置き去りにされたような寂しさが、嬉しい気分を上回っていた。

「ただいま」

横たわっている浪子を気遣って、静かな声で質が囁いた。

「お帰りなさい。遅かったわね」と、低い声で答える。

「起きてたのか」

照れ臭そうな質の声に振り返ると、ぎごちない笑みを浮かべた質が居心地悪い表情で立っていた。自分の部屋に浪子がいるという事実がどうしても信じられない、という面持ちだった。浪子を引き取ることなど、この数カ月予想だにしていなかったのだろう。質の戸惑いがわからないでもなかったが、浪子は知らない部屋でこんなに長い時間放って置かれたことがまだ許せなかった。もっと早く帰ることができたはず、と責める気持ちが消えない。

「ごめんごめん。本社に寄るといろいろ仕事があってね。つい遅くなるんだよ」

質の体からは仄かにアルコールの臭いもする。質は緊張に満ちた航海がひとつ終わると、陸《おか》ではそれまでの自分を振り捨てるように荒れ狂って遊んだ。そのエネルギーの放出を受けとめていたのは広東での自分だったのに、もはやそれを自分に振り向けることはないのだろうか。浪子は、再びくるりと壁を向いた。質は浪子の不機嫌を悟ってか、黙ってジャケットを脱いでハンガーに掛けた。洗面所で手を洗い、担いできたごつい背嚢《はいのう》を開けて几帳面に荷物の整理を始めている。浪子は押し黙って横たわっていることに堪えられなくなり、起き上がった。

「手伝おうか」

「いいよ、それより飯食ったか」

質は浪子の方を見ずに尋ねた。浪子は谷川が運んで来てくれた冷たい夕食のことを告げようかどうしようかと迷ったが、結局黙っていた。谷川がなかなか枕元から去ろうとせず、浪子を執拗に眺めていたことも。

「食べてないの？　ここの奥さんのご飯は日本食だからね。旨いよ」

空腹ではないかと気遣ってくれないのか、あなたの妻になったのに。気の回らない質に苛立ち、とうとう浪子は言い放った。

「あなたが帰って来ないから、あなたの分食べちゃったわ。久しぶりにお味噌汁飲んで感激したわよ。おいしゅうございました！」

質はやっと返答を返した浪子の顔を見た。そこに何かを見出したのか、急に痛ましそうな表情をした。自分の顔に何が現れているのだ。旅の疲れか惨めさか、病の徴《しるし》か。鏡が見たい。浪子は不安になり、思わず両手に顔を埋めた。質は穏やかで優しい声を出した。

「疲れたんだろう。駄目だよ、デッキパッセンジャーなんかで来たら」

「だってお金がなくなって大変だったんだもの。お杉さんが突然お店畳んで逃げちゃってね。私は失業したのよ。物乞い同然の身だったわ」

浪子は訴えるように言う。

「お杉さんが」

ランニング姿の質は呆然と突っ立っている。浪子は、荒れる海や潮風に鍛えられた質の逞しい若い肉体を眩しい思いで見ていた。質が無意識に露わにしている健康というものが正視できない。質は顎に手を置いて糾すようにもう一度聞いた。

「お杉さんがどうしたって」

「私を見捨てて逃げたの。あなたみたいに」浪子は厭味を言ってしまってから、はっとした。案の定、質は眉を顰《ひそ》めている。「あの人、あなたに何て言ったの」

「きみの言うことが全部嘘だって言った。おれはあの女に同情して金まで渡したよ」

浪子はさすがに呆れた。金を渡したって。何て甘い男なのだ。次第に腹立ちが収まらなくなり、浪子は質を詰《なじ》った。

「あなたは、あたしよりあの人を信用したのね」

質は困惑したように電灯の笠が作る光の輪の中で立ち竦《すく》んでいる。質が、浪子を一度捨てたことを申し訳なく思っているのは間違いなかった。しかし、浪子の過去に対するこだわりや、浪子の存在そのものの鬱陶しさが、まだ質の中で完全には消え去っていないのだろう。ぐずぐずと帰って来なかったことが、質の屈託を表しているような気がしてならない。質が何も抗弁しないのが証拠だった。

「あなたは、あたしに付きまとわれるのが嫌だったのよ」

「それもあった」

質にあっさり肯定されて浪子はたじろいだ。

「酷い人ね」

「というよりも、俺の中にあったきみが俺を裏切ったのだ」

質は俯いたまま答えた。どういうことなのかわからず、浪子は混乱した。沈黙が続いた。部屋の蒸し暑さと相俟《あいま》って重苦しい。堪《こら》え切れずに浪子は明るい声で言った。

「でも、あなたとまた会えて嬉しいわ。もう二度と生きては会えないと思っていたもの」

浪子はとことん話し合うという手段が苦手だった。自分自身のことしか考えていない身勝手さが露出してしまうようで怖いのだ。そうなる前に質と睦んで、すべてを曖昧にしてしまおうと思う。浪子は質に両手を差し出して甘えた。質がその仕種に強いられたようにベッドの端に腰を下ろす。浪子は質の固い胸にしなだれかかった。身を投げかけた浪子の髪を、質の大きなごつい手がゆっくり撫でた。

「連絡しなくて悪かったと思ってる。俺もどうしていいのかわからなかったんだ」

「いいのよ。私たちってあんなに抱き合ったのに肝心の話はしてなかったんですもの」

自分こそが避けているのにそんなことを呟き、ほっと小さな溜息を吐いてみせると、質が浪子の頭を胸にしっかり引き寄せた。

「俺が馬鹿だった」

浪子は内心嬉しく思いながら殊勝に返した。

「いいの。私も少し強引だった」

「騙したようになって申し訳ない」

「だったら、これからは私に優しくして」

「優しくするよ。そして、大事にする」

この十一歳も歳下の男は残酷になる癖に素直で可愛いところがある。浪子は質の太い胴にしがみついた。質は浪子の額に手を当て、首を傾げた。

「熱があるね」

浪子は質の手を外し、元気な風を装った。

「ちょっと貧血起こしたの。下の谷川さんにお世話になったわ。親切な人ねえ。ベッドまで私を連れて来てくれて」

浪子は、谷川が自分に興味がある様子だったことを暗に仄めかしたが、質は気付かぬ風だった。

「そうか。じゃ、明日礼を言っておくよ」質は探るように浪子の顔色を窺っている。

「大丈夫かい。薬持ってるか」

「船旅のせいでしょう」浪子は誤魔化した。「ねえ、質さん。この下宿は賄い付きだっていうけど、別のアパートに移らない？　あたしは自分でお料理してみたいわ」

光代が鬱陶しいからだった。光代の厳しい監視の目からは自分が肺病病みであることを隠せそうもない。浪子が病気だと知れば、光代はうるさく干渉しそうだった。だが、質は気が進まない様子だった。

「風呂とトイレが付いている部屋は、虹口ではなかなかないよ。空くまで待っていたくらいなんだからね。きみが野坂さんと仲良くなればいいじゃないか。いい人だよ」

質は何もわかっていないのだ。若い男に光代の意地の悪さがわかる訳がない。浪子はとうとう本音を言った。

「あの人はあたしみたいな女は嫌いだと思うわ。最初に会った時からそう思った。あたしを値踏みしてね、卑しい女だったら家に入れたくないと思ったはずよ」

光代から自分は卑しいと判断されたに違いなかった。そう考えると、悔しくて堪らない。同じ女なのに、どうしてそんな差をつけようとするのだろう。唇を噛む浪子を質は諌《いさ》めた。

「そんな人じゃないよ。あの人は未亡人で苦労してるんだから」

「あたしだって未亡人よ」

その言葉を放った途端、質は口を噤んだ。浪子は自分の過去が、質と自分の間に横たわった深い川なのだと感じた。質は自分が過去に何をしていたか疑い、気に病んでいる。浪子は、質にはこれまでのすべてを告げてもいいと思ったが、それはどんなことがあっても関係のない他人に喋ってはならないことだった。でないと、自分の身が危うい。真実を話せば質はわかってくれるかもしれない。だが、口を衝いて出たら最後、猜疑と不信に囚われることになる。質が他人にそのことを話してはいないか、と。どうしたらいい。思い悩んでいると、質は浪子の言葉を無視することにしたらしく、平板な口調で言った。

「あと三日もすれば俺はすぐに航海に出る。そうすれば十日間は帰らない。俺の暮らしはその繰り返しなんだから、きみも一人で過ごす時間が俺といる時間より多いということをわかってほしい。そのことを思えば下宿の方がいいんじゃないか。具合の悪い時なんか、頼りになる人間がいた方が心強いよ」

質は自分が肺病だと知っているのだろうか。浪子は驚いて質の顔を見上げた。自分が病気だから哀れに思って結婚を承知したのだとしたら、それは思いもよらないことだ。

浪子はやや慌てて聞いた。

「具合の悪い時ってどういう意味」

「さっき貧血起こしたって言ったじゃないか」質は苛立ったように答える。「折角、上海にいるんだから、病院に行けばいい。瀬島病院は評判いいよ」

瀬島病院は肺病の専門だった。上海に住んでいたことのある浪子はそれを知っている。果たして質が浪子の病に気付いているのかどうか、真偽の程を探ろうと浪子は黙って質の顔を見つめたが、質は浪子の頰を両手で挟んだ。

「今日のきみは可愛い。きみが若い頃に会ったら、きっとこんな顔をしてたんだろうね。船の上ではあんなに窶《やつ》れて見えたのに」

狭いベッドで三カ月ぶりに質に抱かれて、浪子は行為に夢中になった。体の上で動き続ける質の硬い髪を撫でさすりながら、ふと見上げた部屋の隅の暗がり。浪子はそこから目を背けた。上海に来ても、私たちは同じことをしている。抱き合っても、肝心の話をしようとしない。 質がどうせ三日後には航海に出て、十日間は帰らないと告げたことを思い出し、広東と上海が入れ替わっただけなのだと浪子は内心苦笑した。この男はやはり船乗りだ。浪子が後を付いて回る訳にはいかないのだった。広東でも上海でも、自分たちは変わりはしない。質が上海で自分を忘れて暮らしていると非難めいた気持ちになったが、今度は広東に入港すれば上海にいる自分を忘れるのだろう。それでもいい、としがみついてここまで来たが、どうにも堪えられない寂しさが浪子を襲っている。

　朝食は質が階下まで取りに行った。今までは光代の食卓で谷川と三人で食べていたのだという。光代が二人の男を食卓に着かせて味で支配し、あたかも頼りになる主婦のようにこの下宿の男たちを支配していたのだろうと浪子は想像した。

「ゆうべは野坂さんが持っていこうとしたのに、無理矢理谷川さんがきみの分を届けたって言ってたよ」

　質が不器用そうに盆を持ち、苦笑混じりに言った。

「これからは上で二人でいただきましょう。私が食事を取りに行きます」

　断固とした口調で浪子が言うと、質は頷いたものの不満げだった。なぜ浪子が光代をそんなに嫌うのかわからないのだ。自分のこれまでのやり方を否定されるのが嫌だったのかもしれない。浪子は知らん顔をして、テーブルはともかく椅子が二つ要る、と主張した。他にも欲しいものがあるなら買い物に行こうと質が提案するので、浪子は服や下着が欲しいとねだった。

「めぼしい服は全部売ってきちゃったの。チャイナドレスも、あなたが来てくれた時に着ていた赤い服も」

「黒いビーズのネックレスは？　腕輪とお揃いだった」

質が聞いたので、浪子は意外な気がした。そんなことを覚えていたとは思わなかったのだ。

「あれも売ったわ。あなたが覚えている服はみんな売った。この白いスカートだけはあなたと初めて会った時に着ていた服だから売れなかったけれど」

質は浪子の嘘を信じて、嬉しそうな顔をした。白いスカートは染め直せばまだ使えると判断して売らなかったのだ。浪子は質の膝の上に座った。質は浪子の胸を触りながら言った。

「じゃ、黒いビーズのネックレスとそれに合う服を買おう」

「先施《シンシア》か永安《ウインオン》で買ってくれる？」浪子は南京東路《なんきんとうろ》にある老舗の百貨店の名を言った。名を言うだけで浮き浮きした。「その後、チョコレートショップでアイスクリーム食べましょうよ」

「きみはついこの間、上海が軍隊で埋まったことを知らないんだね」

「あなただって広東がそうなったことを知らない」

浪子は幸せな気持ちで質の膝に座って甘え、背中を質の腕に支えられて食事した。質は片手で不器用に食べている。

「あたし、椅子要らない。このままでいいわ」

「俺、嫌だな。食べにくいもの」

　昨夜久しぶりに肉体を交わらせた二人は、再び仲睦まじく暮らせそうだった。広東が上海に場所を移したのだとしてもいいではないか。ここは安全で快適だった。浪子はこの生活が続くのならそれでも構わないと思った。爽やかな夏の朝のせいだろうか。窓から見える街路樹の葉の輝きが、浪子の命をも照り輝かせているのかもしれない。


　質が広東に向けて出航すると、浪子の暮らしは急に色褪せて変化のないものになった。広東にいた時は、「青い壁」が生活の中心で、生き甲斐だった。お杉に才覚がないため、広東でうまく商売するための根回し、酒の仕込みから客のあしらいまで、すべてを遣り繰りするのは浪子の仕事だったのだ。浪子は自分の商品価値を高めようと様々な演出を凝らすのも好きだった。より妖艶に、より神秘的に。持っている服をあれこれ工夫してお洒落することに最大の努力をした。

　しかし、N汽船廬山丸の機関長、広野質の妻となった今、生活のために努力することは何もない。小さな部屋を箒でくるくると掃いて、シーツと自分の衣服の洗濯さえすればそれでおしまい。買い物も料理もしなくていい。質が不在なのだから、気を惹くためのお洒落もしなくていい。きちんと入籍した正妻ではないから社員に紹介されることもなく、妻同士の付き合いにも呼ばれないのだった。上海の日本人社会で安全に楽しく生き抜くには、そうした付き合いが必定だったのかもしれない。浪子は内心ほっとしてもいるのだが、あまりにも味気ない生活だった。広東で、ひりひりと灼け付くような身の危険をかわしながら生きてきたせいだろうか。二階の下宿人、谷川だけが唯一、浪子に親しげな言葉をかけてくれる人間だったが、浪子は警戒を怠らない。それに、谷川も学術調査などで始終中国奥地へ出かけて不在がちだった。そうなれば、浪子の話し相手は光代一人だった。

その日も、朝食を取りに階下に行くと、光代が慌てて老眼鏡を外して居住まいを正すのが見えた。朝からしとしと雨が降る、少し肌寒さを感じる十月のことだった。

「浪子さん、二人だけですもの。良かったらこちらでご一緒にいかが」

光代は四人掛けのテーブルの一端を示した。白飯、味噌汁、干し魚、香の物といったいつもの日本式朝食が湯気を立てていた。浪子は、不承不承席に着いた。光代は夏中着ていた赤茶の夏服の上に、白いセーターを重ね着し、更に黒い透かし編みのカーディガンを羽織り、毛玉だらけの毛のソックスを穿いていた。光代の暮らし振りは地味で質素だった。いただきます、と浪子が箸を取った途端、光代が浪子の着ている質の服をちらりと見遣った。浪子は家にいる時、質の大きなズボンや船員の着る横縞のシャツなどを愛用していた。

「毎日、どうお過ごしなんです」

どう、と問われても答えようがなかった。浪子が言葉を探している間に、光代はあからさまな尋問を始めた。

「退屈なんじゃありませんか。こないだ、N汽船の方にお会いしたんですけどね、あなたのことはご存じありませんでしたよ」

光代は、浪子が内縁関係だということをあてこすっているのだ。光代の亡夫が紡績工場の要職にあったため、上海では知己が多いことは聞いていた。しかし、今更日本に帰ってもどうしようもないのは同じではないかと浪子は思う。光代は亡夫の遺した人間関係という遺産で、上海では大きな顔をしているのに過ぎないのだった。黙っていると、光代は浪子の指先を見つめながら聞いた。浪子は退屈凌ぎに赤いマニキュアを付けていた。

「浪子さんは、広東で何をしてらしたんでしたっけね」

「カフェに勤めてました」

そら来た。辟易しながらも、浪子は光代の繰り出す言葉の攻撃を受けようと胸を張った。

「カフェってお酒も出すんですか」

「出しますよ」

浪子は青菜の入った味噌汁を啜って、隣の豚屋が看板に血をなすりつけたところなど光代が見たら卒倒するだろうと考えていた。広東は上海のように近代的建物も少なければ西洋人も多くはいない。かつては中国の庶民の活力に満ちた美しい街だったが、混沌とした中で戦乱が続いているのだった。男たちの争い。自分はそこで余禄を貰って何とかやってきた、とも言える。汚濁に塗《まみ》れたことがない光代が浪子を責めることができるだろうか。考えに沈んでいた浪子を、またしても光代の質問が遮った。

「広東人と結婚してらしたって聞いてますけど、何をしてた人なんです?」

「主人は砂糖の売買をしてました。四年も前に亡くなりました。上海で知り合って一緒に戻って、暮らしたのもたったの一年でしたわ」

浪子はいつも使っている逸話をここでも喋った。夫が死んだと言えば、それ以上聞いてこないのが普通だが、光代は諦めなかった。

「主人、主人っておっしゃるけど、正式に結婚してたんですか。籍が入っていたのなら、財産とかあるでしょうに」あまりにもあけすけな言い方に浪子は息を呑んだ。光代は急須に湯を注ぎ、濃い眉を上げて浪子の表情を窺った。「それともお妾さんなの」

「いいえ、妾ではありません。でも、正式に結婚した訳ではありません。

「籍が入っていない女のことを世間じゃ妾って言うのかと思ってました」

光代は勝ち誇ったように言い切って、中国製の美しい茶碗から煎茶をひと口飲んだ。浪子は怒る気も薄れ、俄に、自分が上海に来る機会を与えてくれ、更に広東に逃げる原因を作った井上章三郎のことを考えている。浪子の最初の夫、井上章三郎。それが誰にも言えない浪子の秘密だった。

「え、どうなんです」

ぼんやりしている浪子に、光代は執拗に問うた。

「じゃ、私は根っからの妾体質なのかもしれません。私は妾の子ですから」

浪子はそう言い放ち、箸を茶碗の上に揃えて置いた。少し力が籠もったせいで、有田焼の磁器の茶碗はカチンという金属音に近い音を立てた。光代は露骨に嫌な顔をした。

妾の子。浪子は深川区白河町の鍛冶職人の妾腹だった。一八九一年、明治二十四年生まれの三十六歳。その頃は戦争特需で景気が良かったのだろう。いかに腕がいいとはいえ、鍛冶屋の主人だけではなく職人でさえも妾が持てた時代なのだから。父親は毎晩家にやって来ては母の酌で酒を飲み、上機嫌で帰って行った。三歳の時に日清戦争。その十年後は日露戦争。両方とも勝った戦争だったから父も意気盛んだったし、気っ風も良かった。幼い頃は、父親とは夜来て夜帰る、そういう存在だと信じて疑わなかったものだ。母親は肺病で浪子が十八の時に死んだ。父親とは母の死後、縁が切れた。つくづく妾に縁があると思う。そして母と同じ病気になったのだから、肺病にも縁がある。急に様々なことが思い出された浪子は、自分の生きてきた道筋を考えてしんとした。回り道をしているようだったが、同じ糸でかがられた一枚の大きな布だったのだ。

「あなた、昔、ここで何してたの」

光代の低い問いが聞こえたが、浪子は立ち上がって一礼した。

「ご馳走様でした」

光代の髪がいつになくごわごわと多く見えた。束子《たわし》頭の女になんか偉そうに言われたくない。たった今考えていた自分の道筋を思うと、他人の干渉などどうでもよく思えた。他人は、浪子の糸が細くても強くしなやかなことなどわからない。ただ、一枚の布の形や色が美しいか醜いかで判断しているのだ。浪子は思わず笑った。光代がきっと顔を上げてまた言った。

「あなたここで何をしてたのって聞いているんですよ」

「さあ何でしょう」

浪子はロシア人が時々やっていたように肩を竦め、軽蔑の笑いを漏らしながら階段を上った。

「馬鹿にしやがって」

聞こえよがしに吐き捨てる。朝から何とつまらないことに時間を割いたのだろうと嫌気が差した。これなら質の匂いのする布団にくるまれて寝ていれば良かった。最近は起きるのが辛い。夕刻から微熱が出て、大量に寝汗をかくから寝覚めが悪い。症状が着実に悪化していることを思い、浪子は急な階段を上るにつれて苦しくなる息を感じて不安になってきた。今に朝食を食べたくても、下りることもままならなくなるだろう。質の船は出航したばかりだ。帰って来るのは遥か十日先。質の逞しい体が懐かしくて堪らない。しかし、質の若い欲望を受け止めることができなくなったら、自分がここにいる価値はなくなる。質がいない間に、病院に行って検査の結果を聞かねばならなかった。

浪子は数週間前に病院に出向き、問診の後に喀痰《かくたん》検査やレントゲン撮影、血液検査などの検査を受けていた。その結果はとうに出ているのだが、診断の決定を下されるのが怖くて行くのを避けていたのだった。

結果を聞きに行く決心をした浪子は化粧を施した。いつになく濃く紅を引き、気分を盛り上げようと、質に買って貰った新しい藍色のドレスに袖を通した。白いレインコートを羽織り、赤い傘を持つ。金の入っている抽出《ひきだし》を勝手に開けて、多目に取り出した。いつも持っている布製の手提げに無造作に突っ込む。病院に行った帰りに、久しぶりに虹口マーケットに寄って、辺りをぶらぶら歩くつもりだった。足音を忍ばせて階段を下り、下駄箱から靴を出していると、音を聞き付けた光代が奥の寝室から出て来た。先程の諍《いさか》いを胸に納めたのか、無表情だった。

「お出かけですか」

「はい、ちょっと」

うんざりした浪子は横を向いて答えた。

「どこに行くの。随分、綺麗にお化粧して」

光代は浪子の赤い口紅だけを見つめて言った。

「どこだっていいでしょう」

「いえね。遅くなるんでしたら、お食事どうなさるのかと思ってね。無駄になると困るでしょう」

その分、払っているではないか。浪子はかっとしたが、努めて冷静に答えた。

「お夕食はいただきますよ。ただし三階で」

光代は濃い眉の下まで迫った目を一瞬険しくした。この女に何か復讐されるかもしれない。浪子の内部で危険を告げる信号が明滅している。過去が知れて密告されたらどうする。どんな土地にいても、追いかけてくる黒い不安。密告と逮捕。あるいはテロ。だが、所詮、儚《はかな》い命なのではないかという思いが、浪子の中の不安を、諦めにも似た破れかぶれの攻撃に転じているのだった。それも、いつも注意を怠らないはずの嫌いな他人には激しいのが不思議だった。質には切ないほど濃《こま》やかに、しかも忍耐強い気遣いに変わっている。


午後、小雨は上がったものの、黒くたなびく雲が海の方向に湧いていた。海は見えなくとも黄浦江と水で繋がっている。質の船は今頃どこを航海しているのだろう。海は荒れていないだろうか。海賊は乗っていないか。浪子は、黄浦江の遥か彼方、東シナ海に思いを馳せた。「結核」とはっきり診断を告げられた今、会いたいと恋う人間はやはり質その人だけだった。自分だけの男と信じながらも、質の心を全部自分が占めている自信はない。自分の心も隅から隅まで「宮崎浪子」という女が居座って、隙間に男たちが存在していた。少なくとも、これまではそうだった。なのに、この恋うる気持ちはどうだろう。今すぐ空を飛んで行ってでも、質に会いたかった。

母親が骨と皮に衰弱して心臓がとうとう止まった日。浪子はこんな死に方だけはしたくないと思ったものだ。臨終と告げられてからも、なお二日間も虫の息で待つ死。どんなに苦しんでいても、見守る者は自然に心臓が止まるまで黙って見ている他はない死。母はまだ三十八歳で、心臓も殊の外丈夫だったのだ。自分も同じ死に方をするのだろう。同じ年頃なのだから。気が付くと、浪子の持つ傘が小刻みに揺れていた。死の恐怖に震えているのだった。浪子は自分の弱さが腹立たしくなり、乱暴に絹の雨傘を閉じた。雨が顔に当たるのも厭《いと》わず、浪子は三角マーケットと呼ばれる虹口の大きな市場の喧噪の前で突っ立っている。通りすがりの人たちが怪訝そうに浪子の顔を見た。鳥打ち帽や頬っ被り姿の日本人職人。荷車を引く中国の老人。背広を着た勤め人風の男。夕食の買い物に訪れた割烹着を着けた日本人主婦ら。いつもなら反射的に顔を隠すのに、浪子はそれも忘れて、雨の中、放心していた。

瀬島病院には行かなかった。質の知り合いがいるのでは、という怖れと、虹口で一番大きな病院だからだった。どこに顔を知っている人間がいるかわかったものではない。浪子は虹口マーケットのすぐ裏にある個人病院で、診察を受けた。そこには、元軍医という触れ込みの、いささか怪しいながらも腕のいい日本人医師がいることを知っていた。

昔の料亭を改築した薄暗い待合室には、日本人ばかりではなく、中国人も大勢来ていた。名を呼ばれて、浪子は曇りガラスの塡《はま》った診察室の扉を開けた。中はむっと暑かった。早くもガスストーブが点けられ、銅の薬缶が掛けられている。年輩の看護婦が一人と、鼻下にごま塩髭を蓄えた初老の医師が浪子を待っている。医師は大谷と言い、戦傷で片脚が不自由だった。大谷は不自由な方の脚を投げ出したまま、浪子の顔を、全身を、職業的な目で見上げた。たったそれだけで、浪子は気が重くなった。古い診察机の上に広げられたカルテには、初診で浪子が告げた自覚症状、「全身倦怠、微熱、咳、喀血」の他に、大谷が自身で付け加えた「結核性紅斑」と書いてあるはずだ。大谷は浪子の背中のあちこちに聴診器を当て、「もういいよ」と簡単に言った。浪子が服装を整えている間、大谷は溜息混じりに呟いた。

「あんたの胸の写真、やはり駄目だったな」

「駄目でしたか」

浪子の落胆は大きかった。もしや、取り越し苦労では、という微かな希望もないではなかったのだ。大谷は、うんと頷いて、何も言わなかった。看護婦も居づらそうに俯き、部屋の中は屋根瓦を打つ雨の音と、薬缶の湯が沸くしゅんしゅんという音だけが聞こえていた。大谷がそれ以上何も告げないということは、病巣が良くない場所にあるということか。浪子は陰鬱さに堪え切れなくなり、口火を切った。

「で、先生。私はどうしたらよろしいんです」

大谷はカルテを覗き、看護婦の差し出したレントゲン写真を窓の明かりで透かし見た。

「安静にして温かくして、栄養をたんと取りなさい。鰻や肉を沢山食べてね。あんたは痩せ過ぎているから、まずそれからだ」

「お薬を使う方法があるって聞いてますけど」

「サルバルサンかクレオソートだろ。僕の経験では、あれは効きが悪い。あんた正岡子規の日記読んだことない？　あそこに出てくる水薬というのはクレオソートだよ。明治時代から変わらん薬なんだよ。欲しいというのならあげてもいいが、同じことだ。効くのは、咳止めと熱冷まし、あとは痛み止めくらいだね」

「そうですか」浪子は肩を落とし、暫くしてから顔を上げた。「でも、先生。手術で元気になった人、沢山いますよ」

「うん」と大谷は頷いた。「確かにある。最近流行っている虚脱療法も、肺切除も、有効な症例はある。でも、今のあんたの体力では手術するのは無理だろう。それに結核菌は体内を巡る。肺だけ叩いても、根治はしないよ」

　大谷は浪子の痩せた体を見遣って言った。浪子は「生きられない」とはっきり告げられていれているようで、息苦しくなった。しかし、自分の体がこの先どうなるのか聞いておかなくてはならなかった。たった一人で戦う相手。浪子の場合、それが病なのだから。

「わかりました。私も手術するのは嫌ですから、先生のおっしゃる通りにしますわ」

「その方がいいね。煙草やガスストーブは避けなさい、喉を刺激するから。冬は必ずマスクをして、風邪を引かないようにするんだよ。じっと堪えて暮らしていれば、もっといい薬が今に西洋から来るから」

「先生。私の母も肺病で死にました。その時も、きっといい薬や療法が見付かるって言われて何年も待っていたけど、ちっとも駄目だったわ」

浪子は子供が大人に訴えるように唇を尖らせた。遣り切れなくて涙が滲んだが、慌てて指で押さえた。

「そうか。あんたは多分、子供の時にお母さんから菌を貰ったんだな。それが今、免疫が落ちて、体の中で暴れだしたんだ。残念だが、何とか生き延びて、いい治療法を待つしかない」

とうとう浪子の頬を涙が伝った。涙は熱く、舐め取ると苦い味がする。

「うちの母はいつも喀血した血を飲まされていた。あれを見ると、本当に可哀相だった」

「我慢するんだ。自分の肺から出た血なんだから、また体内に戻してやらなきゃ」

大谷は仕方ないという風に背を向け、カルテに薬の名を書き込んでいる。浪子は涙を拭った。

「やはり飲むんですか」

「ああ、飲みなさい」

浪子は、暗い病室で、母が洗面器に受けた自分の吐血を嫌々飲んでいた姿を思い浮かべた。黄浦江の波に瞬く間に消えていった血。便器の中の鮮紅色の血。自分の体内から逆流してきた血を飲むのだ。浪子は、上海にやっと到着した時の晴れがましい気分が一瞬にして消えたあの日のことを、一生忘れないだろうと思った。

「あんた、結婚してるって言ったね」大谷が浪子の薬指を見た。そこには、広東で自分が買ったガラス玉の指輪が光っている。「今日、旦那さんは来ないのかい」

「貨客船に乗っているので、来られません」

「そうか、船乗りか。じゃ、寂しいだろう」

病名を告知された浪子の孤独がわかるのだろう。大谷は気の毒そうな顔をした。浪子にはその方が応えた。

病院での会話を思い出していた浪子は、栄養をつけよ、という大谷の言葉を守ろうとマーケットの中に入った。上海で一番大きな、途轍もなく広い市場は、呼び込む売り手と買い物客とでごった返していた。様々な階層と年齢の人々。日本人に中国人、朝鮮人、西洋人、インド人。豚肉、牛肉、鶏肉、得体の知れない動物の肉の放つ臭い。魚。生きている鳥。大蒜《にんにく》や生姜、八角、韮《にら》などの野菜の強い香り。そしてバナナ、マンゴなど南洋の果物。中国のマーケットは、どこも同じ匂いと叫び声に満ちていた。浪子は新しい服を汚すまいとドレスの裾を持ち、水溜まりや血溜まりを避けつつ三角形のマーケットの中を彷徨《さまよ》い歩いている。料理用のスッポンや亀を売っている売場で浪子は足を止めた。首を切られたスッポンが逆さに吊られ、中国服を着た色黒の若い女が丼で血を受けていた。浪子を客と思ったのだろう。若い女が、汚れた小さなグラスで丼の生き血を一杯掬い、何か怒鳴って浪子に差し出した。肺病に効く、と言っているに違いなかった。浪子はグラスの中の赤黒い血を見て後退《あとずさ》った。吐き出した血を飲む。母親が何度も吐きそうになりながら飲んでいた姿が蘇り、浪子はハンカチで口許を押さえてその場を逃げ去った。一刻も早く市場を出たいのに出口が見つからない。焦った浪子は、立ち止まったりしゃがみ込んだりしている人々を突き飛ばして、狭い通路を足早に歩いた。大量の食材に溢れる市場にいること自体が急に苦痛になった。浪子はやっと花屋の側から外に走り出た。市場の前に溜まっている荷車や黄包車《ワンポーツ》の列を抜け、静かな日本人街を歩きだすと落ち着いて安心する。昔の自分は、生気と気迫と、豊かな食材に溢れている市場を歩くのが大好きだった。今、それが苦痛だということは、すでに衰えている証拠かもしれない。洋上の質はおそらく、そんなことを考える余裕すらもあるまい。質は生の真っ只中にいる。浪子は一人置いていかれたような気がしてならなかった。

浪子は、急に碼頭が見たくなった。客待ちをしている黄包車に「日支碼頭へ」と告げる。井上章三郎と中国に来てから、七年の月日が経っている。一九二〇年のことだった。自分たちが大陸への第一歩を記《しる》した碼頭を久しぶりに見たい。

前後に揺れる黄包車のリズムに身を任せ、今日はどうかしている、と浪子はさすがに苦笑した。感傷的になって昔の出来事を辿りたがっている。前ばかり向いて生きてきた自分らしくなかった。病気のせいか。それとも、光代に過去のことを詰られたせいか。光代の険しい目付き。浪子は、走る黄包車の上から路上に唾を吐いた。女がそんなことをしたのに、車夫は慣れているのか振り向きもしない。人はどうして他人の過去をあれこれ詮索したがるのだろう。特に女は過去をとやかく言われる。世間は女がただ一人で生きているということが我慢できないのだろう。自分たちがそういう生き方を想像できないから、後ろ指を指されるようなことをしてきたに違いないと考えるのだ。卑しい考えだ、と浪子は暗い気持ちになった。

車はクリーク（小運河）に架かる外虹橋を渡り、東百老匯路《イーストブロードウェイ》に入った。この道は黄浦江と平行して走っている。満潮で水面が上がっているらしく、行き交う船の位置が高い。すぐ横に水が迫っている圧迫感があった。息が切れてきたらしく、車夫の速度が遅くなった。浪子の体重が軽いとはいっても、走り続けるだけで結構な距離だ。西洋人の中には車夫を馬か牛のように蹴り付けながら走らせる者もいるというが、浪子は段々と気の毒になってくる。だが、車夫はそれが仕事と割り切り、浪子のことなど荷物としてしか見ていないのだろう。他人のことを慮《おもんぱか》り過ぎるのもまた、別の毒をもたらす、と浪子は車夫の気持ちを斟酌《しんしゃく》するのをやめにした。そういう浪子の割り切った考えを、前夫の井上章三郎は、冷たいと常々言っていた。

右手に碇泊している大きな汽船が見えてきた。浪子は頭上を覆っていた幌を除けて、その姿を見た。四年前から定期航路になった長崎丸だった。自分もあれに乗って来たのだ。真冬のことで、碼頭にも街にもうっすら雪が積もっていた。浪子と章三郎は真っ白な上海を見たのだった。浪子はもう四年も音信不通の夫、井上章三郎のことを思い出している。

浪子の本当の名は、「大崎とし」と言う。

井上章三郎は、浪子の通っていた深川の女学校で英語の教師をしていた。女生徒の間では、背がすらりと高くて顔が整っている国語教師に絶大な人気があった。が、浪子は章三郎の方が好きだった。丸顔に団子鼻。もっこりとした体型は田舎臭く、大きな熊のようで、洒脱や粋には程遠い。しかも津軽訛り丸出しなので、下町のはっきりした物言いをする女生徒たちに、いつも英語の発音を笑われているような教師だった。

しかし、章三郎が教室に入ってくると、皆、期待を籠めて迎えたものだ。授業が平易で面白かったし、雑談好き。自分がどうして英語の教師になったのかという話を始めたり、最近読んだ本の話を滔々《とうとう》として授業が中断されることもしばしばだった。興が乗ると、「きみたち、天皇ばどう思うかね」などと発言するので、不謹慎だと嫌う生徒もないではなかった。だが、総じて歓迎されたのは、対等に話されている気がして女生徒を自由にするのと、章三郎が「新しい時代」に目を向けているからだった。日露戦争に勝利して、外へ外へと広がる世界。まだ見ぬ世界に打って出る。日本がそんな夢を見始めた頃でもあった。ある日の授業の終わり、章三郎は黒板を消しながら、「俺《わ》はさ、教師になんかなりたくながった」とぼやいた。

「じゃ、何になりたかったんですか」

反発した生徒が尋ねると、章三郎は窓の外を眺め、大袈裟な溜息を吐いてみせた。

「俺《わ》は、広い世界ば自由に生きて貧乏人ば助けたり、腹ば減らしちゅう者さ食い物《もん》ば与えたいね」

「そんな仕事ないでしょう」

「外国にはあるかもしれね」

教室はざわついた。章三郎はチョークを箱に仕舞い、手に付いた粉を悠々と払った。章三郎は本音を言った、と浪子は感じた。浪子は十五歳だったが、章三郎の本質をすでに感じ取っていた。女学校の英語教師など俺はやりたくない、俺にはここではない世界が待っているはずだ、という章三郎の気分。それは、自分の中にあるものとも通じるような気がした。長患いをしている母親を看病し続けている浪子には、世間というものがよくわかっていた。「病気の妾を持って旦那も気の毒に、まだ世話になろうなんて図々しい妾だ。娘もいるって言うじゃないか」。正妻や近所の目。浪子には同級生たちが子供っぽく感じられてならなかったのだ。

その母親が七年に及ぶ闘病の末に亡くなったのは三年後だった。浪子は女学校を卒業してからずっと、母親の看病をしていた。師走の寒風の吹く日、とうとう母親は枕頭にいる浪子をひと目見上げてから息絶えた。浪子は悲しさよりも、やっとこれで、と解き放たれたと思った。父親は慌てて駆け付けて来たものの、妾の葬式に出る訳にはいかないからと浪子に当座の資金だけ手渡して、そそくさと帰って行った。父親と入れ替わりに、噂を聞き付けた本宅の正妻が弔問にやって来た。

「おっかさんも運が悪いこと。あたしより先に亡くなるとはね」

父の正妻と初めて会った浪子は、老婆のような風貌の女が現れたので驚いた。いくらなんでも、女としては母親の方がずっと上等だった。正妻は上がり框《かまち》に香典を置いた。

「あんたもあたしが憎いだろうが、この香典は受け取って頂戴よ。後腐れなしだから」

手切れ金と言っているのだ。浪子は香典を押し戴いた。意地を張るつもりなどない。自分は長年の看病に疲れ果て、今ようやく解放されたのだから。残された父が一人にならず、こんな老婆のような女でも妻がいるというのは有り難いことだった。浪子の落ち着きに正妻の方が慌て、焼香するとさっさと消えた。浪子は開いた戸口から外の凍える闇を見つめた。一人でそこに出て行く。自分の知らない世界が待っている。嬉しくて堪らなかった。その嬉しさは、たった一人の母を失ったという悲しみを遥かに凌駕していたのだ。

母の死以後、正妻の言った通り、父親は疎遠になった。寂しくはなかった。これで好きに生きることができる。浪子は名前を変えようと思った。一人きりになったのだから、生まれ変わりたい。姓は強い感じのする「宮崎」にし、徳冨蘆花の『不如帰《ほととぎす》』から取って、名を「浪子」と変えた。「宮崎浪子」。新しい名前を持った自分は新しい人間になったのだ。浪子は母の借家を出て浅草に部屋を借り、近くのカフェに女給の仕事を見付けた。あと三カ月で十九歳になろうとしている時だった。

ある日、浪子のカフェに、偶然章三郎が現れた。まだ教師を続けているものの、大逆事件が起きたばかりのことで、しゅんとしていると久しぶりに会った級友から聞いたばかりだった。確かに、章三郎は落ち着きなく、どこか悄然としている。

「先生」

浪子が横に立つと、章三郎は当惑した。

「誰がと思ったら、大崎としじゃないか」章三郎は浪子のパーマをかけた頭髪や濃い化粧を見て、驚いた顔をした。「おっかさん、亡ぐなったって噂ば聞いたよ。ご愁傷様」

「先生、私名前を変えたんです。これからは宮崎浪子って呼んでください」

章三郎の表情が和んで、急に浪子を見る目が男のものに変わった。浪子は自分の変身が章三郎を元気づけたのかもしれないと思った。

「先生、また来てください」

章三郎は足繁く、浪子のカフェに訪れるようになった。章三郎が「社会主義研究会」というものに入っていると知ったのは、二人が一緒に住むようになってからだった。再会してから一年の月日が経っていた。

「社会主義って何なの」

浪子は章三郎に聞いたことがある。

「革命ば起こして皆が幸せになることだ」

「革命って何」と浪子は更に尋ねる。

ることだ」

「上でのさばってる悪い連中ば倒して、貧乏人や困ってる人達《ひとだち》が生きられる世の中ば作

　章三郎が本当に貧乏人のことを考えているとは思えなかった。浪子は、章三郎が新しいものを求めた結果、そういう幻を持つに至ったのだと解釈していた。章三郎の心の箱に、とりあえず形の合う適当な思想。なぜなら、章三郎はその時、二十七歳。浪子を入籍してもいいはずなのに、ぐずぐずとその話題を避けている。章三郎が津軽の富農の息子で、浪子が妾腹だから両親の気に入りそうもないと思っているからだ。新しい考えに取り憑かれている章三郎も、自分のこととなれば、古い家意識を引きずっている。何だ、結局、名前を変えたところで自分は母親と同じような道を辿るのか、と浪子は章三郎に失望した。以後、二人は一緒に住んだり、別れたりを繰り返すこととなった。

　今の浪子は質を縛り、すべてを得たくて堪らない。だが、その時の浪子は章三郎に対しては鷹揚でいられた。男女の愛というものがどれほど激しくて、いろいろなものを奪い合い、傷付け合うか、ということを全く知らなかったせいだろう。それは、七歳年上の章三郎とて同じことだった。二人は恋愛を経て同志になったのではなかった。あくまで章三郎が夢見る「革命」という、幻にも似た「新しいもの」を共有することで同志になったのだった。

　初夏のある日、章三郎が「話がある」と蒼白な顔でカフェに入って来た。浪子が二十八歳、章三郎が三十五歳の時だ。章三郎は隅の席に腰掛け、注文を取りに来た浪子に囁

いた。

「大変なことになった」

その夜、浪子の借家にやって来た章三郎は興奮して喋った。二人はその時期、家を別にして時々会っている程度だった。

「ソヴィエトのコミンテルンから使者が来だ」

「コミンテルンって何」

浪子は熱燗の温度を見ながら、煙草に火を点けた。自由がそろそろ重荷になってきていた。二十八歳といえば、年増だ。ちやほやしてくれたカフェの客も、若い女を追いかける。章三郎は、徳利の首を摑んで、まず浪子の杯に注いだ。

「コミンテルンつうのは、世界革命ば遂行するための偉い組織だ。そのコミンテルンが俺《わ》に上海に行かせてやると言っている」

「上海に行けるの」浪子は顔を輝かせた。華やかな上海の噂は聞いている。一度行ってみたいと思っていた。「どうして、あんたに声がかかったの」

「俺《わ》が書いた米騒動の論文が認められたらしい」章三郎は面映ゆそうに言った。「コミンテルンは上海に支部ば作ったばかりで、そこにヴォイチンスキーつう男がいる。その男のもとで勉強ばすれば、日本で共産党ば旗揚げできるだけの金ば渡してくれると言っている」

「どうするの」

「浪子はどう思う」章三郎は気弱な顔で意見を聞いた。

「行くわ。だって、いつまでもカフェの女給なんかやってられないもん。一緒に上海に行くわ」

「二人で『革命』ば見よう」

うまい話だという安易な気持ちと、外の世界を見たい好奇心とでわくわくしていた。二人は翌年の一九二〇年、長崎丸でこの日支碼頭に着いたのである。

上海での最初の年は楽しく過ぎた。住まいは旧式の里弄だったが、見る物すべて珍しく、浪子は虹口マーケットで買った肉や魚で料理を作り、花で部屋を飾った。コミンテルンから支給される金も驚くほど潤沢で、二人は贅沢を覚えた。章三郎のところには留学生や現地の文化人など、珍しい客も訪れるようになった。章三郎は、ヴォイチンスキーの肝煎りということで、コミンテルン至上主義の当時の左翼の間で、エリートと見なされていたのだった。浪子は女主人として采配を振り、サロンの主気取りでいた。しかし、それも二年間のことだった。

「俺《わ》はロシア語は皆目わからん。それにヴォイチンスキーも、俺の理論ばあまり評価しね」

諦めが早いのは、浪子の知らなかった章三郎の一面だった。来る日も来る日もコミンテルンから日本での工作状況を聞かれ、催促されるうちに、章三郎は嫌気が差したらしい。

「いいじゃない。適当に報告してれば」

　事も無げに言う浪子を、章三郎は初めて会う人のように見た。章三郎が、上海に来てから水を得た魚のように生き生きと暮らす浪子に辟易としているのは気付いていた。しかも、上海の工部局（警察）に目を付けられているという噂が入り、章三郎は焦って引っ越しを何度もした。所詮、気の小さい男だったのだ。浪子はすっかり失望したが、狭い日本で想像していたよりも世界は遥かに残酷で苛烈なところでもあった。日本では考えられない収奪が平気で行われ、日本では想像もできなかった大いなる富の中にいる人間も存在する。浪子は日本の社会主義者の考えなど子供のようなものだと実感せざるを得なかった。それに、共産党員に対する白色テロは無惨で、浪子は話を聞く度に怖ろしく思った。章三郎も自分の理想と、それを実践する現実との落差が大きすぎることに堪えられなかったのだろう。章三郎は酒に逃げるようになり、連絡が取れない、とヴォイチンスキーが浪子のところに探しに来ることも度々だった。しかし、小所帯ながらも日本共産党は旗揚げに至り、何の働きもしていないのに章三郎は安堵した様子だった。

　翌年、驚くべきニュースが飛び込んできた。関東大震災が起きて、大杉栄、伊藤野枝らが虐殺されたというのである。旗揚げしたばかりの共産党は、皆が怖《お》じて壊滅状態にあるらしい。早速、章三郎が党再建のために帰国することになった。党再建といっても実態などほとんどなきに等しい。ただ、風評だけが独り歩きしているようなものだった。口に出しては言わなかったが、章三郎がひどく怯えて嫌がっていたのは浪子にもわかっていた。その時、コミンテルンから支給された支度金は五万円。大邸宅が十軒以上は買える金だった。

「じゃ、行ってくる。生きて会えればいいのだばって」

大仰だと浪子は思ったが、章三郎にはそう言うだけの理由があったと後でわかった。

章三郎が帰国して二カ月。章三郎からは連絡も一切入らなかった。浪子は金に困り、待合で働き始めた。ある日、部屋に戻った浪子を待っていたのは、日本共産党の某とヴォイチンスキー、そしてコミンテルンからの使者だった。いくら待っても章三郎が東京に現れないというのである。章三郎は大金を持って逃げたのだった。何も知らずに章三郎の帰りを待っていた浪子は、一転して厳しい監視下に置かれることになった。どこに行くにも尾行が付いて、手紙も読まれている形跡がある。恐怖を感じた浪子は逃亡する計画を立てた。土砂降りの夜、こっそり貯めた金を持って碼頭に忍んでいて、着いた船の一等船室に駆け込んでからチケット代金を払った。あれだけ遊興費があったのに湯水のように遣っていたため、ほとんど無一文で、チケット代金も画学校でヌードモデルまでして稼いだ金だった。乗った船は、沿岸をのんびりと航海しながら香港に向かう客船だった。こうして浪子は広東に流れ着いた。

お杉と知り合い、「青い壁」に雇われ何とか糊口を凌ぐことができた。だが、コミンテルンの情報網は、精度に欠けるとはいえ、アジア中を駆け巡っている。章三郎と夫婦と思われている浪子は、どこに行っても逃げられず、永久に監視される運命にある。たとえ日本に帰ったところで、章三郎が当局のブラックリストに載っているのは明らかだ。妻である自分がどう扱われるかはわかったものではない。逮捕されるかもしれない。日本で、誰がどう喋っているのか想像もできなかった。要するに、自分は大陸に囚われた籠の鳥になったのだ。実態もわからないままにお経のように唱えていた「革命」という言葉に復讐されているとも言える。章三郎は重い枷《かせ》を浪子に遺して消えたのだ、決して口外できない枷を。

章三郎はどこに行ったのだろうと浪子は考え、楽しくなったり、腹が立ったりする。もしかすると、小心な章三郎のことだから自殺したかもしれない。あるいは、アメリカにでも渡って日本語を教えているかもしれない。そうだったらいいのに。だが一方では、章三郎は強い浪子から逃げ出したのかもしれないとも思う。浪子は情けなくなって空を見上げた。雨は上がり、どんより曇った空は動かない。驚いて辺りを見回すと、すでに碼頭に着いていてうんざり顔の車夫が浪子を横目で見ていた。用事を済ませた気になった浪子は、乗り合いバスで帰ることにして黄包車を降りた。

四川北路でバスを降り、黒い土に細かい砂利が敷き詰めてある道を歩いた。下宿までほんの数分だが、さすがに疲れて足取りが重い。そろそろ熱の出る時間だから、寒気も感じられる。浪子はぐったりした気分で足を運んだ。背後からざくざくと足音がして、浪子の横に並んだ。

「奥さん、お出かけでしたか」

谷川が追い付いた。浪子は立ち止まり、二週間ぶりに見る谷川に挨拶した。

「もうお帰りだったんですか。いかがでした」

谷川は杭州《こうしゅう》に水運の調査に出かけて暫く帰らないと聞いていたから、意外だった。陽に灼けた顔を綻ばせ、谷川は何と言おうかという風に首を傾げる。

「まあ、酷いものでしたよ。というのは、水害がありましてね。これはもうどのくらいの犠牲があったのかわからないほどでした。結局、調査どころか救援活動をしてきたようなものですな」

谷川の仕事が軍と結び付いているのは薄々わかっていた。「帝国主義的満韓経営のために満鉄の調査部はあるんだ」と章三郎が苦々しい顔で言っていたことがある。だが、眼前の谷川はそんなことなど微塵も感じさせない飄々とした風貌の男だった。

「お買い物ですか」谷川は薬の袋で膨らんだ浪子の手提げを指さした。浪子は中が見えないようにさり気なく持ち替えた。「どちらへ」

「久しぶりに虹口マーケットに行ってみましたけど、すごい人いきれで」

浪子は喋りながら歩くのが辛かった。しかし、もう下宿の前まで来ている。互いの部屋に行くのも当然の事ながら躊躇《ためら》われ、二人はドアの前で数分立ち話をした。近所の子供たちが集まって日本の毬遊びに似たような遊びをしている。家の前に椅子を出して、のんびり外を眺めている老人もいる。まるで日本の夕方のような光景に浪子は顔を顰《しか》めた。少しでも懐かしく思うことを、自身に禁じているからだった。やや顔色が冴えなくなったのを敏感に察してか、谷川が心配そうな顔をした。

「ちょっとお疲れのようですね」

「わかりますか」浪子は肩を落として大きく息を吐いた。「あちこち見て歩いたら疲れちゃった」

「それは残念。実は今日の夜、客人があるんでご紹介しようかと思っていたんです」

「何をしている方ですか」

　浪子は動悸を抑えながら聞く。まさかと思いながらも、上海は探そうと思えば幾らでも章三郎の知己がいるはずだった。

「同じ満鉄の北京事務所にいる者なんですが。鈴井顕一《けんいち》と言います。こいつは中国名もありましてね。呂士明《ルーシーミン》というんです。ご存じないですか」

「どうして、私が」

「いや、前にそいつの家で奥さんをお見かけしたような気がしてきてね。だから、伺ったんですが」

「さあ」浪子は動揺を隠し、笑顔を作った。「何か勘違いしていらっしゃると思います」

　呂士明なら、家に遊びに来たことがあったし、呂の家にも一度行ったことがあった。大勢の日本人が遊びに来ていたから、谷川も客人の一人だっただろう。章三郎も自分も、新しい人間関係を作ることが楽しくてならなかった時期だった。呂のことを、日本人なのに中国語がうまく、中国名で論文を書いている頭のいい奴だと章三郎が評していたのを覚えている。

　浪子は話を止め、慌てて玄関の扉を開けた。光代の部屋を覗く気にもなれず、さっさと靴箱に茶の短靴を仕舞った。谷川は黙って後を付いてくる。二階の踊り場で頭を下げただけで、浪子は更に階段を上った。動揺が伝わる、などと考えることもできなかった。部屋に入って突っ立ったままぼんやりする。光代もいずれ自分の秘密を探り当てるかもしれない。日本政府が井上章三郎の妻の行方を追わない訳はないのだから。広東を脱出したものの、上海に戻って来れば章三郎の事件は浪子に影のように付いて回る。日本政府、コミンテルン。蔣介石軍が上海を制圧したのだから、いずれは蔣介石とも敵対するだろう。すべての側の人間から動向を探られ、追われる立場になったのだと認識し、浪子は初めて目眩がした。

　広東の、あの小さなバルコニーのある部屋で暮らしていた時のことが思い出されてならなかった。西陽の射す狭い部屋。冷たいタオルで体を拭い、店に出る支度をしていた時のこと。一人で生きていた時のこと。ロシア人たちでさえ、浪子を放って置いて好きにさせてくれた。しかし、それが幸せだったとはもう思えなかった。なぜなら、質がいなければ生きていけないからだった。章三郎には感じなかった熱い思いが体中を巡ってたぎる。浪子は、なぜ得難い相手に巡り合った時に自分はままならぬ状況にいるのかと悔しくてならなかった。

廬山丸の入港する日は秋晴れだった。浪子はN汽船本社前まで出迎えることにした。船長や航海士らの家族が社屋の中で待っているのが見えた。上品な妻たちが可愛い子供を連れている。白手袋の航海士らと違い、機関長は汚れ仕事だ。浪子は、航海中、汗と炭塵に塗れて働く質が愛おしくて堪らない。結核の診断が出た途端、浪子の心は質という男に占められている。それは、潰《つい》えていく肉体が、やがては肉体から離れていく魂が、束の間の幻に焦がれているせいかもしれなかった。その幻は極彩色で、しかも美しいものだった。

待ちに待った廬山丸が茶色い水を掻き分けて入港してきた。サンパンやジャンクを蹴散らし、向かい側の碼頭に近付いて行く。浪子は必死に手を振った。甲板上の質が自分に気が付けばいいと願いながら。やがて、碼頭に碇泊した廬山丸から客が下りて渡し船で外灘に渡って来た。いつになったら質は仕事から解放されるのだろう。浪子は甲板上に質らしき人物を見付けられなかったことに落胆して肩を落とした。夜まで帰らないかもしれない。風が冷たくなってきたため、浪子は諦めて下宿で待とうと踵《きびす》を返しかけた。

「浪子」

背後で質の声がした。浪子が振り向くと、渡し船の先端に質が立って手を振っている。紺サージの制服姿で白いシャツ。笑ってこちらを見ているのが嬉しくて、浪子は思わず拍手した。渡し船が桟橋に横付けされる前に、背嚢を担いだ質が飛び降りた。浪子に向かって駆け寄って来て、抱き締める。

「会いたかった」

浪子の囁きに、俺も、と質は低い声で答えた。質の体からは潮と淡水の入り交じった、大いなる水の匂いがする。きつく抱き締められた浪子は、質が固く勃起しているのがわかった。浪子は溜息を吐いて、早く抱かれたいと願う。二人はもつれるように歩きだして黄包車を止め、下宿へと急いだ。誰が見ていても構うもんか、と浪子は思った。

「船からきみの姿が見えて嬉しかった」

「気が付かないかと思って悲しかったわ」

「すぐに気付いたよ。入港する度、いつもきみの姿を探していた。今日初めて来てくれたね」

「何だか待ちきれなかった」

浪子の呟きに、質は浪子の指を摑んでいた手に力を籠めた。

「何かあったの」

「ないわ」

「俺の方はあったよ。珠江《しゆこう》に碇泊中、数メートル先に爆撃機が爆弾を落とした。誤爆なんだが、危ないところだった」

「嫌だ。死なないで」

浪子が縋り付くと、質は不思議そうな顔をした。

「どうしたの。今日の浪子はまるで意気地がないね。広東にいた頃は何が起きても平然としていたじゃないか」

それは質が自分にとってかけがえのない存在となったからだ。自分の肉体がもうじき崩壊するからだ。浪子は黙り、質の口許に出来た一本の皺を指でなぞった。以前はなかったのに、航海がひとつ終わる度に質は老けていく。十日前、虹口マーケットで感じた、生の真っ只中にいる者の証のような気がした。二人は黄包車の中でそっと口づけを交わした。車夫は振り向きもせず、二人を乗せた負荷に喘いで四川北路を北上し続けた。

下宿に戻った二人は、光代の挨拶も背中で聞いて部屋に駆け上った。愛し合いながら、浪子はどうしてこんなに互いが欲し合っているのだろうと不思議でならない。だが、いつまでたっても治まらない空腹のように、二人は性交をやめられなかった。

「少し痩せたね。こないだ野坂さんに聞いたけど、朝御飯食べてないんだって。いつまでも朝寝しているって言っていた」

朝は体調が悪く、起きることができなかった。それに光代と顔を合わせるのが苦痛だったのだ。一方では自分の評判が悪くなれば質が困惑するだろうと思う気持ちもある。しかし、浪子はそんな些細なことにかかずらってはいられないのだった。時間がなかった。

「具合が悪いんじゃないか」質は一層痩せた浪子の胴を腕で抱いた。「医者に行けよ」

「行ったら貧血気味だと言われた」

浪子は薬袋を見せた。それには咳止めの散薬が入っている。この間、二度ほど喀血があった。浪子は医者に言われた通り、洗面器に受けて、再び嚥下するようにしているが、生臭い血を飲み干すのは辛かった。

「ともかく気を付けてくれよ」

質はのんびりした調子で言い、ベッドから降りて洗面所に入った。今日は飢えるように抱き合ったため、質は、航海から帰ると真っ先にする、荷物の整理もしていない。浪子は苦笑して立ち上がり、質の背嚢を覗いた。大きく開いた口から、日記帳が見えている。「トラブル」と題してある。開いてみたことはないが、航海中、毎日書いているのだと聞き、一度読みたいものだと思っていた。自分のことが書いてないだろうか。浪子は思い切って開いて読み始めた。「シャングハイ、ヴェレ、トラブル」という言葉が目に飛び込んできた。だが、どのページを繰っても、航海中に起きたことばかりで、自分のことは一行も書いていない。

「こうやって書いても誰が読むんだろうと思っていた」

質の声に、浪子は驚いて日記帳を閉じた。

「ごめんなさい」

「いいよ。きみが読んでいいんだ」

「どうして。日記じゃないの」

質は浪子が洗ったパジャマに袖を通しながら、激しく首を振った。

「違う。敢えて言えば創作のようなもんだ。船の上での出来事を書いたら面白いかと思って書き始めたんだが、今は違うような気がしている。そんなものは面白くもなんともない。だって、本当の感情や人生は日記なんかにはないんだよ。やっとわかった」

「どこにあるの」

「ここだ」と質は浪子の顔を指さした。「きみを広東に置き去りにした後、俺は毎日日記を書いた。船が俺の日常でもあったから、船の上で起きること、トラブルばかり書いていた。これが俺の人生だ、浪子のことなんかではない、と思っていた。俺の子供がこれを読んだら、親父は船の上で毎日トラブルばかり起きていたんだろうな、と思うかもしれない。あるいは、俺の子孫が百年経って読んだら、昔の人はこういう危険な航海をしていたのだと考えるだろう。それは確かにそうだ。だが、きみと再会して、実際の生活は違うことに気が付いた。船の上でどんなに危険な目に遭っても、俺は違う人生を生きているのだとわかった」

浪子は手垢の付いた表紙を撫でさすった。質は言葉を切って、考えている。

「きみのことは言葉にはできない。偉い作家ならできるかもしれないが、それでもきっと無理だ。そういうものなんだと最近は思っている。こんなものは記録でもなければ日記でもないんだ」

質はそう言うと、「トラブル」を部屋の隅に投げ捨てた。ばさっと音がして、「トラブル」は開いたまま背表紙を上にして落ちた。

浪子は質に誘われて、再びベッドに横たわった。質の胸に耳を付けて、鼓動を聞いている。この生活がいつまで続くかわからない戦《おのの》きと不安。それでも生きていく。それが質が感じ取ったものと同じなのだろうか。浪子ははっとして起き上がった。質が自分の病気をとうに知っているのだと自覚したからだった。

「そうだったのね」浪子は自分を囲っている質の太い腕を撫でた。「そうだったのね」

「何のこと」

「何でもない」浪子は囁いた。「質さん、私を助けて」

「助ける。きみと揚子江の上で会った時、そう決めた」

浪子は微熱で熱い頰を質の胸に寄せた。

「だったら、こうしてくれる」

「何してほしい」

返事を言わないうちに、控え目なノックの音がした。谷川です、と声が聞こえる。質が起き上がり、ドアを開けた。

「いいかい。帰って来たばかりなのに悪いな」と、すまなそうな声がした。

浪子は慌てて起き上がった。質は廊下に出てぼそぼそ話している。やがて戻って来て浪子に言った。

「一緒に部屋に来ないかと誘ってくれている。きみが体調悪そうだから滋養にいい漢方薬を処方したって言うんだ。行かなきゃ悪いよ」

浪子は頷いて身繕いを始めた。近頃、腹痛があった。その話を先日したから谷川が覚えていたのだろう。人前では決してだらしない格好をしない質はパジャマを脱ぎ、普段着のズボンとシャツに着替えた。浪子は頭から被るすっぽりしたドレスを着て、上からベルトで留めた。ベルトの穴がまた足りなくなった。一層痩せてきている。浪子は情けない気持ちで鏡に向かった。だが、鏡の中の顔は、青白いのに頰が異様に赤く自分でも驚くほど美しかった。母親が死ぬ前も同じだったことを思い出し、浪子は不安を感じて質を見上げる。質は何も言わずに唇を嚙んで下を向いた。同じことを考えているのだろうか、と浪子は悲しくなったが、昂然と頭を上げた。

谷川の部屋に入るのは初めてだった。間取りは三階より少し狭く、中国式の大きな寝台と机。壁を埋め尽くした本棚とそこに整然と並ぶ本が目立った。漢方を煎じている匂いが部屋中に漂っている。机の上に卓上コンロがあって、古びた土瓶が掛けてあった。浪子はむせて口許にハンカチを当てた。谷川が土瓶を持ち上げ、浪子に笑いかけた。

「ヤモリですよ」

「嫌だわ」

「嘘ですよ。中国三千年の歴史のある薬です。この間、杭州で手に入れて自分で実験してたんです。下痢に効きますよ」

はっきり言われて浪子は苦笑いした。谷川が土瓶から茶色い薬を湯飲みに注ぎ、浪子に渡してくれた。これを飲めば、質と部屋に籠もることができる。浪子は、息を吹きかけて冷ましながら、半ば義務のように飲み干そうとした。その時、階段を駆け上がってくる音がした。足音から男だと知れた。浪子は嫌な予感がして、戸口を振り向いた。ノックがされて、返答を待たずに男が入って来た。

「こんばんは」

鈴井顕一だった。浪子は計られたことを知って、顔を伏せた。鈴井は黒い中国服に黒いソフトを被っている。頭の鉢の大きな男で、声がくぐもっている。章三郎と親交のあった共産党の男だった。谷川が質に紹介を始めた。

「こちらは満鉄調査部の鈴井君。呂士明という中国名もあるんだ」

「自分で勝手に付けたんですよ」

鈴井はそう言ってにやにや笑い、質と握手した。人を食った様子も変わっていなかった。浪子は俯いたまま目礼した。鈴井は明らかに浪子の首実検のために呼ばれていた。浪子は谷川を見て、非難するようにその目を覗き込んだが、谷川は視線をかわし、平然と戸棚から酒を出した。

「じゃ、我々は酒盛りでもしますか」

「いや、これを飲んだら失礼しますよ」

質が遮って、持て余している浪子の湯飲みを受け取って飲み干した。谷川が困惑した顔で質を眺めている。本棚を眺めていた鈴井は、振り向いて言った。

「奥さん、井上君はどこにいるんでしょうね」

「人違いじゃないでしょうか」浪子はとぼけて見せた。

「いや、間違えておりません。あなたは共産党員の井上章三郎の奥さんでしょう。彼は大金を持って行方不明になった。居場所はご存じないのですか」

「こちらが教えていただきたいくらいです」

浪子ははっきりと言った。ここまで暴露されたのなら、質に知れても仕方がない。質と目が合う。質は浪子の肩を抱き寄せ、谷川に告げた。

「もういいでしょう。この人はもう俺の妻だから」

谷川が肩を竦めた。浪子は後ろも見ずに谷川の部屋を出た。部屋に戻ってから、浪子はひどく虚しい気持ちになった。後から後から過去が押し寄せて来る。自分は質と残り少ない時間を生きていきたいのに。

「質さん、このこと話しておくわ」

質が真剣な顔で遮った。

「何も言わなくていい。きみの過去なんか、俺の日記帳と同じだ。読めばそうかと思う奴がいるだけだ」

シャングハイ、ヴェレ、トラブル。浪子は盗み読んだ日記帳の一節を思い出し、泣き笑いをした。質が涙を落とした浪子の顔を覗き込んだ。

「さっき何て言いかけたの。俺に何をしてほしいんだ」

中途になった話の内容を尋ねているのだった。肝心の話をしてこなかった二人は、これまでの深い河を渡るために、互いに船を出し合っているのだ。浪子は躊躇った後、言葉に出した。

「私が死ぬとわかったら、殺してほしい」

質は衝撃を受けて二、三歩後退った。部屋の隅に転がったままの「トラブル」を見遣り、それからようやく答えた。

「いいとも。きみが望むなら」

浪子は大きな安堵の息を吐いた。

第五章　シャングハイ、ヴェレ、トラブル

派手な青のシートはところどころ破れて隅に細かい砂埃が溜まっていた。スプリングがへたって、尻がやけに沈む。紙屑が散乱した床。布で拭ったくらいでは取れそうもない泥が、ワイパーの跡を残してフロントガラスにこびりついている。選りに選って、手入れの悪いタクシーに当たってしまった。がたがたするドアが外れやしまいか不安で、走行中寄りかかるのも躊躇《ためら》われる。だが、無事に蘇州《そしゅう》庭園巡りを終えた帰途、さすがに疲れた広野有子《ゆうこ》はドアにもたれかかったまま、つい居眠りをしてしまった。上海《シャンハイ》・蘇州間は車で片道二時間の距離だ。

「対《トエ》、対《トエ》」。運転手に相槌を打つ萱島《かやしま》の低い声が聞こえ、有子ははっと身を起こした。どんより曇った空はいつの間にか暮れて、どこまでもまっすぐ続くコンクリートの道が遥か地平線の彼方に向かって延びている。地平線は濃い灰色の空に溶け込んではっきりしない。右の窓には、道路と平行に流れる蘇州河がまだ見えていた。溢れんばかりの茶色い水は一向に減る様子もなく、ひたひたと道路の端を浸食している。ガードレールも

何もないこの対向二車線の高速道路と水面とが、ほぼ同じ高さなのが薄気味悪い。水の上を走っているような錯覚さえ起きた。数日間、降り続いた大雨のせいだった。早朝に出発した時も雨は降り続いていて、高速道路も冠水している箇所が多々あったほどだ。最初は水量に恐れをなしていたが、もうこの景色にも慣れてしまった。有子が欠伸《あくび》を漏らすと、傍らの萱島が有子の顔を覗き込んだ。砂色のポロシャツの裾をジーンズから垂らし、手首にはごついダイバーズウォッチ。腕が陽に灼けて逞しいのを有子は横目で見た。

「疲れた?」

「大丈夫」

微笑む有子に、萱島は白い歯を見せた。早朝から二人だけで行動しているから、親しさと労《いたわ》りが萱島と有子の間に生まれてきている。傘の中で肩を寄せ合って同じ景色を眺め、同じ食物を食べ、感動を相手に伝えようと言葉にする。この経験が、もっと熱を帯びた複雑なものを生み出す予感がして、有子は萱島の目から自分の目を逸らした。目を逸らしても、口を利かなくても、体を遠くに離しても、萱島の視線が自分を覆っているような気がする。ときめくような息苦しさに有子は息を吐く。狭い車で移動しているうちに、その気配はますます濃厚になる。いや、十数人の日本人が互いの動向を気にして暮らす留学生楼に帰らなくてはならないという気の重さが二人を孤立させ、二人だけの世界に旅立たせようとしているかのようだった。

「噂になるかもしれない」

有子は憂鬱な声で呟く。上海に来て三カ月半。すでに九月も半ばを過ぎた。大学生活には慣れても、留学生楼での身の処し方はまだわからない。十八人の留学生のうち、企業派遣で語学研修に来ている者が三人、女子学生は有子も含めて三人。女子二人はいつも一緒で結束が固く、新参の有子を仲間に加えてくれそうもない。佳美《よしみ》も彼女たちから爪弾きにされていたことが思い出された。残りの十二人は、二十歳から四十歳までの私費留学の男子学生たちだった。外国の中の日本というにはあまりにも小さく狭く、仲良く付き合うには年齢層も興味も幅が広過ぎる。男子学生たちは有子の想像も及ばないほど、濃密な人間関係の中に生きているらしい。酔えば必ず、そこにいない者の悪口と女の数が足りないという文句が出る。ならば中国人たちと交わって暮らせばいいのにと思っても、中国人女性はすぐ結婚を迫るから迂闊なことはできないのだ、と仲間内に籠もるばかりだ。目に見えない憤懣が留学生楼の中に滞っているようで、女子の中で一人浮いている有子はうっかりしたことができない。好吃《ハオチー》バーに出入りするなど目立つことをすれば、退学を余儀なくされた室矢《むろや》佳美のように男たちに舐められるかもしれない。だから、有子は相変わらず真面目で寡黙な学生を装う他はないのだった。いくら日帰りとはいえ、萱島と二人だけで出かけた今度の旅行も、彼らに格好の噂の種を提供したことだろう。だが、萱島は有子の言葉を聞いてのんびり返した。

「噂？　穂積も一緒に来るはずだったんだから気にすることはないよ」

蘇州に遊びに行くことになったのは、一週間前の留学生食堂での立ち話からだった。夕食を食べ終えた有子が部屋に戻ろうと歩きかけると、ビール会社派遣の坂井と一緒にやって来た萱島が気安く有子の肩を叩いたのだ。

「広野さん、蘇州に行かない？　まだどこにも行ってないでしょう」

「蘇州ですか」

首を傾げた有子に、萱島は講義するような口調で言った。

「蘇州には名園があるんですよ。滄浪亭《ツアンランティン》、拙政園《ヂユオヂヨンユエン》、獅子林《シーズーリン》、留園《リウユエン》の四大名園。これは年代順ですけどね。他にも虎丘《フーチウ》なんて古い塔もあるし、あちこち回ったら切りがないくらいある。帰る前に是非見たいと思ってるんですが、タクシーを雇った方が楽だし、安くつくから数人で行きたいんですよ。どうですか」

なぜ自分に声をかけたのかと訝ったが、私費留学生は経費を切り詰めて暮らしている者が多い。有子は比較的裕福に見えたのだろう。たまには留学生楼から離れるのもいいかもしれないと有子は即座に返答した。

「いいですよ。他には誰が行くんですか」

「K自動車の穂積君にも声をかけましたが、いいですか」

萱島は有子に許可を取るべく丁寧な口調で尋ねた。企業派遣で半年間の語学留学をしている穂積は、佳美の事件以来、有子には一定の距離を置いた接し方しかしない。嵐の夜、好吃バーで何が起きたのか。有子は知る由もないし、探る気も毛頭ないのに、穂積は有子を見ると恥じた顔で俯くのだった。熊谷や山本など、他の男たちは佳美が退学したことなんか何でもなかったかのように暢気に暮らしているというのに。穂積だけが一人ナイーブだった。今朝になって穂積は、仕事の都合で蘇州行きをキャンセルしてきた。有子と同行するのを避けたのかもしれない。

穂積のこざっぱりした服装とそれに似合った真摯な態度。なのに、現地の学生に交じって食堂にいる時の場慣れした姿との落差を、有子はしばしば考えている。そして、あの日、ずぶ濡れで買い物袋をぶら提げて帰って来た穂積の、屈辱に堪えていたような目を思い浮かべるのを止められないでいた。彼の歓迎会と称しながらも、おそらく経費はすべて穂積当人が持たされていたのだろうし、大嵐の中、徒歩で自ら酒肴を買いに行ったこともいかにも惨めだった。しかも、自分の歓迎会が佳美のセクハラ事件に発展した。いたたまれないには違いない。

「でも、穂積さんは来なかった。どうしたのかしら」

「何を気にしてるの。噂になったらなったでいいじゃない。その方が楽かもしれないよ」

他人事だと言わんばかりに萱島は言い捨て、擦れ違うトラックを見送った。トラックには灰色の豚が荷物のようにぎっしり詰め込まれていた。

「どうして楽なの」

「俺と付き合ってるって噂が立てば、他の男は手を出さない」

有子は男同士の黙契に、当の女の意思が容れられないことの馬鹿馬鹿しさに内心呆れた。が、現に佳美は萱島に片思いだったのを皆が知っていて、逆に利用されていたではないか。萱島は自分に都合の好いことしか考えない残酷な男だ。自分は決して佳美のようにはならないと心を鎧う。しかし、鎧ってはいても、萱島には奇妙に自分勝手な魅力があった。幼稚でも我が儘でもない。他人の思惑など気にせず、自分の思う方向にまっすぐ向かう明快さとでもいったような。有子は眼前の高速道路を見て、萱島みたいだと思う。目的地に向かってまっすぐ敷かれた道。萱島は何の衒《てら》いもなく大学での出世階段を駆け上って行くだろう。佳美のような放埓な女が自分を好きでも、面倒がありそうならいとも簡単に避けて通るだろう。だが自分が欲しいのは、この川と道を隔てている境、川の水が浸食してくるのを時には許すような曖昧な境を持つ男だった。目的地など見えない男。なぜなら、自分がそのような人間だとわかってきたからだ。

「この人が上海の男は大変だと言ってるよ」

萱島の声で有子の思いが破られた。萱島は、開襟シャツの上に臙脂《えんじ》のカーディガンを羽織った運転手と上海語で会話していた。運転手は自分が話題になったことを悟り、バックミラー越しに有子に愛想笑いをする。三十代半ばの剽《ひょう》げた顔をした色白の男だった。

「仕事が終われば買い物して、食事の支度をして、子供の面倒も見る。後片付けが終われば、洗濯機回して年寄りの相手して、寝る前に母ちゃんも可愛がらなくちゃならない。上海男は辛いって。とっても疲れるって」

運転手が振り向いて大仰に困った顔をして見せる。萱島が何か言って二人は笑い合ったが、有子の語学力ではわからない。

「何て言ったの」

「日本の男が羨ましいだろうと言ったら、その通りだと」

有子は同意する気にはなれなかった。しばしば日本人の男たちの間で交わされる冗談とも言えない囁き。本気で怒る男もいる。上海は女が威張っている、上海の男はだらしない、あんな風にはなりたくない。語り継がれてきた俗な本音を萱島が言う。そんな萱島に急に馴染めなくなった。ここで一緒に笑えれば楽に生きられるとわかっているのにそれができない。二人の間に生まれかけていた密度の濃い空気が希薄になりかける。有子は腕時計を眺めた。すでに五時を回っている。

「あとどのくらい、かかるんでしょう」

「一時間くらいじゃないか。でも、市内に入ったら渋滞するからわからない」

「早く着かないかしら。飽きたわ」

萱島は自分の言ったことが有子を不快にさせたことなど百も承知らしい。なのに、「どうしたの」と、有子の手を握った。

「俺がつまんないこと言うんで嫌になった?」

「先生は先生の考えがあるし、私は私の考えがあるし」

有子は萱島に握られた左手を見ながら答えた。どうしようかと迷っている。手を抜こうか、それともこうして握られていようか。萱島の大きな手は有子の手を逃がさないというように摑み直し、それから更に力を籠めた。

「考えってほどのものでもない。時候の挨拶みたいなもんだよ」

「そうですか」

「俺は俗物ですよ。上海の男みたいになりたいとは思ってない。女房は家に居てほしいし、俺を三つ指突いて迎えてほしい。だけど広野さんみたいな頑なな女も好きだよ」

萱島はからかうような口調で言うと、運転手に見られないように素早く有子の頰に唇を付けた。それでもいいなら俺と寝ないか。極めて乱暴に、しかし直截的に誘っているとしか思えなかった。まっすぐ続く道。これはまるであの時の会話と同じだ。佳美の好意に応えられないと萱島が語った時のこと。『でも、応えられませんものねえ。俺は女房に惚れてますから。性的に応えることはできても、彼女を傷付けるだけだし』。今度は逆に、有子に性的に応えろと言っているのか。あるいは、有子が萱島を好きではないことを知っているから、性的関係を持っても傷付かないと思っているのか。有子は戸惑い、手を萱島に取られたまま答えた。口調がいつもより投げ遣りだと気付く。

「だから何。何が言いたいのかよくわからない」

「そう尖らないで」

「私、尖ってる?」

「一人だとそうは思わない。柔らかい」

「じゃ、私が留学生楼で尖ってるってこと?」

有子はもっと聞き出したかった。皆の談笑するロビーでもそうか、留学生食堂でもそうか、もしかすると、東京でもそういう女だったと思っているのではないか。有子の中に奥深く収納された敗北感がずるずると引き出されてくる。行生《ゆきお》との別れ。仕事の挫折。展望のなさ。これまでの人生では経験しなかった失敗と敗北の数々。有子は辛くなって握られた手を引っ込めようとした。すると、萱島が強く握って逃がさなかった。

「違う。今尖らないでってこと。折角仲良くなったのに」

奥行きを感じさせるいなし方は、三十二歳という若さでも助教授として、学生たちを教えているせいだろうか。有子は萱島に身を預けたくなった。どうとでもしてくれ。そう告げたくなる。

「私、少し疲れた。いつまで経ってもどこまで行っても同じ景色で見飽きたし」

景色にかこつけると、萱島の右手が有子の肩を引き寄せた。

「この上流じゃ、今度の水害で何十万人も死んでるんだよ。一説には五十万人とも言われている。考えてごらん。人を呑んだ濁流なんだぜ」

「五十万人も死ぬって想像できない」

有子はゆっくりした口調で言ったが、心は怯えていた。長閑《のどか》な水郷の景色が急に獰猛に見えた。

「多分、大袈裟に言ってるんだろう」

有子は頭を萱島の固い胸に寄せてこんなことを思った。大量死のあった川の茶色い水を自分たちはいつしか身を寄せ合って眺めている。増水したのは雨のせいだけではなく、大勢の死者の口から吐き出された水で溢れているからだ。そして今夜、自分は萱島と寝るだろう。なぜなら好きではないから。だけど寂しいから、怖いから。この土地にいることが悲しいから。一人でいることに疲れたから。それでもいいなら私と寝ないか。有子の方こそ、心の中では萱島を誘っていた。

「今夜、広野さんの部屋に行くよ。いい？」

萱島が真剣な口調で囁いた。有子はしばし迷ってから返事した。

「私が行く」

迷ったのは、質が訪れて来ると困ると思ったからだった。しかし、ほんの一瞬触れ合った時の手の温もりだけを残し、質はあれ以来二度と姿を見せない。ほっとするような、つまらないような、複雑な気持ちを抱えたまま、有子は夏を過ごしたのだ。

「本当に来るか」萱島は真剣な顔で有子の目を覗き込んだが、きっぱりと言った。「俺が行くよ。来ないと嫌だから」

「私が行くから待ってて」有子は抗った。

「じゃ、絶対に来いよ」

萱島が有子の手を自分のジーパンの硬い生地に包まれた股間に乱暴に導いた。有子は驚きを抑え、物憂げに言った。

「こないだ、溜まってるって言ったわね」

「当たり前だよ」

「だから誘うの」

「それだけじゃないよ」

何と下品な会話だろうとおぞましく思いながらも、有子は品のない自分を演じ続ける。淫蕩に身を委ねられるのなら、それも悪くないかもしれない。どうせ萱島はもうじき日本に帰るのだから。日本では二度と会わないのだから。そのことが辛いとは思わなかった。むしろ有り難い。過去を掘り下げ、未来を夢見る関係などこの先一切要らない。今日この日だけでいい。有子の中に、これまで存在しなかった有子が現れ出て来ていた。有子は萱島にもたれかかって窓の外を見た。薄暗くなった川に何か白い物が見えた。有子は川に流れる死体を見たような気がしてぎょっと身を浮かしかけたが、それを有子の迷いと取ったらしい萱島が安心させるように背後から抱き締めた。

「今、何か変なものを見た」

萱島は過ぎ去る景色を見遣って首を振った。

「何もない。水鳥だ。でなければ、柳が揺れたんだ」

だったらいいが。有子は萱島の汗の臭いのする胸に顔を埋めた。

午後九時過ぎ、有子の部屋が静かにノックされた。風呂上がりの濡れた髪をタオルで拭いていた有子はドアを開けて驚いた。Tシャツと短パンに着替え、同じく髪を濡らした萱島が廊下に立っていた。手に青島《チンタオ》ビールを数本抱えていた。

「来ないんじゃないかと思うと待ち切れなかった。俺、久しぶりに廊下を走ったよ」

「行くって言ったじゃない」

やや迷惑に思いながら、有子は萱島を請じ入れてドアを閉めた。誰かに見られなかったかと気が気ではない。ただでさえ、二人が留学生楼に帰るとあちこちから好奇の視線が当てられるのを感じたほどだから。しかも、風呂に入った途端、有子は急に萱島の部屋を訪れることが億劫になっていた。

「信用してない」

萱島は青島ビールを有子のデスクの上に置き、胸ポケットから煙草を一本抜いた。

「なぜ」

「広野さんは堅いんで有名だから」

「堅くなければ、誘うのね。佳美さんにしたみたいに」

「向こうだってその気なんだから、どこが悪い」

それもそうだ。こうして寂しさを凌いでいくしか、ここでは生きていけないのかもしれない。有子は月の光を遮るために佳美から貰ったカーテンを引いた。雨は完全に上がり、今は星空が見えている。佳美があたふたと帰国してからひと月。留学生楼の男たちが荒んだ目になってきているように思えるのは佳美がいないせいだろうか。

「佳美さんはどうしてるかしら」

「手紙貰ったよ。今度見せてやろう」

「悪いからいい」有子は断りながらも、萱島を好きだった佳美が何を書いてきたのか知りたかった。「でも、どんなこと書いてあったの。知りたい」

萱島は断りもなく有子のベッドに座り、並んで座れと言うように立っている有子の腕を引いた。有子が傍らに腰を下ろすと、萱島は佳美の口調を真似た。

「拝啓　お元気ですか。私はこちらで事務のバイトでもしながら、水墨画の勉強を続けようと思っています。上海での生活が今となっては夢のようです。でも、あの夜のことは決して忘れずに私の胸にしまって生きていこうと思っています。あれが私の上海での集大成のような気がするからです。私はまるで我を失った家畜のように生きていた。皆にそう扱われていた。だけど、それは決して厭なことではなかったんです。先生にはそれがわかっていたんでしょう。先生はそんな私が嫌いではなかった。違いますか。こんなことを書くと先生は呆れるかもしれませんね。だけど、本当にそうだと思っています」

萱島の口から伝わる佳美の手紙は中途で終わった。続きを促そうと有子が頭を上げた途端、萱島が有子をベッドに倒し、両手を頭の脇に押さえ付けた。硬いマットレスが二人の体重を押し返すのを背中で感じる。

「我を失った家畜のようにってところがいいよね。俺、読んでて興奮した」

「本当にそんなことが書いてあったの？」有子は十センチと離れていない萱島の唇を見つめて笑った。「あなたの創作でしょう。うまいけど都合好いわね」

「都合が好い？　誰に」

「あなたに」

「違うよ。本当だ」

萱島はいきなり有子の唇に強引なキスをした。いずれこうなるとわかってはいたが、萱島を受け入れるには強い決心が必要だった。行生と別れて初めて、自分が壊れていく実感が有子を襲った。静かな恐慌とでもいったものがじわじわと体全体に広がり、有子は見知らぬ男に抱かれる恐怖を味わった。この勝手な男に汚される。何をされるかわからない。でも、それは自分が望んだものでもあった。有子は煙草の臭いの残る萱島の唇に舌をこじ入れた。有子の反応に喜んだ萱島の手が大胆になり、有子のTシャツをめくり上げて裸の乳房を摑んだ。力が籠もり過ぎている。「痛い」と有子は萱島の手を払い除けた。

「ごめん。久しぶりなんで焦ってる」

萱島は照れて起き上がり、衣服を脱ぎ始めた。有子も萱島の速度に合わせて脱いだ。有子はいつも行生が服を脱がせてくれるのを待っていた。だが、今はこうした方が萱島と対等のような気がする。身勝手な者同士、寂しい者同士が、束の間肌を合わせるだけなのだから。前戯も程々に萱島のものが性急に自分の中に入って来る。萱島が体の上で激しく動き始めると、有子はまたも行生のやり方と違うことに戸惑った。行生は自分の準備が出来るまでゆっくりと愛撫し、有子が快楽を得るまで辛抱強く待ってくれた。萱島は自分が快楽を得ようと必死だ。自分勝手。しかし、比べたところで仕方がないではないか。違う男なのだから。萱島は自分を好きではないのだから。有子は自分も勝手にならなくてはならないと積極的に動き始めた。萱島の目に怒りが点灯したような気がしたのは、気の迷いだろうか。が、そんなこともどうでも良かった。

「ビール飲む？」

全身から汗を滴らせた萱島が起き上がり、デスクの上から缶ビールを取ってプルリングを抜いた。最初に有子に飲ませてくれる。少し気が抜けて温い。有子は白い漆喰の壁に身をもたせかけてビールを呷《あお》った。腰の辺りにいつも眺めていた黒い染みがあることを意識しながら。ちょうど頭の位置にある黒ずんだ染み。なかなか眠りに就けない留学生たちが悶々と寝返りを打った証拠の染みに、自分は情事の汗で湿った腰を押し付けてビールを飲んでいる。切なくなったが、必死に我慢した。萱島との行為は快楽には程遠く、事実だけが重いものとして心に澱のように残った。萱島にビールを返すと、萱島が有子の頰を手で撫でた。

「あんた意外だったよ」

「どういうこと」

「俺と似てるような気がしてならなかった」

「勝手に決め付けないで」

有子は、戯れに爪先で萱島の太股の筋肉に触れてみた。こんな蓮っ葉なことをしている自分がまだ信じられなかった。孤独と遣る瀬なさからの突破口はいとも簡単に得られたが、それは本当の突破口だろうか。『我を失った家畜のように生きていた』という佳美の手紙を思い出す。『だけど、それは決して厭なことではなかったんです』。

「あたしも佳美さんみたいにしようかな」

「いいね」萱島は煙草を口の端でくわえ、歪んだ笑いを浮かべた。「だったら、俺の次は坂井だ。その次は山本。そして熊谷」

最初は萱島だったのか。有子は息を吞んだ。『俺と付き合ってるって噂が立てば、他の男は手を出さない』。そう言ったではないか。嘘吐き。有子は何食わぬ顔で聞く。

「その次は」

「あの夜、好吃バーにいたすべての男」

「どういうこと。五人もいたのよ」

顔から血の気が引くのを感じた。萱島は真面目な顔で俯き、空いたアルミ缶に吸い殻を入れた。

「さあ、詳しくは知らない。佳美が帰りに俺の部屋に寄ってそう言っていた。代わる代わるやられたって」

「穂積さんも」

「おそらく」

有子は薄暗い廊下に立っていた穂積の蒼白な顔を思い出した。『さっきは本当にすみませんでした。謝って済むことじゃないと思いますが、自分にも責任の一端はあります』。

「嫌だなあ」有子はごわごわした羽布団を体に巻き付けた。上海で買った安物の布団は素肌を擦った。その落ち着かない感覚が、更に有子を傷付けるのだった。「私、何だかすごく嫌だわ」

「しょうがないだろう。佳美にだって責任はあるんだから。それに、たいしたことじゃないよ」

「なぜ、そう思えるの」

「たいしたことじゃないと思う他ないじゃないか。俺はその方が余程立派だと思う。俺が女でもそうする」

素裸のまま仰向けに寝転んだ萱島が言う。

「あなたは女じゃないじゃない」

「そうだよ。それがどうした」

萱島が有子の足首を摑んで自分の方に引きずり寄せた。突破口なのか、新たな陥穽なのか。有子にはまだわからなかった。

萱島が帰った後の部屋はがらんとして寂しく、自分の大切なものが蹂躙《じゅうりん》された気がしてならなかった。自分が自分を蹂躙したのだろうか。淀んだ空気が夜空に拡散していけばいい、とパジャマを着て寝支度をした有子は部屋の明かりを消して窓を開け放った。円に少し満たない月が真上に出ていた。窓から身を乗り出して見下ろすと、大雨で増水した池にもぼんやりと月が映っている。今夜、自分の境界線を踏み越えた。初めての出来事。有子はさばさばした解放感と、重い自責の念とを抱えて池に映る月を眺め下ろした。月は水面の漣《さざなみ》で小さく歪み続けている。

「ここはやはり世界の果てだろう」

聞き覚えのある声が背後からした。有子は驚いて振り返った。ドアの前に質《ただし》が立っていた。黒っぽい麻のスーツにカンカン帽という夏の出で立ちをした質が、やや小首を傾げて有子を見ていた。有子の全身に鳥肌が立った。質が現れると、まるで生きている有子の体が拒絶反応を起こすかのようだ。有子は両腕を抱えて細かい震えを抑え、声の戦《おのの》きを隠すために早口で言った。

「伯父さん、久しぶりね。何してたの」

質はカンカン帽を脱いでポマードで撫で付けた髪を直した後、困惑したように帽子を両手でいじくった。

「埠頭のあった場所でぼんやりしていたよ。あんたはどうしてたんだ」

有子は乱れたベッドをちらと眺めた。幽霊に気付かれたくない。

「何も変わったことなんかないけど」

「そうか。それはそれでいい」自分もベッドに目を遣った質はゆっくり目を上げた。

「ところで、上海はどうだ。慣れたかい」

「あまり好きじゃない。埃っぽくて人が多くてごちゃごちゃしてる。でも、私はどこも好きじゃない。東京も田舎も。だって、私という人間がくっついて回るんだから、どこにいたって好きじゃないわ。つまりは自分が好きじゃないのよ。今日は特に嫌いだわ」

やっと質に会えても、少しも嬉しくなかった。願っている時には姿を見せようとせず、なぜこんな時に。有子は苛立ち、きつい口調で吐き捨てた。

「ここもあんたの世界の真っ只中になったってことだ」

「そうかもしれない。伯父さんの言ったこと、よくわかってきたわ」

「さあ、それはどうだろう」質は意にも介さない様子で有子に尋ねた。「『トラブル』は全部読んだか」

「読んだけど」

有子は口籠もり、質の顔を見た。東シナ海の太陽に晒されて苛酷な航海を続けているせいか、浅黒く灼けているのを不思議な思いで眺める。遥か七十年も前の海風や強烈な陽射しを感じるからだった。人間の顔が様々なものを表していることに有子は感動を覚えた。

「読んだけど？」と質は続きを促した。「あまり面白くなかったか」

「正直に言えばそうだわ。それに調べながら読んだから一週間くらいかかった」

「何を調べたんだ」質の片頬が緩んだ気がした。「調べるようなことがあったかな」

「鈴井顕一《けんいち》という人の話が出て来たから、その人の研究をしている人に話を聞いたりした。有名な人なのね」

広野質の名がどこかに出ていないかと心を躍らせて、有子は萱島から借りた資料を幾つか読んだのだった。だが、質に関する記述も、当時の貨客船についても、何もなかった。その落胆と、質が部屋に現れてくれない失望から、有子は次第に「トラブル」に関する興味自体を失ったのだった。それに従い、上海という土地への好奇心も、語学に対する向上心も、今の有子にはほとんどなくなっていると言ってもよかった。有子の心を塞いでいる疲弊にも似た寂寥感は如何ともし難く、深く強かった。

「鈴井は昭和十八年、五十三歳で死んだ。結核だった」

淡々と告げる質に有子は頷いた。

「知ってるわ。中国名は呂士明《ルーシーミン》。中国共産党と一緒に生きて、中国革命を身を以て体験した人、と書いてあった。あなたの日記に、当時下宿に出入りしていたとあったけど、その頃はちょうどコミンテルンの使者としてあれこれ活動していた時期だと言われているみたい。私は鈴井なんて人のことより、あなたのことが書いていないか、どきどきしながら資料を漁ったのに何もないのでがっかりした。あなたの『トラブル』も同じ。航海のことばかり」

質は指で帽子を回し、有子の言葉にじっと耳を澄ませていた。が、これ以上、言うことのなくなった有子が黙ると、やっと口を開いた。

「何が知りたかったんだ」

「さあ」と有子は言葉を切って考えている。「多分、あなたがどんなことを考えていて、何を思って生きてきたかってことじゃないかしら。だって、あなたが突然私の前に現れて、私は驚いたの。七十年前の日本人て何て魅力的だったんだろうって初めて思ったんだもの。勿論、そんなことあり得るはずもないのに、どういう訳か私の身の回りに起きたのだから。ああ、私は何が言いたいのかしら」

言ってる端から混乱し、有子は口を噤んだ。

「つまり、生身の僕がわからないってことだね」

「そう。小説みたいじゃないってこと」

「鈴井の資料を読んでもこんなことは書いていないだろう」質は真っ白な歯を見せて笑った。

「僕はあいつがあまり好きではない。鈴井は白人嫌いで有名な男だった。しかも日本人も嫌悪していた。頭が良く人一倍自尊心が強いのに、学歴がないと馬鹿にされて日本では生きていけなかったからだよ。中国共産党に入れば、中国に親しい外国人、つまり選民として生きていくことができた。それが後世にはたいした業績として残る。あいつの劣等感や本心なんて、誰にもわからない」

「当たり前じゃないですか。だって、私たちは今を生きているんだもの。わかってほしいのなら書いて残すべきじゃないですか」

質は哄笑《こうしょう》しているように見えた。有子を気の毒がっているのだろうか。有子の自尊心が微かに音を立てて軋《きし》んだ。

「ごめんなさい、そんなことを言うつもりじゃなかったのよ」

「別にいい。そのつもりで書いたんだから」

「なぜ」有子は眉根を寄せた。「どうして」

「僕は遺す言葉が如何に無力か、知って書いたんだ。他人に僕たちのことをわかってほしいと思ったことなどない。僕の世界は僕の中にしかない。だから、毎日必死で生きた。今蘇ったのはそのせいだろう。何も遺そうとしなかったからだ」

「僕たち？」

「僕と妻だ」

「奥さんはどうしたの」

「妻は上海で死んだ」

有子は詳しく聞いてみたかったが、質は言葉を選んでいるのか、唇を固く引き結んだままだ。

「ねえ、あなたはやはり死んでるの」

有子の問いに、質は黙って頷いた。生きていれば百歳近いのだから、どこかでひっそり生きていることなどあり得ないと思いながらも、希望を持っていた有子には衝撃だった。眼前の若い男。力の横溢した意志の強そうな男。魅力的な質。肉体はここにあるのに、質は消滅している。握った手の温もりは何だったのか。突然、有子の目に涙が溢れた。

「泣かないで」

幽霊が静かに慰める。

「何で私のところに来るの」

「さあ」質は中空を眺めた。「あんたが僕の『トラブル』を持って来たからだ」

「だって、そこには本当のことは何もないって」

「何もない訳じゃない。僕の表面がそこには書いてある。表面の下の混沌。それは書いてない。知りたいか」

「知りたくない。悲しくなるだけだもの」

有子は両手に顔を埋めて泣いた。自分の心を誰にも波立たされたくなかった。グラスの水は表面張力で膨れているのだから、少しでも動かすと溢れそうだった。ましてや、今夜はこれ以上注ぎ込まれたらこぼれてしまう。顔を上げると、部屋には誰もいなかった。

ロビーは爽やかな初秋の陽が射し込んで、ところどころ剝がれたPタイルの床でさえも光に美しく照り映えていた。有子は重い気持ちを抱えて階段を下りて行く。大学のロゴ入りTシャツを着た萱島が、紙コップでインスタントコーヒーを飲みながらアフリカ諸国から来た黒人の青年たちと談笑していたからだった。しかも、その背後のテーブルには、熊谷や山本が陣取って有子をちらちら横目で窺っている。アフリカの青年たちは若く、しなやかな肉体と真っ白な歯と屈託ない笑い声を持っていた。有子は、女子学生と見ると国籍など関係なく誘おうとする彼らを、内気な日本人留学生より余程率直だと好ましく思っていた。

「お早う」

萱島の挨拶に、青年たちが一斉に有子を見る。有子はにこにこして挨拶を返し、彼らの横に立った。ドウヅと青年の一人が日本語で座席を空けてくれようとする。

「有り難う。でも、授業に遅れるから」

「何時限までなの」と萱島。

「今日は午前中」

「じゃ、昼飯一緒に食わないか」

明らかに有子を誘っている萱島を、青年たちが応援するように見つめる。

「悪いけど、図書館に行かなくちゃならないの」

有子は嘘を吐いた。萱島はがっかりした顔で曖昧に頷いた。有子は「お先に」と言って表に出た。気温が大雨の前より下がり、大気が澄んで乾いている。やや肌寒く、爽やかな秋の到来を感じさせる朝だった。有子は半袖のTシャツの上に綿のカーディガンを羽織った。いつの間にか萱島が後ろに立っていて、有子の教科書を持ってくれたので有子は驚いて声を出した。

「ああ、びっくりした」

「昨日は楽しかった。ねえ、図書館の帰り、俺の部屋に寄らないか。俺は今日は一日部屋で論文を書くつもりだから」

「行けたら行くけど、あまり期待しないで」

「期待して待ってる。またやりたいから」

萱島はそう言って有子の顔を覗き込んだ。立ち止まって親密そうに話す有子と萱島の横を、留学生楼から出て朝の授業に向かう男子学生たちが通り過ぎて行く。有子は彼らの目に過《よぎ》る好奇を感じて立ち竦《すく》んだ。突破口と思った出来事が次々と違う扉を開けて見知らぬ世界を見せて広がって行くことに、有子は戸惑いと躊躇いとを覚える。しかも、その世界には共犯者が存在して自分を巻き込み、更に遠くに連れて行く。行生と知り合って二人で開けた扉とは違う種類の世界。有子は茶色く濁った池を見た。増水した時に周辺のゴミも入り込んだらしい。木の葉や枝に交じってポリ袋や紙屑がいっぱい浮いていた。

「ともかく待ってるから」

萱島が軽く有子の肩に手を触れた。少し遅れて留学生楼から出て来た熊谷が、煙草に火を点ける振りをして立ち止まり、二人を観察しているのがわかった。佳美の男関係は、萱島を始まりとして、坂井、山本、熊谷の順だったと萱島は言った。中年太りの始まった緩んだ肉体を持つ熊谷も、佳美の去った今、自分に欲情しているのかと有子は愕然とする。それとも思い過ごしか。有子は萱島が衆目の中で自分に親密な態度を取ったことに、何か釈然としないものを感じる。有子と萱島の噂は、今日のうちに留学生楼に広がるに違いない。

両脇にプラタナスの植わった構内の広い道を、穂積が歩いていた。アイロンのかかった緑のポロシャツに折り目の付いたチノパン。茶の革ベルト。同色のスリッポン。こざっぱりした格好は大学内でも目立つ。好吃バーでの事件を萱島から聞かされた有子は、声をかけようかどうしようか迷った。佳美を輪姦したという噂が、穂積でさえも得体の知れない、決して心を許せない男に見せている。だが、自分も寂しさから萱島と関係を結んだではないか。ここでは皆、気がおかしくなるのかもしれない。有子は思い切って話しかけた。

「穂積さん、お早う」

有子の声に、穂積は驚いたように振り向いた。その顔に以前現れていた怯えや恥じ入る気配はすでに消えていた。伸びた手足同様、良く眠った子供のような健やかさが感じられる。

「ああ、広野さん。昨日はすみませんでした。大雨で緊急配備になっちゃって。俺まで駆り出されて電話番やらされてたもんですから」

穂積の会社は中国で車両を売っている。無知ゆえの整備不良が多いと聞いているから、事故が続出したのだろう。

「午後から雨も上がったし、すごく楽しかったですよ。いいところでした」

「残念だな。萱島先生はともかく、広野さんと一緒に行きたかったんですよ」

穂積の口調は嘘とは思えなかった。極端に狭い社会とはいえ、数少ない女だからとちやほやされる経験は奇妙だ。これを麻薬と感じる女もいるのだろう。だからといって佳美みたいな目に遭うのは死んでも嫌だった。穂積も関わった嵐の夜のこと。有子は急に暗い心持ちになった。

「私と？　どうして」

「いや、どうしてって言われても」

穂積は照れた表情で口籠もり、授業の行われる校舎に向かって足早に歩きだした。その様子からは、穂積が熊谷や山本らと一緒になって佳美を輪姦したなど信じられなかった。酔って違う人格になったのか。しかし、知らない穂積を見てみたいと思う気持ちもないではない。

「穂積さん、好吃バーにはよく行くんですか」

穂積の顔に緊張が走った。

「時々は息抜きで行きますよ。でも、ほとんど部屋で勉強してます。僕は会社から派遣されてるんで、せめて初級くらいはマスターして帰らないと」

立場が危うくなる、と続けたそうだった。あの夜、企業派遣だから、このことは口外してくれるな、と佳美に懇願していた顔と重なった。穂積は小心な臆病者なのか。

「穂積さんなら大丈夫じゃないですか。私たちより、現地の人と話す機会がおありでしょうから」

「駄目ですね。だから、僕は熊谷さんや山本さんにレクチャーして貰ってるんです」

穂積は事件のあった好吃バーに出入りすることが心苦しいのか、言い訳するように言い募った。同じ中国語初級クラスでも、進度に合わせてAからGまで細かく分けられていた。最近Cから上がってきた穂積は有子と同じDクラスだ。Gまで進んで進級試験に受かれば次は中級のA。しかし、中級クラスに受かるには、優に一年はかかる。留学生の中で一番進んだ上級クラスにいるのが、日本の大学で中国語を勉強しながら児童文学を書いていた熊谷、次が上海で四年間学んでいる学生だった。萱島は中級Eクラスに属している。

「今日はお天気がいいから、授業さぼって街にでも行ってみませんか」

自分でも思っていなかった誘いが有子の口を衝いて出た。

「僕とですか」穂積は余程びっくりしたのか立ち止まって自身を指さした。「どうして僕と」

有子は返答に困って首を傾げる。留学生楼に戻ると、萱島が誘いに来そうな予感があった。その後に坂井、山本、熊谷と続く佳美の関係を自分がなぞるはずはない、他の男に譲渡されるなどということが起きるはずはないと思いながらも、今朝の熊谷や山本の態度は有子に漠然とした不安を抱かせるのだった。それに、穂積にあの夜の真偽を確かめたい。

「どうしてって、同じクラスの人は留学生楼の中でも穂積さんだけだし」

「そうですね。いいけど、どこに行きたいんですか」

穂積は迷った虚ろな表情で腕時計を覗いた。まだ午前九時を回ったばかりだ。

「N汽船のあったビルでも見て、外灘《バンド》でお昼でも食べませんか」

「N汽船？」穂積は怪訝な顔をする。

「戦前、私の大伯父が勤めていたんです」

「わかりました。行きましょう」

穂積は一見のんびりした顔に決意を漲らせて頷いた。二人は無言で広い構内を抜け、正門から外に出た。

「タクシーの方がいいですよね」

穂積は有子が答える前に、要領良く流しのタクシーを停めてくれた。バスは混んでいる上に、交通渋滞に巻き込まれるから大学から上海の中心地まで一時間近くかかる。

「外灘《ワイタン》」と穂積は運転手に中国語で告げた。留学生楼では無口でおとなしい穂積が、学外に出ると活気を帯びる。仕事として中国語の研修に来ている穂積は、留学生たちの暢気で内気な生活をさぞや呆れて眺めていることだろう。中国人学生に混じって食事をしていた、どこか荒々しいところのある穂積が本来の姿なのかもしれないと有子は感じた。

「穂積さんは、あとどのくらいいるんですか」

「僕は半年留学ですので、萱島先生と一緒であと四カ月半です。広野さんは一年ですか」

「そうです」

「でも、僕はそのまま上海支社に配属だと思いますから、この先三年はここに住む」

上海の暮らしにやや倦《う》んでいる有子は、そのことが羨ましいのかどうか判断できなかった。この街で長く暮らすとしたら、自分はどう生きるのだろう。有子は交通量の多い広い道路を自転車で横切ろうとする若い女を目の端で捉えながら考えている。上海の人々はうまく自転車を操り、車が停まらざるを得ないようなタイミングで無理矢理横断してくる。勇敢な女の背後に数人の自転車グループがちゃっかり続き、動けなくなった運転手が舌打ちするのが聞こえた。

タクシーは交通量の多いメーンストリート南京西路《なんきんせいろ》に入った。そこからのろのろと走ったり停まったり、優に三十分以上かかって外灘に着いた。和平飯店の前でタクシーを降りた二人は地下道を抜けて、黄浦江《こうほこう》沿いに歪曲している遊歩道に上がった。午前中とはいえ、数日ぶりの好天に誘われて観光客や市民がぶらぶらと歩いている。透かし模様の入った鋳物の欄干にもたれて黄浦江を覗き込む人々を掻き分け、有子は川岸に立った。飲み物を売る売店の青と白のパラソルが川風に煽られてはためいている。湿った強い風になぶられて髪を乱した有子は、N汽船の埠頭があったという対岸の浦東《プートン》を眺め渡した。浦東地区は開発地域になっていて、旧ヤオハンを始めとする高層ビルが乱立していた。昨夜の質の言葉が蘇った。『埠頭のあった場所でぼんやりしていたよ』。N汽船の浦東埠頭のあった辺りは、コンクリートで護岸されて貨物船が碇泊していた。巨大なコークスの山が背後にそびえる。埠頭に、質の幻が佇んでいる様子が思い浮かんだ。昨夜、質の話を拒んだことが今更ながらに後悔された。昨夜の自分は余裕がなかった。萱島のこと、佳美のこと、留学生楼での自分の立場、質、穂積、そして行生。いろいろなことが頭を過り、有子は流れるでもなくたゆとうでもない大河を前に放心する。ふと、「トラブル」にあった「シャングハイ、ヴェレ、トラブル」という一節が頭に浮かび、有子は今の自分のことではないかと心中密かに苦笑した。欄干に頰杖を突き、対岸を見遣ったきり動かない有子に穂積が話しかけた。

「随分、熱心ですね。船が好きなんですか」

有子は我に返った。

「いいえ、向こう側にN汽船の埠頭があったそうです。そこを見ていたんです」

穂積は暫く一緒に目を遣っていたが、退屈したように欄干に背中をもたせかけた。

「N汽船のビルはどれですか」

有子は振り向き、外灘に居並ぶ古く美しい建物群を見回した。一番端の、壮麗だが小さめのビルを指さす。

「あれだと思います」

「行ってみたことありますか」

「通りから見かけただけ」

「じゃ、中を見ませんか」

有子は同意し、二人は再び地下道を抜けて道路を渡った。N汽船のあったビルは「上海海運公司」という看板が出ている。不格好で統一性のないエアコンの室外機がでこぼこと醜く、縦長の美しい窓を覆っていた。大きな鋳鉄《ちゅうてつ》の扉には「1921」と建築年度が金文字で描かれ、片側だけが開かれていた。十段あまりの階段を上った先に吹き抜けのホールがあり、左側に赤と白のケンタッキー・フライドチキンの大きな看板が見えた。

有子は拍子抜けして呟いた。

「何だ、誰でも入れそうですね」

「このビルの裏にカラオケバーがありましてね。萱島先生や坂井さんたちがよく来るそうです」

上海のカラオケバーは若い女が横に侍《はべ》る。萱島の名が出たため、有子の顔が歪んだ。

穂積がさり気なく聞いた。

「萱島先生のこと好きなんですか」

「別に好きじゃないけど。なぜそんなことを聞くんですか」

建物の日陰に入ったため、穂積の眼窩《がんか》が暗く窪み表情がよくわからない。物の輪郭がくっきりと見える朝だった。

「今朝、親しそうだったし、昨日ずっと二人きりだったから」

「あなたが来なかったからそうなったんでしょう」

有子が抗議すると、穂積は困った顔をした。

「そうですけど。今朝、皆が食堂で噂してましたよ」

その速さに有子は呆れる。

「あの人は妻帯者でしょう。そんな馬鹿なこと」

冗談めかして答えたものの、意外な率直さを見せる穂積に内心は動揺していた。動揺を悟られまいと玄関の階段を上り始めた。よく磨かれた黒い大理石の床を踏みしめ、吹き抜けの高い天井を見上げる。美しい漆喰塗りの白い円柱が何本も建っている立派なホールだった。有子は穂積と一緒に来たことを後悔している。一人で来て、質のことを考えればよかった。だが、穂積は影のようにひたひたと有子の後を付いてくる。

「向こうで何かあったんですか」

「何もないけど、なぜそんなことをあなたが聞くの」有子は穂積を見つめた。「関係ないでしょう」

「心配だからですよ」

「どうして心配するの」

「萱島先生は女たらしだからです。僕は好きじゃない」

有子は穂積の強い視線をやんわりと外した。

「だから、蘇州に一緒に行くと言ってくれたんですか」

「それもありました。行けなかったけど」

「じゃ、いいじゃない。変な人」余計なお節介だと笑いながら、有子はシャンデリアの真下に立った。「何もないですよ。それより、あなたにあの夜のことを聞きたいわ。あなたの歓迎会の夜。何があったのか教えてくれませんか」

穂積の顔色が変わるのがわかった。

「室矢さんは何て言ったんですか」

「彼女からは何も。でも、嫌な噂を聞いたもんで」

「噂って誰に聞いたんです」

有子は口を噤んだ。穂積は佳美から直接聞いたと思ったのか、唇を嚙んで横を向いた。

「良かったら教えてください」

「僕は何もしてない」穂積はきっぱり言った。「僕は何もしてません」

「じゃ、誰が何をしたんですか」

「誰がって訳じゃないんですよね」

それきり言い淀んで、穂積は辺りを見回した。釣られた有子は、二階の回廊に黒っぽい麻のスーツを着た質の姿を見かけたように思え、慌てて真下に行って上を見た。髪をポマードで撫で付けた浅黒い顔が有子たちを覗き込んでいたのに。だが、そこには誰もいない。穂積が後を追って来て尋ねた。

「どうしたんですか」

「何でもないです」有子は首を振った。幽霊を見たと言ったら、穂積はさぞや驚くだろうと愉快な気持ちにさえなった。「知ってる人かと思ったけど、目の錯覚でした」

「さっきの話ですけど、広野さんにしておいた方がいいのかもしれない。だって、誤解されていたら困るから。そこでちょっとコーヒーでも飲みましょうか」

　穂積はKFCと大きな看板が出ているケンタッキー・フライドチキンの中に入った。マクドナルドと並んでケンタッキーも上海では人気が高い。だが、開店したばかりの店内には客がおらず、手持ち無沙汰らしい店員たちが二人を見て愛想良く挨拶した。席に着いた有子の前に、穂積がホットコーヒーを二つ運んで来た。穂積は薄く熱いコーヒーを啜ると、ポケットから煙草を一本取り出してくわえた。

「さて、どこから話しましょうか。あの晩はとても変な感じでした。だって、男七人と女一人。男は僕と萱島、坂井、熊谷、山本、あと名前を知らない若い奴が二人。そして佳美さん。それが七時くらいから穴蔵みたいな好吃バーにいるんですから。あの狭い部屋に八人ですよ。僕らは床に座り、山本君は机の前で飲み物を作ったり、CDをかけたりしていた。佳美さんと萱島先生、坂井さん、熊谷さんはベッドに腰掛けていました。

いかにも早く酔えって感じで。ブルーのネオン管と蠟燭の火だけで暗いし、外は大嵐。ブルースをがんがんかけて、何やら淫靡な感じがしましたね。僕の歓迎会なんて口実に過ぎないとすぐわかりました。最初に酔ったのは佳美さんでした。あの人ははらはらするようなペースでウィスキーをガブ飲みしてましたから。実は皆もそれを密かに期待して、佳美さんに沢山飲ませていたんですが。やがて、佳美さんが『天井が回る』ってベッドに後ろ向きにどっと倒れたんです。萱島先生が『しょうがねえなあ』とか言って抱き起こそうとすると、首根っこにぶら下がって甘えだした。僕は嫌だなと思って、横にいた若い学生とF1の話をしてた。そのうち、萱島先生と佳美さんがいちゃいちゃし始めた。萱島先生は佳美さんのTシャツめくって胸に触ったり、キスしたり。あんまり目に余るんで、僕は言ったんです。『そろそろお開きにしましょう』って。萱島先生は賢いから、『わかったわかった』って立ち上がって坂井さんと一緒に出て行った。出て行きざま、こう言ったんですよ。『じゃ、穂積君。玩具を置いてくからよろしく』って」

有子は昨夜、萱島が言った佳美の手紙の一節を思い出している。

『私はまるで我を失った家畜のように生きていた。皆にそう扱われていた。だけど、それは決して厭なことではなかったんです。先生にはそれがわかっていたんでしょう。先生はそんな私が嫌いではなかった。違いますか』

何ということだろう。萱島と佳美は二人だけの世界で遊んでいたのだ。好吃バーにいた男たちは二人のゲームに巻き込まれたのだ。有子はすっかり温くなったコーヒーを飲んだ。苦かった。言葉を切って唇を嚙んでいた穂積が続ける。

「坂井さんは自分がない人です。萱島先生の子分だから、黙って僕を睨んで出て行きました。僕も馬鹿らしくなって帰ろうと立ち上がったら、佳美さんがこう言うんです。『穂積さん、どうしてくれるのよ』って。『じゃ、佳美ストリップしろよ』って山本君がふざけて言ったら、熊谷さんも囃し立てた。まさかやるまいと思っていたら、佳美さんがベッドの上に立ち上がって本当にTシャツ脱いで皆に胸を見せました。僕は啞然とした。でも、自分で脱ぐならしょうがねえや、見てやろうとも思いました、広野さんに言うのは恥ずかしいけど。僕は今年三十一ですよ。そんなアホらしいこと、もう面白くも何ともない。好きな女ならやめさせるけど、佳美さんなんて会ったばかりなんだからどうでもいい。でも、僕は企業派遣で来てますから、後で何を言われるのかわからないのが嫌だった。部屋には男が五人残っていたけど、皆困って互いの顔を見合わせているんです。佳美さんに手を出すには、僕という新参者がいてすぐ諫《いさ》めそうだし。どうしたらいいのかわからない、そんな感じで膠着してるんですよ。佳美さんも引っ込みがつかなくなったみたいで、熊谷さんに抱き付いていました。熊谷さんが仕方ないって感じで、キャバレーにいるみたいに触っていたな。そのうち二人は本気になってベッドの端でいちゃいちゃし始めた。僕は不快になって困りました。帰る機を逸したというか、僕が余計なことを言ったから先生が帰って佳美さんが変になっちゃったというか。多分、二人はいつも公然と皆の前でいちゃついていたんですよ。だから、僕は熊谷さんの時は止めずに黙っていた。止めたら熊谷さんも立場がないだろうし。どうしたらいいのか、わからなかったんですよ、本当のところ。山本君も最初は面白がっていたんだけど、佳美さんの声が聞こえだしたら、急に妖しい雰囲気になって全員重苦しい気分になった。そのまま放っておいたら、皆で代わる代わるあの人とセックスしたかもしれない。僕だって妙な気持ちになった。そしたら、突然佳美さんが泣きだしたんです。熊谷さんから身を離して泣きじゃくった。『あんたなんか嫌い。萱島先生はどこに行ったの』って。熊谷さんなんかいい面の皮ですよ。皆白けて、僕は『これ着ましょうよ』ってTシャツを渡した。佳美さんは怒ったように服を着ると部屋を出て行ったんです。ほんと、それだけです。レイプもなかったし、あの人の責任もかなりある。でも、あの夜犯罪的だった奴が一人いる、萱島先生ですよ。佳美さんを置いていくなんて、あんなことを言うなんて。僕はあの人がそれ以来嫌いです。熊谷さんは被害者だと思いますけど、これは言い過ぎですか」

「じゃ、どうしてあなたはわざわざ佳美さんを追いかけて来て謝ったんですか」

「だって、佳美さんを酔わせて軽率なことをさせたのは僕らですから、謝りたいと思いました。僕は社会人ですし、僕の歓迎会だったし。それに佳美さんが何を言うかわかったもんじゃないでしょう。でも、口止めした格好悪いところを広野さんに見られたんで恥ずかしかった」

だから自分に会う度、穂積は恥じていたのか。有子は真夏の書店で汗をかいていた穂積の姿を思い浮かべた。

「あんなことで佳美さんが学校辞めるなんて思ってもいなかった。熊谷さんは気の毒ですよ。佳美さんは何て言ってたんですか」

「萱島先生に聞いたんです。佳美さんがあとで萱島先生の部屋に行き、あの部屋にいたすべての男たちにレイプされたと」

「嘘ですよ」穂積が見る見る青くなった。「それが怖かったんで、誰も迂闊なことはできなかった。真実です。熊谷さんが何かしたけど暗いのでよくは見えなかったし。でも、余計なことを言えば、佳美さんを傷付けることになる。こういう時は男は困るんです。だから、広野さんが佳美さんと一緒に戻って来た時、皆謝るしかなかったんですよ」

古めかしい縦長の窓から見える真っ青な空が眩しい。留学生楼での男たちの欲望を束ねているような萱島と関係を持ったことが、有子を憂鬱にしている。


部屋で予習をしている時、扉が激しく叩かれた。有子は驚いて反射的に飛び上がった。

「萱島だけど」

夜は廊下で大きな音を立ててるだけでも目立つ。有子は慌ててドアを開けた。萱島が風のようにするりと部屋に入って来て、いきなり有子を抱き竦めた。突き飛ばそうと腕を突っ張ると、萱島は怒りを含んだ声で囁いた。

「今日、穂積と一緒だったろう。俺に嘘吐いてどこに行ったんだよ」

「あなたに関係ないでしょう」

「ある」

萱島は有子の髪を摑んで後ろに引っ張り、唇を軽く嚙んだ。その乱暴さに有子は恐ろしくなったが、萱島の追及は甘美さも含んでいた。甘美さに陶然となる自分もいる。有子は必死に言った。

「外灘に行って散歩して、お昼ご飯を食べて帰って来ただけ」

「立派なデートじゃないか。俺が誘ったのに」萱島は悔しそうに言って摑んでいた髪を放した。「お前は図書館に行くと嘘を吐いた」

「ねえ、一回寝たくらいで偉そうにしないでよ」

有子の反撃に萱島は面食らったように目を瞬《しばた》かせ、急に声を落とした。

「ごめん。嫉妬してるだけなんだ」

「嫉妬？」有子は不思議に思う。「何で嫉妬するの。私はあなたのものじゃない。あなただって結婚しているから私のものじゃない。だからあなたと寝たのに」

「そんなことはわかっているよ。だけど、俺はずっとあんたが来ると思って部屋で待ってたんだ。そのことが悔しいんだよ。わからないのか」

萱島は不機嫌そうに眉を顰《ひそ》め、窓辺に立った。手作りのデニムのカーテンが引かれている。萱島はカーテンに手で触れた。

「これ佳美のだろう」

「そうよ、貰ったの」

有子は穂積の話を思い出し、それを萱島に告げたものかどうか迷っている。萱島経由の佳美の話を信用することは最早できなかった。どんな形であれ、また他人が理解できようができまいが、二人は一種の恋愛をしていたのだろうから。自分は萱島とそうはならない自信がある。有子は萱島の存在が鬱陶しくなって、早く部屋を出て行ってくれないかと願った。佳美のカーテンをいじくっていた萱島が振り向きざま、有子に懇願した。

「あんたと寝たいんだよ」

「どうして。好きじゃないのに」

「寂しいからだよ。それじゃいけないか。俺、本当に寂しいんだよ。ここに一年半居て、一回も日本に帰ってないんだぜ。あんたに甘えさせてくれよ」

萱島はカーテンを強く揺すった。その剝き出しの素直さに有子は思わず微笑んだ。昨夜の自分と同じだ。雰囲気が柔らかくなったのを感じたのか、萱島が向き直って有子の手を取った。有子は萱島に服を脱がされながら尋ねる。

「佳美さんはあなたの玩具？」

「まさか」

「だけど、好吃バーでそう言ったって」

「言ったかもしれない。だけど、女を玩具になんかできない」

「じゃ、あなたは佳美さんにも嫉妬して酷いことしたんでしょう。佳美さんが他の男と関係を持ったから」

萱島は答えず、有子を裸にすることに腐心していた。だが、裸で抱き合っても萱島の性器は萎えたままだった。おかしいな、と首を傾げて焦る萱島の髪を、有子は優しく撫で続けた。


失意を抱えて萱島は帰った。有子はシャワーで体を洗い、デニムのカーテンを開けた。満月。月の光を溜めていたのは夏のことだった。今は月光と共に質が現れるのが怖い。何でも見透かす質に、自分の愚かさを悟られるのが堪らなく嫌だった。幽霊ではあっても、質は魅力的な若い男なのだから。有子は急いで服を着け、追われるように部屋を出た。薄暗い廊下をひたひた歩き、足音を忍ばせて階段を降りる。411号。穂積の部屋。周囲を窺い、誰もいないことを確かめてから有子はそっとノックした。はい、と声がして穂積がドアを細く開け、意外そうな顔で有子を見た。

「ちょっといい？」

有子は萱島がしたようにドアの隙間から自分の体を強引に差し入れ、穂積の部屋の中に侵入した。穂積があっけに取られたように口を開け、有子の顔を見ている。有子は穂積の部屋を眺める。皺ひとつなくシーツが延ばされたベッド。語学関係やモータースポーツの本が綺麗に並んだ本棚。壁にはチノパンがきちんと折り目どおりにハンガーに掛けられている。デスクの上にライトスタンドのオレンジ色の光が円錐形に広がり、部屋の隅を柔らかな黒いベルベットのような色に沈めている。この小さな部屋は誰の部屋よりも落ち着いて見えた。その落ち着きが穂積の穏やかさの象徴に思え、有子は自身が異物に思えた。窓辺に小さな祭壇が祀ってあるのに気付いた。新興宗教か。有子の視線を感じた穂積が真剣な顔をした。

「ああ、これ。すみませんが、誰にも言わないでください」

なぜ言われると困るのだろうと有子は首を傾げる。企業派遣だからか。穂積の心の安定の秘密だからか。有子は黙って梵字《ぼんじ》で書かれたお札と小さな仏像を見つめた。

「ねえ、広野さん。どうしたんですか」

穂積が困惑気味に短い髪を手で掻いた。白いTシャツに、下だけブルーの縞の入ったパジャマを着て裸足だった。

「寂しくて眠れないの。ちょっと話してもいいですか」

穂積は有子の言葉に同情を籠めて頷いた。

「いいですよ。ウィスキー飲みますか」

穂積は小さなグラスにスコッチを注いでくれ、人生相談にでも相対するような真面目な面持ちで有子の正面に椅子を持って来て腰掛けた。有子はウィスキーを舐めながら聞いた。

「仕事してたんですか」

「いや、ちょっとメールを読んでいたんです」

穂積はデスクの上を指さした。ノートパソコンが広げられ、液晶の画面が暗闇に青白い光を放っていた。

「仕事関係のですか」

「彼女からです。東京で電機メーカーに勤めているんです」

有子は自身の東京での暮らしを思い出した。編集の雑多で忙しい仕事。行生との喧嘩に苛《さいな》まれ、裏切りに傷付けられた日々。だが、自分もここで自分を裏切って暮らしているではないか。しかも、行生と別れたとはいえ、好きでもない男と関係を持つのはこれまでの二人の関係に対する裏切りでもあった。どうして人間は愚かなのだろう。この留学生楼では皆が寂しさのあまり、馬鹿なことばかりしでかしている。有子は今はっきりと自分の寂しさの正体を知った。自分はまだ行生を愛しているのだ。そして、行生をもう一度手に入れたいと願っている。だが、それはもう間に合わないだろう。虚しさを押し隠し、有子は尋ねる。

「メールには何て書いてあったの」

穂積はパソコンを終了させ、顔を顰《しか》めた。

「最近、愚痴ばっかですね。彼女は営業にいるんですが、一カ月前に客からつまんないクレームが来てそれを電話で受けたのが彼女だったんだって。すっかり忘れていたら、今日、その時の応対が悪いって今度は名指しで手紙が来たって。腐ってます」

「可哀相」

「仕方ないですよ。自分が悪いんだから」穂積はあまり恋人の話をしたくないらしい。それ以上言わずに有子の顔をまじまじと見つめた。「どうして寂しいんですか。何かあったんですか」

「別に。何か変？」

「昼間より元気がないから」

穂積は好ましそうに有子の全身を見た。

「大丈夫、正気だから」

有子が微笑むと穂積は照れて俯いた。

「ねえ、頼みがあるんだけど」

「何ですか」と顔を上げる。

「ここで一緒に寝ていい？」

今日誘った時と同様、穂積は「どうして僕と」と自身を指さして問い返しそうだった。あるいは「理由は」と。だが、穂積は一瞬の躊躇の後、すぐに了承した。

「構いませんよ、狭いですが」

「有り難う」

有子がほっとすると、穂積が言った。

「このことは互いの秘密にしましょう」

明かりを消し、穂積と有子はベッドに並んで横たわった。枕がひとつしかないので、穂積が腕枕をしてくれた。

「あなたの彼女に叱られる」

「言わなきゃわからないです。広野さんの恋人にだって叱られます」

「あの人とはもう会わないから大丈夫」

東京に戻ったら連絡をしてみるつもりなのに、有子は嘘を吐く。安堵したのか穂積の筋肉が緩むのがわかった。萱島の嘘。佳美の嘘。皆が嘘ばかり吐いている。穂積も嘘を吐いてはいないか。

「彼氏とうまくいかないんですか」

「別れたから上海に来たんだもの」

穂積は黙り、同情するように暗闇の中で有子の髪を撫でた。どちらからともなくゆっくりと長いキスを交わした。性急な萱島と違って、穂積は口づけまでが穏やかだった。萱島とならば激しい自分を演じられ、穂積とならば優しい自分でいられる。が、そのどちらも自分ではない。有子は穂積の腕の中で体を伸ばして目を閉じた。穂積が囁いた。

「どうする。セックスする」

「あなたは」

「したいけど、怖い」

「どうして」

「誰かと関係を持つことが怖い。傷付け合いたくないから」

「傷付け合うことなの」と有子は聞いた。「慰め合いかと思ってた」

男と女だからこそできる慰め合いなのだから。持続するものではないのだから。これも巧緻な嘘かもしれないと考えつつも、有子は自分の心に嘘を囁き続けることを止められないでいる。一度壊れた有子は、この先どこまでも壊れていくだろう。いつか粉々の破片となった時、再生するかもしれない。だが、それがいつで、今度はどんな形に生まれて来るのか全く見当が付かなかった。佳美もおそらく同じ気持ちだったのだろう。今は痛いほど佳美の気持ちがわかるのだった。有子が黙っていると、穂積が有子の唇を吸った。今度は萱島がするように激しく、しかももっと強かった。穂積の指が有子の体をまさぐる。やっと有子の体が応え始めた。今夜、萱島の果たせなかったことを穂積にして貰うのだ。穂積が避妊具を取り出し、手慣れた仕事みたいに、性交という行為を段取りよく進め始めた。その的確さに、有子は自分を罪深いと思いながら何度も声を上げた。行生よりも、萱島よりも、穂積の愛撫に一番反応する自分の体。制御できない感覚。好きではないのに、これはいったいどういうことなのだろう。恐ろしかった。有子は生まれて初めて得た深く長い絶頂感に思わず穂積の肩を嚙んだ。これなら寂しさを忘れられるかもしれない。「毎晩して」と囁くと、「いいよ」と、穂積が荒い息で答えた。有子はその時、黄浦江の対岸に佇む質の幻を見たような気がした。境界線どころか、更に大きな深い河を有子と穂積は渡ったのだ。誰にも言えない秘密。関係を吹聴する萱島など子供に思えてならなかった。

翌朝、線香の匂いと勤行の音で目が覚めた。押し殺した低い声で穂積が経を唱え、鈴を鳴らしていた。肩には白い袈裟を掛け、経文を手に持っている。有子は姿勢のいいその後ろ姿を眺めている。穂積という男を摑みかけたのに、するりと逃げていくような実感があった。そろそろ自分の部屋に戻ろうとあちこちに落ちた下着を探し始める。勤行を終えた穂積が振り向いて笑いかけた。

「起こした？」

「いいの。部屋に帰らなきゃ皆が起きちゃう」

穂積は袈裟を外し、急いでTシャツを脱いだ。肩幅の広い健やかな青年の肉体が現れ、その肉体は再び有子を押さえ付けるためにベッドに戻って来る。この留学生楼では皆がおかしくなる。有子は、穂積を迎えるために裸の腕を開いた。線香の匂いがする穂積の体は温かい。有子は他人の温もりを嬉しく思いながらも、昨夜と同様、慣れた手順で淡々と行為を進めていく穂積にふと違和感を持った。この人は仕事みたいに誰が相手でもこうするのだろう。昨夜はもう寂しくないと思ったのにも拘わらず、新たな寂しさが有子を襲った。遣る瀬なさの中、疑問が湧いてくる。あの夜、佳美にもこうしたのではないか、という。だから穂積は萱島と仲が悪く、好吃バーにまだ出入りしているのではないか。共犯者たちと一緒に。

「どうしたの」

穂積が有子の虚ろな顔を見下ろした。何でもない、たいしたことじゃないから、と有子は首を横に振った。

好吃バーに入って行くと、男たちが一斉に拍手をして嬉しそうに有子を見た。暗い部屋に何人の男がいるのかわからない。ベッドの上にも床にもぎっしりと詰まって宴会の始まりを今か今かと待っている。女子学生が一人も来なかったら立場がないからと萱島に頼み込まれて出席した飲み会だった。朝から寒いと思っていたら、外は吹雪だ。二月の上海がこんなに寒いとは想像もできなかった。だが、好吃バーは人いきれで暑い。男たちはほとんどがTシャツ一枚で浮かれていた。

「広野さん、特等席にどうぞ」

萱島が呼んだ。ベッドの中央にわざわざ座布団が置かれ、有子のための席が設けられていた。両隣は萱島と坂井。今夜は萱島と坂井、穂積の送別会が開かれているのだった。萱島は二年間、坂井は一年間、穂積は半年の、それぞれの語学研修が終わって一旦日本に帰国することになっている。坂井はその後、北京か上海に赴任すると言うし、萱島は日本で著名な国立大学に移ることが決まっていた。穂積はそのまま上海支社に留まる。坂井のビール会社から大量の缶ビールが供与されたせいで、普段、金の計算ばかりして過ごしている学生たちは浮かれていた。

「広野さん、どうぞ」

穂積がにこにこと愛想良く、有子に冷えたビールを差し出した。有り難うと有子は礼を言い、穂積とちらと視線を交わした。その意味ありげな目交ぜに、部屋全体の時間が一瞬止まる感覚があった。そんなことは百も承知だった。あれから四カ月。有子は自分についての噂を承知している。第二の佳美。萱島先生と出来て、その後、坂井、山本、熊谷というお定まりの噂。穂積が怪しいという噂もあるにはあるが、それ以上言われないのは、穂積がうまく立ち回っているからだ。だが、川縁《かわべり》の風が水の匂いを運ぶように、穂積と有子が一緒にいると周囲が妙な顔をすることに有子は気付いている。有子は穂積とのみ恒常的な性関係を持っているのだった。それが周囲に少しずつ漏れ出ているのかもしれない。だが、請われるままに時々関係を持つ萱島は一向に気付いた様子もなかった。佳美と同じ道を辿る噂の源が萱島だとしても、有子はもう気にも留めていない。なぜなら、有子の噂を本気にして、あわよくばと思う男。蓮っ葉な女だと軽蔑する男。ありもしない自分との噂を流す男。関係ないと無視する男。留学生楼の中は相変わらず馬鹿馬鹿しい上っ面の人間関係に満ちているからだった。いちいち相手にしては身が持たない。有子はすでにそれらを笑いのめす鎧を身に付けていた。佳美にはなかった鎧。鎧を得たのは、佳美と違って、自分が誰をも好きにはならなかったからだ。

好吃バーの主宰者、山本がデスクの上に胡坐《あぐら》をかき、怒鳴った。

「そろそろ乾杯いきますか」

「乾杯」の大声に合わせて、有子はビールを飲み干した。熱気の中、冷たいアルミ缶を持つだけで気持ちがいい。

「では、萱島先生から一言。坂井さん、穂積さんの順でお願いします」

山本の声に萱島が立ち上がった。妻の手作りの毛玉だらけの手編みセーターを着た萱島は、いかにも大学助教授らしい淀みない、しかし面白みに欠ける挨拶をした。次に立ったのは坂井だ。大学時代ラグビーをやっていたという猪首《いくび》の坂井は、有子とほとんど口を利いていない。

「皆さん、長い間お世話になりました。こちらの広野さんにはお世話になっていませんが」

全員が揶揄するように爆笑した。くだらない挨拶だと有子は笑いながら聞き流し、ビールを飲んだ。萱島の指がそろそろと有子の腰に伸びて来た。萱島は有子に自分の手が着いていると皆に知らしめたいのだ。だから、衆目の中で有子に親密な態度を取りたがる。その癖もわかってきていた。すべてつまらないことどもだが、これが留学生楼の中での自分の暮らしなのだ。穂積は何食わぬ顔をして横を向いている。有子と萱島が初めて関係を持った時、萱島は有子に自分と似ている、と口走ったが、本当に自分と似ているのは穂積なのだった。穂積の頑固な鎧は、有子を決して中には入れない。それでいい。有子も入れないのだから。有子は挨拶のために立ち上がった穂積を見遣った。今日は茶のコーデュロイのパンツに黒のトレーナーを着ている。

「半年という短い間でしたが、有り難うございました。上海は僕にとって何かとある街です。歓迎会をして貰ったのが大嵐の日、今日は吹雪。歓迎会の翌日に飲み過ぎで帰国した人がいたので驚きました。明日は誰が帰るのでしょう」

穂積の挨拶に、身に覚えのある者は俯いて聞いている。他の者は笑う振りをしているが、佳美の事件はここにいる全員が知っているのだった。場が白けた。穂積は何を言いたいのか。横にいる萱島が不快そうに舌打ちしたのが聞こえた。有子は壁に貼ってあるカレンダーを眺めた。もうじき萱島も坂井もいなくなる。穂積は引き続き上海に住むから、恒常的な肉体関係は続くだろう。しかし、萱島にはもう会うこともなくなる。物憂げな有子に萱島が言った。

「どうした。もっと飲まないの」

「ここ二酸化炭素が充満してるんじゃない」有子は手で扇いだ。「息が詰まりそう」

「窓が少し開いてるけど、今十人以上いるからな」

萱島が周囲を見回した。挨拶の終わった穂積は山本のデスクの横で胡坐をかいた。穂積が有子の腰に回された萱島の手を見つめているのに気付く。穂積は有子と目が合うと、不機嫌な顔で外した。今更、穂積が何を不愉快に思っているのかわからなかった。自分たちには相手に干渉しないという黙契があったではないか。それとも、佳美の事件を思い出したのか。有子は穂積の視線を感じて、わざと萱島に話しかけた。

「奥さんに会うの楽しみでしょう」

「やりまくる」と萱島が囁く。「すぐ子供を作る」

「下品ね、あなたって」

有子は飲み終えたアルミ缶を手で押し潰しながら笑った。すぐさま紙コップに入ったウィスキーが手元に届いた。「さあ、広野さん、ぐっと飲んでくださいよ」山本が煽る。男たちが真っ先に有子を酔わそうとしている無意識の意思を感じて、有子は警戒する。佳美の教訓からも放埒になることだけは避けなくてはならない。自分にはまだ半年近くも留学期間が残っているからだった。そして、スタンドプレーの好きな萱島が最後に何をするかわからないからだった。ちびちび飲み始めたが、かなり濃かった。

「これ何入ってるの」

有子の問いに山本が答える。

「広野さんのための特製カクテル」

「イッキイッキ」という声がどこからか上がった。大合唱となり、有子は仕方なく全部飲んだ。飲み終えた途端、座が賑やかになった。有子は上気して、萱島の肩にもたれかかる。

トイレに立った折り、穂積が廊下まで出て来て忠告した。

「ウィスキーをビールで割ってるから気を付けて」

有子は穂積の顔を見た。

「あなた、私が何かされたら助けてくれる」

「自分で何とかしなさいよ」

「そうよね。あなたは助けてくれないわよね。佳美さんのことだって本当はどうなのかわからないもの」

穂積の顔に憎しみが現れた。有子は息を呑んだ。穏やかな穂積は激越な感情を露わにしたことなど一度もない。

「そんなこと考えていたのか」

好き合っていないという互いの認識は、これまで決して激情を呼び覚まさなかった。淡々と交わり、快楽を分かち合い、寂しさを束の間紛らわせる。だが、今夜の穂積は少し違っていた。

「冗談よ。本気に取らないでよ」

「冗談で言っていいことと悪いことがある。あなたは今夜、どっちの男を部屋に入れる気だ」

「誰も入れない。一人で寝るわ」

「わかった。じゃ、もう部屋に帰れ」

穂積は苛立った様子で好吃バーの方を振り返った。喧噪は廊下に漏れ出て、通りかかったマレーシア人留学生が露骨に顔を顰めている。

「どうして」有子は驚いて抗議する。「まだ酔ってない。大丈夫よ」

「俺が萱島と喧嘩するつもりだからだよ。あいつは気に入らない」

「やめなさいよ」

有子は穂積のトレーナーの袖を引いた。その姿をトイレに出て来た熊谷に見られた。

「痴話喧嘩？」

通り過ぎた熊谷は厭味を言った。正月に留学生楼に残ったのは、帰りたくない有子と金のない熊谷だけだった。会う度、話はしたので親しみは増したものの何もない。だが、穂積はまたしても不愉快そうに熊谷の太った首を睨み付けている。誰もいない留学生楼で、どんなに切ない思いで有子が過ごしたか、穂積や萱島にはわかるまい。穂積は恋人と会い、萱島は気儘な調査旅行、と正月休みを満喫したはずなのに。有子はそれに堪えて、孤独と引き替えの自由を獲得したのだ。

「どうしたの。いつもと違う」

「なぜ、そう思う」

「あなたは私のことなんかどうでもいいでしょう」

「それはあなたが俺のことなんかどうでもいいからか」

有子は黙った。その通りだった。壊れたと認識して以来、有子は心に氷を抱えている。決して熱くならない心。その氷に冷たい風を送ることばかり考えている。それは穂積とて同じではなかったか。

「あなただって東京に彼女がいるじゃない」

「もう別れたよ」穂積は横を向いて言い捨てた。「あなたに言わなかっただけだ」

穂積が肩を怒らせて好吃バーに戻って行く。有子は大きな息を吐き、自室に帰るため、暗い階段を上った。

部屋は冷えていた。有子はガスストーブを点け、カーテンを開けた。外は雪が舞い、窓枠に降り積もっている。寒気が窓辺からも押し寄せるので、カーテンを閉めた。ベッドに横たわって酒で火照った頬に手を当て、あれこれ考えた。穂積はなぜ変化したのか。こういう時にこそ、質が訪れてくれればいいのに。相談相手になってほしい。しかし、「知りたくない」と有子が質の話を拒絶して以来、質は二度と部屋には現れなくなった。有子はスーツケースの底に入れてあった「トラブル」を取り出した。ぱらぱらめくり、またスーツケースに戻す。何の興味も湧かなかった。自分はどうして無気力な人間になってしまったのだろう。情けない。こんな自分を行生も嫌うに違いなかった。有子は羽布団と毛布二枚を被って、ベッドに横たわった。じっと部屋の明かりを見つめる。暫くして、部屋がノックされた。乱暴な叩き方からいっても萱島だ。有子は布団を被って寝た振りをした。穂積になら会いたかったが、絶対に来ないことはわかっている。そのうち本当に寝入って夢を見た。

真夏の昼だった。窓から入る風や部屋の熱気からそうとわかった。有子は簡素なベッドに横たわったまま、机に置いてある玉蘭を眺めている。いい匂いのする木蓮科の植物。手に取って眺めてみたいのに届かない。金縛りに合ったように、両手が動かないからだった。声も出ない。息が苦しくて体を動かすことすらできなかった。すると、聞き覚えのある男の声がした。

「取ってあげるよ」

有子の手に冷たい玉蘭が握らされる。厚い花弁からふくよかな香りが漂う。匂いにむせて更に息苦しくなっても、花がそこにあることが嬉しくて有子は笑おうとした。だが、力が入らないため、花は手から滑って床に落ちた。有子は悲しくて涙を流す。涙だけは幾らでも流れるのだった。

「泣かないで」

男は質だった。白い開襟シャツを着た質がベッドの脇に座り、有子の手を握ってくれる。しかし、質の手の温もりすらも有子は感じることができない。冷たい手足。一体、どうしてしまったのだろう。部屋の中は暑い。質の額にも汗が滲んでいる。だが、有子は寒くて堪らない。頭の先から爪先まで氷の柱になってしまったように。

「苦しいのかい」

有子は頷いた。酸素が欲しいのに息をしているという感覚がない。あまりの苦しさに涙がこぼれる。

「可哀相に」と質が有子の髪を優しく撫でた。有子の髪は短いはずだ。なのに、今は肩の辺りまである。髪の冷たい感覚が肩を冷やし続けている。有子は不思議でならず、髪に触ろうとしたが、やはり手は動かなかった。質がしっかりと手を握った。有子は「助けて」と言ったが、勿論声にはならなかった。恐怖で心臓が速く打ち始めるとたちまち息が詰まる。再び涙が溢れた。

「楽になりたいのか」

有子は頷いた。質の目にも涙が溢れている。有子は渾身の力を籠めて、質の指を握った。息が切れて肩が上がる。質が銀色の容器から注射器を取り出した。あれを打てば楽になる。けれど、質とは二度と会えない。質が無理に微笑んだ。

「嫌！」

自分の叫び声に有子は目を覚ました。不思議で怖ろしい夢だった。有子はがたがた震え、それから部屋を見回した。よく知った留学生楼の狭い部屋。カーテンの隙間から雪が見える。安心した有子はまだ静まらない心臓の辺りを手で押さえた。その時、部屋に馥郁《ふくいく》たる香りが漂っているのに気付いた。机の上に季節外れの玉蘭が一輪置いてあった。

第六章　幽霊

土曜の上海《シャンハイ》行きは満席だった。人も荷物も多く、機内は雑然としている。松村行生《ゆきお》の座席の前の床は、隣の女の、棚に収まり切れない荷物が占領していた。松村は仕方なしに足を縮めて機内誌に目を通した。離陸した途端、女が話しかけてきた。中国から日本の大学に留学していて夏休み帰省するところなのだ、と言う。覚え立ての日本語を使いたくてうずうずしている。松村は鬱陶しく思った。久しぶりの旅行だから、一人で静かに過ごしたかった。留学生はそんな松村の様子に気付かず、「上海は仕事ですか、観光ですか」と尋ねる。観光です、と松村は答え、自分はなぜ貴重な休みを使ってまでも上海に行くのだろうと考えていた。盆や正月以外、勤務医はたった三日間の休日でさえも容易に取れない。しかも、やるべきことが溜まっている。家事や買い物などの雑用、読みたかった本や調べもの。それらを全部後回しにしても有子《ゆうこ》に会いたいのはどうしてか。会えるかどうかもわからないのに。

有子はいったいどんな人間だったのか。松村が覚えているのは、一年以上前に別れるまでの有子、という切れ切れの幻だった。やや近視気味の有子が目を細めて遠くを見る仕種。松村の話を聞きながら、ストローの空袋を弄《もてあそ》んでいた指先。話の内容はほとんど忘れたのに、喧嘩した時の語尾の震えや、電話の明るい調子などしか印象に残っていない。すでに、有子は記憶の断片でしかないのだった。

始終会っていれば、記憶は毎回上書きされてあちこちの断片と有機的に結び付き、生身の有子が実感されるはずだ。だが今、松村の中に思い描かれる有子の像は、自分に都合が良かったり、ひどく意地悪だったりと、妄想の中で育った有子の亜種に過ぎないのだった。つまりは幽霊のような実体のないものだ、と松村は思った。

「観光でしたら、外灘《ワイタン》と豫園《ユーユエン》が興味深いかと思います。外灘は沢山の古い、値打ちある建築物があります。豫園は、中国の昔の庭です」

留学生がたどたどしい口調で教えてくれる。若い目許が外国語を話す喜びで跳ねている。その魅力に一瞬捉えられた松村は、「有り難う。是非行ってみます」と礼を言った。

「お仕事何ですか」

「医者です」

「そうですか。中国には昔から漢方薬の医者がいます。中医と言います」

もどかしそうに次の言葉を探している留学生を遮り、松村は聞いた。

「H大学を知ってますか」

「はい、私の友人が通っています」留学生は喜んで手を叩いた。「いい学校です。皆、真面目です。私の友人はそこでコンピューターの勉強をしている」

「そこは市内にありますか」

「はい。バスが便利ですが、交通渋滞あります」

留学生は親切だった。手帳を破って市内の大まかな地図を描き、大学のある場所と行き方、ついで自分の名と電話番号も書いてくれた。行きたいところがあれば案内してもいい、とまで言い添える。松村は再び礼を言って紙片を胸ポケットに入れ、窓に目を転じた。

雲の中を飛行していた。有子はまだ上海に留まっているだろうか。住所も電話番号も教えてくれなかったから確かめる術《すべ》はない。わかっているのは留学先の大学名だけ。しかも夏休みだ。留学期間は一年と言ってなかったか。それに、入れ替わりに日本に帰省していることも考えられた。いなければいないで仕方がない、と松村は思った。賭けにも似た気持ちがある。機体が次々と分厚い雲の森に突っ込んで行く。雲は量感があっても、機体が触れる寸前に煙のように消え飛んでしまう。今更、有子と会ったところでどうにもならないかもしれない。しかし、知りたい。有子はどんな女なのか。妄想の中から生まれた亜種ではなく、生身の有子ともう一度巡り合ってみたかった。

上海空港は内陸にあった。空港周辺に広がる埃っぽい薄茶色の土壌を見て、松村はこれも想像と違う、と思った。大八車に細長いスイカを満載して道端で売っている老人。古いトラックの荷台に荷物同様に積まれた男たち。松村の想像では、上海は大河に面した美しく近代的な街だった、観光ガイドブックに載っているみたいな。想像は常に現実と違う。いや、現実が常に想像を裏切るのだ。自分が想像している有子と現実の有子が違っているように。そして自分もまた、有子の考えている男ではない。松村は有子が最後にくれた手紙に拘《こだわ》っていた。

「最初から最後まであなたは、広野有子という女を理解してはくれなかった。私を個人ではなく、W大卒で二十代後半の出版社勤めの女、という記号でしか見なかった。医者であるあなたに相応《ふさわ》しいかどうか、という記号で」

　松村は手紙を破り捨てたが、その時感じた違和感は捨ててはいなかった。この一年、有子の手紙のことばかり考えて生きてきた。あの手紙に書いてあった自分は、有子から見た自分のすべてか。そんなはずはない。その程度のことしか考えられない女に自分がこれだけ拘泥する訳がない。憤懣がまだ燻《くすぶ》っていた。自分が裏切ったことを有子がどうしても許せないのなら仕方がない。しかし、俺は手紙に書いてあったような人間ではない、と有子に主張したかった。そして、碌に話し合いもせずに一方的に去って行った有子に対する怒りもあった。それがまだ有子を諦め切れない証拠か、と松村は思わないでもない。

　松村は空港からタクシーでH大学に向かった。タクシーで三十分とかからなかった。大学は大きな通りに面し、公園並みの敷地にビルや煉瓦造りの古い建物が無秩序に混在している。松村は鋳鉄《ちゅうてつ》のファインアートめいた正門のアーチをくぐった。広い構内を自転車が行き交う。植え込みのあちこちに椅子が置いてあって、老人がのんびりと本を読んでいた。日本の大学と違い、派手な化粧をした女子学生や金のかかった服装の学生は一人もいない。いずれもTシャツ、短パン姿でビーチサンダル履きという気軽さ。ここでは有子も化粧をしていないのだろうか。松村は、有子と初めて会った時に印象的だった口紅の暗い赤色やアイシャドウの翳りなどを思い出していた。雨が落ちてきた。曇った空が俄に暗くなる。松村は、黒いリュックを背負った学生を呼び止めた。「日本人留学生」というメモを見せると、真面目な顔付きで奥を指さして何か言った。多分、学生課か寮があるのだろうと思い、松村は足早に歩いた。

何人かの案内を経て留学生楼に辿り着いた時は小雨になっていた。松村は寮を見上げた。正面に池を配した無味乾燥な四角い建物。こんなところに有子は住んでいる、と哀れに思った。玄関先にアフリカ系と思しき学生が雨空を見上げ、骨の折れた傘を苦労して開こうとしていた。松村は日本人はいないか、と英語で尋ねた。学生は無表情に背後を指す。東洋人の男が二人、がらんとしたロビーのソファでぼんやり雨を眺めていた。

「広野有子さんはいらっしゃいますか」

松村は年嵩の方に尋ねた。頭が禿げ始めた太った男だった。

「出かけてます。帰りは知りません」

松村は、素っ気なく答えた男が、相手とそれとなく目くばせし合ったのを見た。自分が訪ねて来たことが有子に無用の迷惑をかけるかもしれない。ここは有子の暮らす世界だ。有子の外部に弾き出された、と松村は改めて思い至った。だが、この建物にいることがわかった以上、是が非でも会いたい。松村は手帳を取り出してメモを書いた。

「松村といいますが、これを渡していただけますか」

松村は宿泊先のホテル名と電話番号を書いた紙を男に手渡した。男は、松村さんですね、と確かめた後、そのメモを無造作にパンツのポケットに入れた。松村は男たちの目くばせを思い出し、更に言った。

「東京から婚約者が来た、と言ってください」

松村はその夜、ホテルの部屋でビールを飲みながら有子の電話を待った。なければこの知らない街を一人歩き回り、また東京に戻るしかない。松村は落ち着かない気持ちで椅子から立ち上がった。部屋を横切り、カーテンを開けて国営高層ホテルの二十階から下界を見下ろす。雨に濡れた黒い平らな街のところどころに、青や赤のあえかなネオンが瞬いているのが見えた。ネオンの光る場所に行きたい、と松村は人恋しくなった。一年前に別れた有子にわざわざ会いに来た、という行為が自分を興奮させているらしい。松村はいっかな鳴らない電話を睨み付けた。ベッドに横になると、つい一週間の疲れが出て眠くなる。うとうとしかけた時、コールが鳴った。松村は高鳴る気持ちを抑え、受話器を取った。

「先生。こちらは清瀬の馬場です。休暇中、申し訳ありません」

病棟の看護婦からだ。そろそろ様子を聞かなくてはならないと思ったばかりだった。

「どうも、わざわざ。異状ないですか」

馬場の声は躊躇《ためら》うように言い淀んでいる。

「どうしたの」

重篤の患者はいなかったはずだと思いながらも嫌な予感に囚われた。

「先生、山崎さんが急に容態が変わりまして、先程から危篤状態なんですが」

松村は愕然とした。山崎は肺癌末期で危ない患者だが、まだ三週間は持つと踏んでいたのだ。自分の見立ての甘さに松村は絶句した。馬場は声を潜めた。

「それで山崎さんの奥さんと息子さんがですね。先生が暫く大丈夫だと言ってた、とパニックになっていらっしゃいましてね。主治医がこんな時にいないってどういうことだって騒いでます」

「石嶺《いしみね》先生はいるんだろう」

松村は爪を噛んだ。子供の頃の癖が無意識に顔を出す。

「ええ。だから大丈夫なんですが、ご家族の気持ち的にちょっと揉めるかな、という気配が」

馬場は微妙な言い方をする。

「わかってる。俺の責任だ」松村は腕時計を覗き、時間と日にちを確認した。「明日の朝、一番で帰るよ」

「先生、急いでお帰りになっても無駄かもしれません。今、必死に石嶺先生が救命なさってますけど、山崎さんは尊厳死の会に入ってますし」

馬場は事務的に言った。無益な救命措置は拒否している、ということだ。慌てて帰国しても松村は臨終に間に合わないだろう。

「わかった。でも、予定を一日早めるよ。飛行機が取れれば明日中に帰るから」

「すみません。それから先生、もうひとつ」

馬場は気の毒そうに続けた。まだあるのか、何だ。松村は手元のメモ用紙を引き寄せて覚悟を決めた。

「何だ、言ってくれ」

「さっき結核病棟から先生に連絡してくださいって。岸本さんが先程亡くなられたそうです」

真夏に病院を脱け出した岸本。松村が、O総合病院から転院させたのだった。

松村はベッドから立ち上がっていた。危篤の山崎もおそらく時間の問題だった。よりにもよって休暇を取った途端に、患者が二人も危篤状態になるとは。医者になって十年経つが、担当患者が同日に二人亡くなることなど一度もない。祟りか、と松村は呪詛を吐いた。

「岸本さんは呼吸不全か」

「はい。看護婦が発見した時は意識不明だったそうです」

山崎は肺癌。岸本は再燃性結核だった。不可抗力とはいえ、担当医師は自分なのだ。休暇旅行に出ていて、最期を看取ることができなかった引け目は一生自分を苦しめるだろう。しかも、別れた女を追いかけて、なのだ。松村は受話器を置いた後、頭を抱えた。あまりにも間が悪い。飛行機の手配をしようと旅行代理店に電話したがすでにオフィスは閉まっていた。明日ホテルで手配するより、直接空港に行った方が良さそうだ。午後十時過ぎにまた電話が鳴った。有子か、馬場か。松村は複雑な思いで受話器を取った。馬場からだった。

「先生、度々すみません。山崎さん、亡くなられました」

「そうですか。残念だな」

「石嶺先生がご家族に説明なさってますが、あちらが収まらないようでしたら石嶺先生からお電話があると思います」

「すまない。待機しているからよろしくお願いします」

看護婦の馬場は四十代のベテランだ。意気消沈した松村が気の毒と思ったらしく、殊更明るい声で励ました。

「先生、大丈夫ですよ。石嶺先生がうまく言ってくださると思いますから、観光楽しまれた方がいいですって」

「わかってるけど、一晩に二人じゃね」

「そういう日もありますよ」

電話の後、松村は一時有子のことを忘れた。何をしに上海まで来たのかも、自分がどこにいるのかも念頭から去り、自分が病院に残っていたなら何をしているだろうと想像していた。今頃、遺体は看護婦らの手によって綺麗にされ、ストレッチャーで運ばれているだろう。地下の霊安室。自分はカルテを書いた後、一人霊安室に向かう。

松村はコンクリートで舗装された地下通路を歩く自分を想像した。駐車場の裏にあってゴミ焼却場の横に目立たなく設《しつら》えられた霊安室。いつも排気ガスと埃の臭いが漂っている場所。入院患者も外来患者も知らない影の場所。自分は白衣の裾を翻し、忙しなく歩くだろう。急いだところで何も起きやしないのに。だが、ゆっくり歩いたとしても答えが出る訳でもないのだ。

真夏の午後だった。開いた窓から、湿気を帯びた暑い風が入って来る。苦しむ女が寝台に一人横たわっていた。白いローンの寝間着を着て痩せた体は青黄色い。目に怯えと絶望がこびり付いて、助けてくれる人を必死に探している。私はもう何日もこうしているのだ、駄目なことはわかっているけれど逃げようにも逃げられない、誰か助けて。その目が自分に語りかけている。自分はわかっている。呼吸不全がどんなに苦しいか。苦しみから解放されるのは心臓が止まる時しかない。口の利けない女が自分を見つめている。助けて、質《ただし》さん。女が心の中で呼びかける声がびりびりと空気を通って伝わって来た。

「浪子《なみこ》、楽になりたいか」

女の名を呼んだのは紛れもなく自分だった。女は浪子という名で、自分の妻。俺は質という男になっている。浪子が頷いた。とうとう別れる時がやって来たのだ。俺は浪子と手を握り合ったが、浪子の手にはもう力がない。俺は容器から注射器を取り出した。船医から譲り受けたモルヒネのアンプルを折る。透明の薬液が午後の光に反射した。注射器に針を付け、アンプルの中からモルヒネを注射器に移す。浪子は俺を信頼したのだろう、しっかりと目を閉じている。瞼の透ける静脈がもうじき色を失うのだ。俺は思わず浪子の顔から目を背けた。船医から教わった通りできるだろうか、心配で堪《たま》らない。致死量は三十ミリグラム。一回の注射で十ミリ。三回も打たなくてはならない。浪子の腕は病気のために一層細くなった。俺は浪子の腕の細い静脈を探し当て、その逃げる管に注射針を刺した。俺は震えていた。

浪子の肉体から命が失せていく。その瞬間を見届けねばならない。俺は痩せ衰えた浪子の顔を必死の思いで凝視した。喘ぎを漏らしていた唇は動かなくなって乾き、頰は益々青白く冴えている。急に空気が抜けたように胸が平らになった。浪子、と呼びかけても反応がない。モルヒネは浪子の心臓を緩やかに止めてくれるだろうか。優しくあの世に送り出してくれるだろうか。同行することのできない浪子の旅は無事に済むだろうか。不安で居たたまれなくなった俺は、浪子の心臓に耳を付けた。とくっとひとつだけ心音が聞こえた。それを最後に、音は全くしない。浪子が別れを告げたように思われ、俺は握り締めていた注射器を取り落とした。注射器はからからと緑のリノリウム張りの床を転がり、寝台の下に消えた。

急に立っていられないほどの悲しみに襲われ、俺は浪子の胸に取り縋った。蘇ってくれ。が、浪子はしんと動かない。浪子は死んだ。頼まれた日から重石《おもし》のように俺の心を沈ませていたあの約束は果たした。これしか方法はなかったのだと思う確信と、好きな女の命を断たざるを得なかった遣り切れなさ。二つに張り裂ける感情は俺を暫く放心させている。俺は浪子の手を取った。力ない指先は、命があった時の冷ややかさとは逆に生温かく感じられた。俺の手が冷え切っているからだった。俺は床に膝を突き、浪子の手を握ったまま祈るような格好で目を閉じた。

どのくらい時間が経っただろうか。辺りは暗くなっていた。窓は夏の夜気と月の光が忍び込んで来ていた。白い寝間着を着た浪子の骸《むくろ》は月の光を浴びて、闇の中に浮かび上がっている。その顔は俺に微笑みかけているように穏やかだ。蠟燭を灯すと更に美しく見えた。手が冷たくなった。浪子の両手を胸の前で揃えてやる。浪子の好きだった玉蘭を胸の上に載せた。

「力になれなくてすみません」

突然、部屋の暗がりから男の声がした。俺は不思議とも何とも思わず、自然に礼を返していた。男の声が続く。

「最期はやはり苦しまれたのでしょう。助けられなくて残念です」

俺はようやく振り向いた。いつ入って来たのか、ドアを背にして白衣の男が立っていた。聴診器を首に掛けているところを見ると医者らしい。だが、医者などもう要らない。俺は男に関心をなくし、再び浪子の骸に目を向けた。なぜ、ここに医者が現れたのか、という疑問など浮かびもしなかった。糊の利いた白衣が擦れる音が遠慮がちに近付いて来た。医者が横たわった浪子の前で手を合わせて頭を下げた。

揺れる蠟燭の炎に男の姿が照らし出された。一度も会ったことのない男だった。三十代半ば。短髪が整えられ、清潔感がある。白衣の下には丸首の白いメリヤス下着のようなものを着て、薄茶の太い綿ズボン。紺と灰色の頑丈な運動靴を履いていた。白衣の袖口に変わった意匠の大きな腕時計が光る。聴診器も見慣れた象牙製ではなく、金属で出来た小振りの物だった。白衣の胸ポケットに筆記具が数本差し込まれている。服も持ち物もすべて洒落て、見たことのない物ばかりだ。外国人かと思ったが違う。しかし、こんな日本人がいるのだろうか。俺は怪訝な思いで医者を見上げた。医者は俺の存在に気付かぬ様子で項垂《うなだ》れたまま、語り始めた。

「俺は、あなた方患者が死ぬ度に自分が無力だと思う。あの治療法で良かったかと反省したり、落ち度はなかったかと自分を検証したりもする。でも、それは自分のことを考えているだけで、あなた方のことを本当に考えている訳ではない。これだけ手を尽くしても人は死んでいくということに、打ちのめされているだけなのだ。一方で、死の荒々しさや惨《むご》たらしさに魅入られてもいる。なぜなら、あなた方の死は、俺や俺の大事な人間の死ではないからだ。自分自身と他人との距離。俺はいつもこの間を行き来して仕事している。その振幅が激しければ激しいほど、心が摩耗していくような気がする。俺は摩耗を食い止めることができないだろう。どんどん冷酷な医者になる。冷酷になれるということは、優秀な医者ということかもしれない。申し訳ない、こんな勝手な話をして。あなた方が亡くなった夜なのに」

「あなた方？」

俺は問い返した。医者は、椅子に腰掛けていた俺の存在に初めて気付いたのか、驚いて後退《あとずさ》った。恐怖に襲われたように周囲を見回している。虹口《ホンキユウ》にある薄暗い下宿。ひとつしかない寝台は浪子が占め、俺は食事や書き物に使っていた椅子に腰掛けている。浪子と二人で食事した小さなテーブル。主を失ったもう一個の椅子は隅に置いてあった。

突然、黄浦江《こうほこう》を通る船の汽笛が遠くに聞こえた。慌てた医者は俺に尋ねた。

「あれは何でしょう」

「汽笛です。黄浦江を遡っている。音からすると多分五千トン級《クラス》」

「ここはどこですか」

「上海の日本人街」

「上海」

夢でも見ているのか、と言った顔付きで医者は言葉を繰り返した。やがて、その視線は目の前の浪子に奪われた。

「あなたの奥さんですか」

俺は「あなたの奥さん」という医者の言葉に改めて衝撃を受けていた。妻は死んだ。浪子とは二度と会えない。医者は自分の言葉で俺が沈んだことに気付いたらしい。

「僕は松村といいます。東京の結核専門病院に勤めている医者です」

自分がなぜこの部屋に現れたかを究明するより先に、眼前の死者に礼を失しないように、と考えたのだろう。それは俺も同じだった。浪子のことを考えるあまりに、俺の心もまた鈍麻していた。この医者がどこの誰でいつの時代から来たかなんてどうでもよかったのだ。

「この人は結核で死んだ。先生は結核病院から来たと言う。偶然ですね」

松村は気の毒そうに目を伏せた。

「結核ですか。今なら治ったでしょうね。結核の九十九パーセントは化学療法で治せる時代です。いい薬が沢山出来ましたから」

「いい薬が出来た？」

「ええ。昭和二十年にストレプトマイシンが出来てから画期的に治癒率が上がった。なぜなら、最も多かった腸結核に劇的に効いたからです。昔は自分の吐いた血を飲ませていました。そのため結核菌が腸に入って腸結核を起こし、最後は体力を消耗して死ぬ、という症例が多かったのです。更に治癒率を上げたのは昭和五十年頃にリファンピシンという薬が出来たお蔭です。今は最初に五種類の薬を半年間服用することでほとんど治ります」

俺にはすでに、この医者が遥か彼方からやって来たのだということがわかっていた。医者は時間を超えて未来から現れた幽霊なのだ。俺を慰めるために浪子の霊が遣わせたに違いない。理に合わなくても納得できることもある。浪子の死んだ夜は何が起きても不思議はなかった。浪子があの世に渡るのに力を貸したのは他ならぬ俺なのだから。

俺は微笑みを湛えた浪子の死に顔に語りかけた。十七年待てば、きみはもっと生きられた。もう少し二人で暮らしたかったね。きみは洗面器に吐いた血を嫌々飲んでいたが、あれが病気を重くしているなんて誰も知らなかった。最先端の医療でさえも。ねえ、そうじゃないか。死んだ浪子に話しているうちに、俺は急に遣り切れなくなった。

「浪子は医者にいい薬が出来るまで待つしかない、と言われて一人で泣いたそうだ。間に合わないのはしょうがない、運命だから。でも、理不尽だ。後から生まれた人が浪子の得られなかった恩恵を蒙る。仕方ないとわかっていても俺には納得できない」

「それがご家族の気持ちだということはわかっているつもりです。でも、不可抗力と言うしか言葉がありません」松村は躊躇いがちに言った。「現在、結核は怖くない病気になりつつあります。耐性菌が出現しているという問題もありますが、後十年経てば患者数はもっと減るでしょう」

「でも、先生は結核専門だって言ったじゃないか」

「僕の専門は非結核性抗菌症です。結核菌ではない肺の疾病。なぜなら、これから増えるのがわかっているからです。研究はもっと進むでしょう」

　松村は俺の虚しさに気付かないのだろうか。人間はどこまで行っても、何を追いかけても、最高のものには間に合わないようにできているのに。俺は「間に合わない」今を生きるしかないのだ。一九二八年の上海を。

「未来からやって来た者がなぜ偉そうに言う」

「偉そうに言ったつもりはありません」松村は憮然とした。「あなたの時代にも克服できない病気はあり、僕の時代にもあります。いつだってあるんだ。病気は理不尽でアンフェアですよ」

「他人事だって言い方だね。あんたの身に起きればアンフェアなんて言ってられない」

「そうかもしれない」松村はたじろいだ。

「先生、あんたの世界に戻ってくれませんか。浪子が結核で苦しんで死んだのに、過去の病気だなんて言われたら、それが事実でも悲しくなる。妻が哀れだ」

　松村は困惑した様子で腕を解《ほど》いた。

「僕だってどうしてここにいるのか、どうやって帰ったらいいのか、見当が付かなくて困っているんです。わかるのは、あなたにとって大事な人が死んだ夜だということぐらい。そして、僕にとってもいろいろなものを失った夜だということです。その重みが比較にならないことも良く知ってますよ。あなたの悲しみの邪魔をして悪いと思ってます。早く出て行きたい。他人の死を看取った後は一刻も早く自分の明るい世界に戻りたくなる。重みを一切背負いたくないんだ」

松村は率直だ。俺は羨ましかった。俺はまさしく「重み」の中に取り残されている。それが孤独の本質なのだ。俺は何だか寂しくなって椅子から立ち上がった。長く腰掛けていたため、鬱血した下肢が痛んでよろめいた。松村は俺が椅子を勧めるのを、ややびっくりした面持ちで眺めている。

「先生。もうちょっとここにいてくれ。気晴らしをしたい」

「いいでしょう」

松村は遠慮がちに頷き、椅子に掛けた。

「先生はどこから来たんです」

「二十世紀終わりの東京です」

俺は目眩《めまい》がした。そんな先まで自分が生きることはないだろう。そして、俺は子供を作らない。浪子が死んでしまったからだ。俺は松村の生きている時代がどんな世界なのかなんて、どうでも良かった。未来に興味はない。

「知りたくもないな」

吐き捨てると、松村も言った。

「そうでしょうね。僕も過去に興味はない。上海の租界と言われても僕にはただ想像するしかない。それは現実とは全く違ったものでしょうから」

「そうだよ。現実はこれだ」

俺は浪子の骸を指さした。松村は振り返って浪子の死に顔を見た。

「申し訳ないが、僕にとっては一個の死でしかない」

「先生、ところで、さっきは何であんな独り言を言ってたんです」

松村は大きな息をひとつ吐いた。

「今夜、僕の患者が二人死にました。一晩に二人。そうあることじゃないです。一人は肺癌。僕が一年以上前に診た人です。山崎という名でまだ五十四歳。自動車販売会社の営業部長をしていた。自信満々の仕事人間。本人に聞かれたのに、僕は告知ができずに誤魔化しました。症状は重くなり、とうとう入院して来た。その人は僕が率直に言わなかったから、僕を信頼していなかった。僕は、近いうちに死を迎えることを知っている人間を慰めたり、真っ向から向き合うだけの言葉を持っていない。その人は無力な僕を憐れんでいたと思う。そして、今夜死んだ」

月光を横から浴びた松村の顔は左側に深い影が出来た。それは松村が自分で言った振幅の激しさを思わせた。

「もう一人は岸本という名の老人です。結核。若い頃に罹患《りかん》して治ったと思っていたのに老年になって再燃した。罹患したことを申告しないから、僕は老人の病気を頑固な風邪だと思い込み、うっかり見逃してしまった。治療が遅れ、気付いた時はどんな薬も効かなかった。苦しんで死んだことでしょう。この人は奥さんに疎まれていて、病院から始終逃げ出しては奥さんを探して街を彷徨《さまよ》っていた。今夜死んだのに、親族は一人も来なかったと聞いてます。僕はこの二人のことなど、仕事でしかなかった。はっきり言って他人事だった。だけど、僕の患者がほぼ同時に死んだということは、最後の最後に、僕を悩ませようと誰かが意図しているのかという気がしないでもない」

松村は自嘲するように唇を歪めた。

「だが正直に言えば、僕はむしろほっとしているのです。もう僕を責める人間はいなくなった。失敗したら次に役立てるしかない、同じ失敗を繰り返さないように。それが僕の仕事だ。他人の死を乗り越えて、次の死に備える。でも、それに何の意味があるのかわからない。次の死も他人の死なのだから。僕は他人の死に鈍麻した。それは自分の生にも鈍麻することだ。他人の死を受け止めることに堪えるだけのものがなくなるんだ。この二つは切り離せないんだ、きっと。そんなことを考えながら霊安室のドアを開けたら、僕に抗議するように棺が二つ並んでた。自分の思いを二つの棺に向かって喋っているうちに、どういう訳かこの部屋にいたんだ」

「先生は幸福だ」俺は更に続けようとする松村を遮った。「その程度の悩みならいい。俺は女房を安楽死させた。それで良かったのかどうか、一生悩むと思う。悩むというのはそういうことでしょう」

俺は寝台の下に転がった注射器を拾った。松村は何も言わずに俺の手の中にあるガラス製の注射器を眺めている。底に残った薬液が蠟燭の弱々しい光を浴びて虹色に滲んだ。俺はそれを美しいと思って眺めた。振り向いて松村の顔を見る。そこには何の表情もない。

「先生が奥さんに頼まれたらどうする」

「さあ、わからない」松村は首を振った。「結婚していないし」

「好きな女に頼まれたらどうする」

「好きな女もいない。いたとしてもしないだろう」

「患者に頼まれたら」

「多分、しない」

すべて他人事だからだ。松村は正直だ。俺は幽霊に何を期待していたのだろうと自分を笑いたくなった。異物同士が交錯したとしか思えなかった。なぜ浪子がこんな人間を俺のところに遣わしたのかわからない。松村が椅子から立ち上がった。

「もう帰りますよ。ドアの外に出れば元の世界に戻れるかもしれない。駄目だったら戻って来ますから」

お前なんか戻って来なくてもいい。俺は松村の背に心の中で叫んだ。松村は浪子に合掌した後、ドアを開けて出て行った。俺はまだ座ったまま考えている。幽霊にさえもあのことを言えなかったのはなぜか。注射針を刺した時、浪子が目を開けて「嫌」と叫んだ事実。この事実を抱えて、これから長い一生を送る。

眠り込んでいた松村は驚いて目を覚ました。恐怖で心臓が縮み上がるような夢だった。

寝汗をかいたらしくTシャツの背中が濡れていた。自分が二人いる。しかも、医者である自分が幽霊として現れる、妙な夢だった。医者の自分は、質の自分から見ると他人。それも、幼稚な正論を言い立てるつまらない他人だった。自分は患者からあのように見られているのだろうか。目は覚めても、その衝撃から逃れることはできず、松村はベッドの上で荒い息を吐いた。それにしても、妻を安楽死させた質とは誰なのだろう。とても自分が作り出した人物とは思えず、松村は起き上がった。上海という土地が見せてくれた魔物か。テーブルに置いた腕時計を眺める。午前零時を過ぎていた。石嶺からは電話がない。何とか遺族の気持ちを収めてくれたのだろう。医療過誤ではないのだから問題はないのだが、医師の寝覚めの問題なのだった。

有子からの連絡もなかった。賭けに負けた。松村は新しいTシャツに取り替えてさっさと寝ることにした。もう上海にいても意味がないのだった。明日の朝、空港に行き、空席を確保して帰国しよう。そして弔問する。

ドアがノックされた。ボーイがファクスでも持って来たのかもしれない。裸足でドアを開けた松村は立ち竦《すく》んだ。有子が立っている。思いがけない出現に、まるで幽霊を見たような気がして松村は総毛立った。

「どうしたの」

有子が松村の形相を見て問い返した。

「いや、びっくりしたんだ」

有子に会えたら、こう言おう、こんなことをしよう。あれこれ考えていたのに、実物を幽霊と見間違えて恐怖するとは。松村は苦笑した。

「久しぶりだね」

「ごめんなさい、遅くに」

照明を落とした薄暗い廊下に立っているせいか、一年ぶりに会う有子は印象が変わって見えた。黒いノースリーブのニットに黒のミニタイトスカート。胸に白い小さな花をピンで留めている。長い髪を後ろで纏《まと》めていて、化粧がうまく大人っぽい。前より陰影が濃くなって、有子の全体を印象付けていた硬さが消えていた。柔らかく性的に見えるのはなぜか。自信が備わって、余裕が感じられる。松村は有子に恋人が出来た、と直感した。痛みに似た感覚が松村をたじろがせる。有子が自分のもう一人の女のことで傷付いたのはこの感覚だったのだ。

「あなたが突然来たんで驚いたわ」

有子は松村に笑いかけた。大き目の唇を真横に広げる率直な笑い方は変わらないが、笑いが引き連れてくる感情の襞がもっと複雑になっていた。それが魅力を増していると松村は気付き、有子に終始圧倒されていた。二人が別れたのは一年と数カ月前。たったそれだけの間で、有子はこれだけ変化した。留学生楼の男たちを有子が掻き回しているのも頷ける。松村は女という生き物に怖ろしさを感じた。

「綺麗になった」

「有り難う。ねえ、下のバーはおしまいなのよ。もうひとつの店はカラオケだし喧しいでしょう」

有子は下を指さした。部屋に入りたくないのか、と松村は気を遣った。

「外に行こうか」

「雨よ」

有子は躊躇うように言った。言外に外には出て行きたくないと言っているらしい。雨の中、わざわざ有子があの留学生楼から自分に会いにホテルまで出て来てくれたのかと、松村の心は少し浮き立った。

「ここでもいいか」

「いいわ」

有子は薄暗い松村の部屋を覗いた。有子が部屋に入ると、何とも言えないいい香りが漂ってきた。その匂いには覚えがあったが、どこで嗅いだのか思い出せない。

「留学生楼からどうやって来たの。タクシー呼んだのかい」

「私は市内の友達の家にいたから、そこから来たのよ。直接ホテルに寄った方が早いと思ったから。伝言は熊谷さんから電話で聞いたわ」

市内の友達の家。松村はますます有子の世界から外れたと感じながら、辛うじて聞いた。

「どんな友達」

「男友達よ」有子は平然と言ってのけた。「自動車会社の会社員よ。大学には企業派遣で来てたの。週末は一緒に遊んだりしてる」

有子はもう自分を必要としないかもしれない。松村は落胆した。ここに来るまで話そうと意気込んでいた自分と有子の出来事は、有子の中ですでに過去になっている。

「話したいと思って来たんだよ。突然、俺とのことやめるって言っていなくなったから」

「話？　いいわよ。私、あなたに逃げたなんて思われたくないから受けて立つよ」

有子は冗談めかして言った。口紅が鮮やかな赤に変わった。顔の白さと服の黒と相俟って、妖艶で美しい。知り合った頃はおどおどと自信なさそうにしていたから、別人に思える。松村は有子が幽霊ではないか、という疑いを捨て切れず、近付いて有子の手を取って眺めた。ひんやりとして、湿っている。爪を長く伸ばして、口紅と同色のマニキュアが施してあった。学生たちは何も装っていなかった。有子がキャンパスで浮き上がって目立つことに、何の衒《てら》いもなくなったのだと思い知らされる。以前の有子なら、ある場所で特別な存在になることに迷いを感じたはずだった。松村は有子の両の掌《てのひら》に交互に唇を付けた。潔癖な有子は手を抜くかと思ったが、「くすぐったいよ」と笑うだけで松村を諫《いさ》めようとしない。いったい何があった。松村は有子の顔を検分するように眺める。有子は松村の視線を受けても跳ね返すだけだ。不敵な笑いさえあった。松村は有子にひとつしかない椅子を勧め、自分はベッドに腰を下ろす。冷蔵庫に入っている青島《チンタオ》ビールを開け、グラスを有子に手渡した。有子はグラスに口を付け、捌《さば》けた口調で促した。

「さあ、何しに来たの。私と何を話したいの」

「そんな言い方するなよ。久しぶりに会ったのに」

松村は有子の感情の基調に怒りがあるのを感じて眉を顰《ひそ》めた。

「じゃ、どうして熊谷さんに私の婚約者だなんて嘘を言ったの」

有子は組んだ脚を蓮っ葉にぶらぶらさせた。灼けた素足が光っている。

「結婚を申し込んだことがあるから」

松村はふざけたが、有子は笑わなかった。

「断ったじゃない」

「じゃ、どうして俺の前からあんな形で姿を消してしまったのか聞きたいよ。有子は会社を辞めたことさえ直前まで教えてくれなかった。滅茶苦茶な手紙を寄越しただけで話をしようともしなかった。酷いと思わないか」

「思うわよ。きっと、あなたを苦しめたかったんでしょうね」有子はあっけらかんと言った。

「その方があなたのダメージが大きいと思ったの。だって、あなたは半年も私を裏切り続けた。たった一度なら、まだ許せる。だけど、あなたは半年も私を抱きながらあの女の人とも関係があった。それがどうしても許せなかった。心の中で比べたんじゃないかとか、そういうことを想像すると堪らなかったのよ」

「比べるなんてしたことない」

有子が別れた時に叫んだ言葉が蘇った。

『あなた、他の女と寝てる癖によく言うわね。その女が自分に相応しくないから、私ならいいっていうの。私はあなたにとって、他人と不等号で比べられる記号に過ぎなかったの』

松村が有子の言葉を反芻していると、有子は静かに言った。

「でも、どっちがどれだけ好きとか、こっちのここは嫌いだけど、とか絶対に比べたはずよ。私があなただってそうするもの。その女の人のことを愛する時に、私を引き合いに出して考えたはず。違うかしら。そして、その逆も。私、それがすごく嫌だったの。私はその女の人も憎かったけど、一番憎いのはあなたよ。二人の女の間を都合好く行き来したあなたよ」

有子の顔が紅潮した。これまでの余裕が崩れ、以前の感じやすい有子が殻を破ったように現れた。松村は懐かしさと共に、有子に対する愛情が増して胸が詰まった。

「そんなつもりはなかったんだ。赦してくれないだろうか」

「どうして。その女の人に振られたからなの」

ビールを飲み干した後、有子は小さな黒いバッグから鏡を出して口紅が落ちたかどうか調べている。

「違うよ。彼女のことは好きでも何でもなかった。むしろ、有子との関係を補強するためにしたんだ。彼女に申し訳なく思ってる」

有子は不機嫌そうに鏡を仕舞い、突然松村を指弾した。

「嘘よ。好きでなきゃ、続かない」

松村は返事に窮した。有子は続ける。

「どうしてそんなに弱いの。弱いから人を傷付けるのよ、あなたは。私のことも、その人のことも。私はそれも嫌」

「有子の言う通りだ。俺はあの女のことも好きだったと思う。じゃ、傷付けたら俺たちはもう駄目か。やり直せないのか」

「そのことは一度結論を出したじゃない」

「一方的だと思う」

有子は空気が抜けたように見えた。

「もし、そういう気があったのなら、どうして去年来てくれないの。私はもう壊れたのよ」

「壊れた」松村はぎょっとして有子の顔を見た。「どういう意味」

「文字通り、壊れたの。再生するかもしれないけど、その時は違う私。だから、私のことは忘れた方がいいと思う。だって、私はあなたが裏切ったことが忘れられないんだもの。どうしても許せない。許せる方が幸福だってわかっているけどできないんだもの。私はそういう人間なの」

「何があった？　教えてくれないか」

有子は顔を背け、窓の外を眺めた。

「もう言葉は要らない。言葉は問題を整理しても、八方塞がりで前に進むことができないもの。そういうことがわかったから、そうじゃなく生きている最中よ」

「そうじゃなく生きるって」

有子がこちらに顔を向けた。怒りの形相だった。

「あなたに説明する必要があるかしら。今頃どうしてここに来たのかわからない。しかも、私の婚約者だなんて嘘を言って、私の生活を乱した。あなた、何しに来たの。話をしに来たなんて、言葉を嫌っていたあなたが今更何を言う。私がいつも言葉を探していると鬱陶しがったあなたが。私が繊細過ぎると困っていたあなたが。私ははっきりしてる。あなたと寝るためだけにここに来たのよ。寝たら、どんな気持ちになるかって実験に来た。ただそれだけ」

「それが有子の言う壊れたってことなのか」

愕然とする思いで松村は聞いた。実験なんてつまらないことを言ってほしくなかった。

「そうよ。私はこれまでしなかったことをする。そうしなきゃ変わらないんだもの」

「そんなに変わりたいの」

松村は有子が理解できなかった。

「ええ。だって、これまでの私だったら不眠症で死んじゃうわ。だから、必死に変えた。

あなただって、私がいたのにあの女の人と付き合っていたじゃない。それは何かを変えようと思ったからじゃないの」

「あの女の人」。有子が松村と一緒にいるところを見たという女は、太田千佳子という名だった。千佳子は、松村がバスに乗る駅前のスナックに七時から十二時までアルバイトをしていた。昼間は生協のスーパーでレジを打っていると言っていた。松村は週に一、二度、その店に寄って飲んで帰る習慣があった。調度も下品だし、常時二人いる女の子もたいしたことはない。「ケント」というどんな駅前にもありそうな平凡な名を付けた安っぽい店だった。

松村が「ケント」に来たのは、ちょうど有子との喧嘩が増え始めた頃だった。抵抗力が落ちるとインフルエンザに罹患するように、その頃の松村は有子という免疫が落ち始めていたのかもしれない。しかし、それは言い訳だった。松村自身が何かの疾病に罹患したいと願っていたのだ。わざと抵抗力を落としていたのだろう。だから有子の言うことは当たっているのだった。弱い男だ、と松村は自覚していた。

土曜の夜、松村が店の扉を開けると、客は常連がたった一人いるだけだった。客は隅で若い女相手に飲んでいた。千佳子がカウンターにもたれてだらしなく立っていた。座る訳にもいかず、立つのにも疲れたといった様子だった。客がいないので何もすることがない、テレビでも眺めていよう、という投げ遣りな雰囲気で。買い物にでも行ったのか、いつも酒を作ってくれる店主の姿もカウンターになかった。

千佳子は作り笑いで松村を出迎えた。松村がカウンターに座ると、中に入って正面から松村に相対した。目が大きく、若い頃はさぞかし可愛かっただろうという顔をしている。が、すでに目尻に皺が目立つ歳だった。可愛い顔が歳を食うとグロテスクになる。その一歩手前だった。三十代半ばは過ぎている、と松村は思った。千佳子は小太りで豊満なのに、体型を強調するピンクのニットドレスを着ていた。その装いは千佳子を田舎臭い、不器用そうな女に見せている。常連客はもう一人の若い女の子を相手にし、千佳子など端《はな》から無視したままだ。

「いらっしゃいませ。何にしますか」

千佳子はお絞りを前に置いて松村に尋ねた。松村はビールを注文し、スポーツニュースを眺めた。プロ野球が消化試合に入ったばかりだった。千佳子はビールを出して栓を抜き、グラスに注ぐと何もすることがなくなったらしく、カウンターに肘を突いて松村の視線を追った。取り立てて話のない夫婦が一緒にテレビを眺めているような馴れがある。初めての女が店にいると煩わしい、と松村は思った。たいていの女はあれこれ話しかけるので面倒だった。特に医者だとばれると病状の相談まで持ちかけられることがある。松村は自宅に近いこの店では会社員だと称していた。だが、この女は口下手なのか、話が嫌いなのか、ホステスとしては失格だと思うくらい黙っている。

「阪神、今年は駄目でしたねえ」

女は独り言のように言った。阪神ファンの松村は思わず答えた。

「そこがいいんだけどね」

「あら、先生も阪神ファンですか」

「そうだよ、俺、関西の出身だもの」

そう答えた後、松村は千佳子が「先生」と呼んだことに気付いた。一度も会ったことのない女で、しかもこの店では誰にも言っていないのに、自分が医者だと知っている。

松村は水道の水をグラスに入れて飲んでいる千佳子にこっそり尋ねた。

「どこかで会ったことある」

「すみません」千佳子は小さな声で詫びた。「私の亭主の父親が先生の病院に入院してたの。よく見舞いに行かされたから、先生が入って来た時、すぐにお医者さんだってわかりました。父親は肺気腫ですぐ駄目でしたけどね」

松村は頷いた。こういう時は口止めしても偉そうだし、対応に困る。どうしたものかと思ったが、千佳子はもうそのことに触れない。案外、口が堅いと思ったが、何となく居心地が悪く、二本目のビールもそこそこに店を出た。

マンションに戻ってからも飲み足りない気がしてならなかった。コンビニに酒を買いに出ると、偶然にも千佳子が缶ビールとストッキングを買って出て来たところだった。

千佳子は嬉しそうに松村を見上げた。

「あら、さっきはどうも」

「もう店は終わったんですか」

「ええ、あたしは十二時までだから」

「ご主人待ってるんでしょう」

「一人暮らしですよ。実は、私バツイチなの。これから三鷹まで自転車で帰るんです」

三鷹までは自転車で二十分ほどの距離だった。千佳子があのニットドレスで自転車に乗ることを想像すると、松村はなぜかその姿を見たくなった。千佳子が店の前に停めてあった自転車に跨《また》がった。想像通り、サドルが尻の肉に食い込んだ。

「待って」松村は声をかけていた。「良かったら、うちでビールでも飲んで行かない？」

「だって」千佳子は怪訝な顔をした。「先生、一人？」

「俺、独身だよ」

その言い方で松村が誘っていることがわかったのだろう。あるいはバツイチと殊更強調することによって千佳子の方が誘いをかけたとも言えた。千佳子は自転車を引いて松村の後を付いて来た。その時、松村はこのことが有子を決定的に傷付けるとは思っていなかったのだ。有子も千佳子も舐めていたのかもしれない。有子とは精神的にも肉体的にも惹かれ合っていた。そんな女と出会うことは滅多にないことだ。喧嘩を繰り返しても別れる訳ではないと確信していた。千佳子とただの肉の交わりをしたところで大本が崩れるはずはない、と高を括っていたのだった。

松村の住まいで千佳子はすぐ寛いだ。どこでも茶の間にしてしまう駄猫のようなぐうたらさと淫らさが千佳子にはあった。有子と一緒にいるとどうしても緊張する松村には、それが心地良かった。有子にもこんな自由さがあったらどんなに楽しいか、と思った。しかし、松村は真摯な有子を心の底では尊敬していたのだ。心と体が思うように一致しないもどかしさを、松村はどうしても有子に表せなかっただけだ。また、有子も同じように感じていたのかもしれないとは、別れた後で思ったことだった。

「お風呂入っていい?」

千佳子は勝手に湯を入れ、自分の家のように酒席を整えた。松村を先に風呂に入れると冷えたビールを差し出した。二人は戯れながら酒を飲んだ。千佳子はアルコール中毒かと松村が案ずるくらい酒が好きだった。結局、その夜は松村の方が先に潰れ、寝てしまった。明け方、異様な心地良さで目が覚めると股間に千佳子が蹲《うずくま》り、松村の性器を口に含んでいた。松村は千佳子を腹這いにして背後から貫いた。豊満な肉に食い込むサドル。そのイメージが頭から離れないで興奮した。その手の妄想を有子に抱いたことはなかっただけに新鮮だった。

有子と千佳子と、二股をかけている自分を恥ずかしく思ったこともある。何も知らない二人に申し訳ないとも。だが、週末は日頃の仕事の重圧が爆発するのを止められないのだった。そんな時、松村は決まって、有子ではなく千佳子に解放されたいと願う。それは仕事だけでなく、有子との関係から生まれる重圧からの解放も含まれていたからだった。松村は、有子の真面目さと相対せないことがある。千佳子は、何も聞かないし、議論も吹っかけない。気楽な相手だった。有子と会えない週末は千佳子が松村の部屋を訪れるようになった。日曜の昼間、たまたま泊まった千佳子と買い物に出てマンションに帰って来たところを有子に目撃された。

　だから、別れを告げられた日に有子に詰《なじ》られても、松村は言い訳ひとつできなかったのだ。松村にとっての真実は、二人とも捨てがたい、という甚だ身勝手なものだったからだ。松村は、有子は愛しているが、千佳子は愛していない、と思おうとした。だが、千佳子を愛していなかったかと言えばそれは嘘だった。世間話程度の話題しかなく、語彙も足りない女だが、三十六歳の千佳子には有子が持てない強さと逞しさがあった。松村にとって千佳子の魅力とは、肉体の結び付きではなく、本当は千佳子の持つ強靭さだったのだ。限りなく相手を受容できる寛容さ。いかようにも松村の求めに応じる鷹揚さ。一人で生きる逞しさ。そして、何より肉体に対する信頼。千佳子は男と女が肉体で慰め合ったり、幸福になれることを知っていた。それらは強さではないのか。

　有子が去った後、松村は大きな喪失感から長く抜け出せなかった。罪悪感が募り、松村は千佳子と別れようとしたが、千佳子は訳がわからないと言った。「別に構わないけど、どうしてそんなに拘わるの。女はその人だけじゃない。頭でっかちで勝手な女はこっちから願い下げじゃないの」。その時、松村が気付いたのは、千佳子には嫉妬さえもない、ということだった。千佳子は強過ぎて逆に誰とも闘う必要がないのだ。誰かを得たいと必死に願う気持ちもない。慕ってくる者を拒まないのは、自分が慕う人間もいないからだ。自分の愛情はもしかすると千佳子の母性的なものに依っていたのかもしれない。松村は千佳子の男関係が気になり始めた。問うと、千佳子は正直に答えた。「今いるのは、元亭主と『ケント』のマスターとあんた」。気付かぬうちに、松村は二人の男と千佳子を共有していたのだった。松村が千佳子と別れたのは、それから一カ月後。千佳子が自分を特別な存在と考えてくれなかったことが、松村を傷付けた。有子も同じ気持ちだったのだろうとようやく思い至り、松村の罪悪感はいや増したのだった。

松村が黙り込んでいると、有子が笑った。

「あの人のこと、思い出しているのね」

「そうだよ。でも、有子とのことが一番痛かった。なぜなら、有子が本当に俺を好きだったんだって後からわかったからだよ」

有子が首を傾げた。

「だったら、どうして私とのことを他の女の人で補強するなんて言ったの」

松村は有子の目を見た。

「きみはしようと思ったことないのか」

「ないわ」

「じゃ、今は？」

有子は松村の言葉を聞いて笑った。

「私はあなたと何の関係も構築してないもの。どうして今の私があなたとの関係を補強するために他の男と何かするの。私が何かするとしたら、全部私のため」

「してるのかい」

「さあ、どうかしら」

有子はしたたかに笑う。松村は弁の立つ有子が憎かった。

「じゃ、さっき俺と寝に来たっていうのは、誰かとの関係を補強するためじゃないの？」

「違う。私にそんな発想はないの。もう誰も好きじゃないし、誰にも囚われたくない。自由にするつもり」

有子の荒涼を感じて、松村はたじろいだ。自分が有子をこんな風にしてしまったのだろうか。松村は留学生楼の無味乾燥なロビーを思い出した。

有子は素足に履いていた黒いサンダルを脱いだ。ニットを投げ捨て、スカートのジッパーを乱暴に下ろす。受け止めるしか他に方法がない、と松村は覚悟した。松村は駆け寄って裸になった有子を抱き締めた。有子は松村の顔を両手で挟んで唇にキスした。今までになかった大胆さだった。松村は自分も服を脱いだ。三年間、恋人だった二人は、初めて会う男女のように互いがわからなくなっていた。違う人間。だとしたら、有子が心や体にどんな男の痕跡を残そうと新しくやり直すしかない。

松村は有子の首の下に左腕を差し入れ、右手で髪を撫で、長い口づけをした。つい先程、有子が自分の唇を性急に吸ったのとは違う遣り方だった。知り合った頃、こんな口づけを交わしていたと有子が思い出してほしい。そして、もっと優しいと感じられるように。有子のように壊れやすい女を扱うのに、優しさが足りなかったのだ。それが想像力というものかもしれない。松村は腕の中で有子の体が緩やかに溶けていくのを感じながら、そんなことを考えていた。乳房を愛撫し、乳首を口に含む。綺麗な体を慈しむように愛すること。好きな女を抱く喜びを暫く忘れていた。千佳子との行為は、互いに奪い合うだけの荒々しいものだったからだ。それに魅了されていたのが夢みたいで、今の松村は有子が愛おしくてならない。好きな有子が女で、自分が男で、体にも惹き付けられることが嬉しくて堪らなかった。有子が濡れてきた。松村は指で触れ、充分に潤うまで舐めた。挿入する時、抑えがたい歓喜を感じた。動きに呼応するように有子が細い悲鳴のような喘ぎ声を出した。松村は焦った。こんな声を出したことはない。ついさっき、やり直そうと決意したばかりなのに有子の変化が不安でならない。

行為が終わった後、松村は思わず厭味を言った。

「随分、大きな声を出したね。隣の部屋に聞こえたかもしれない」

「やっぱりそう？　私、そうなったみたい」

有子の返す言葉に傷付く。他の男に抱かれたからだ。試練とわかっていながらも堪えうる自信がなかった。有子との関係が復活したとしても、嫉妬という化け物が俺を滅茶苦茶にするだろう。松村は愕然として有子から離れ、シャワーを浴びた。ベッドに戻ると、胸までアッパーシーツを掛けた有子が醒めた目で松村を見ていた。松村は有子に問うた。

「どう、実験は」

「結果は数日経たないとわからない」

有子は松村を見ずに冷たく言い放つ。

「どうして」

「まだ混沌としているからよ」

有子は枕元のミネラルウォーターを飲んだ。有子の繊細さを忘れて、またさっき嫌な言い方をしてしまった。先に有子に嫉妬させたのは自分の方なのに。反省した松村はベッドに入って有子を抱き寄せた。

「どうしてショックなの」

「どうしてって、もう忘れていたのにあなたが突然現れて、私を動揺させるからじゃない。勝手過ぎるわ」

有子は本当に繊細なのだろうか。松村の中に疑問が生じる。急激に変化したのではなく、元からあった素地が引き出されてきたのかもしれない。だとすれば、自分は有子を正確に摑んでいなかったことになる。互いに三年付き合っても、相手のことを理解などしていなかったのだ。記憶の断片。その記憶でさえも幻想から始まっていた。松村は愕然とした。

「ねえ、仕事相変わらず忙しいんでしょう。上海までよく来たわね」

有子の気怠《けだる》げな問いに、松村は部屋の暗がりを見ながら喋った。

「上海に来るにはかなり勇気が要った。去年の夏、有子が行った直後に追いかけようかと何度も思った。だが、行き先も教えてくれなかったし、俺も有子に腹を立てていた。それに、いろんなことを整理するには一年以上かかったんだ。一年経って、有子がどんな女だったか知りたくなって会いに行こうと思った。患者の調子や、他の医者とのローテーションもすべて考えて出て来たのに、今夜、担当した患者が二人も死んだ」

有子が身じろぎした。

「どうしてかな。死んだことはしょうがないと思っているけど、一年以上かけて俺が決断したこの日に、しかも有子と再会したこの日に、彼らが死ぬということが嫌なんだ。俺は今夜のことを忘れないと思う。有子は何も起きなかったか」

有子は薄闇の中で大きな目を見開き、松村を見つめた。

「あなたが来た。それが一番の出来事よ」

「嬉しかった？」

「勿論よ」

有子が素直になったことが嬉しくて、松村は明日帰国するのが残念になった。

「明日の朝帰るのが嫌になった」

「患者さん亡くなったんでしょう。もう帰らなくたっていいじゃない」

有子が仰向けになって言う。長い髪が扇のように広がって綺麗だった。

「そういう問題じゃない。心証の問題だよ。俺が担当でずっと診てきた人なのに、その時だけいなかったんだから」

「だって、どうせ他人事じゃない。あなたが今更帰ったって、その人は生き返らない。何で急にいい人ぶるの。変なの」

有子の冷たい口調に松村は違和感を感じた。

「でも、帰ろうと思う」

「そうしなさい」有子は保護者のような言い方をすると、ベッドから出ようとした。

「私も明日早いから、そろそろ帰るわ」

「どこに行くの」

松村は逃すまいと有子の腕を強く摑んだ。

「明日、ドライブの約束があるのよ。だから部屋に帰る」

寮に帰る、となぜ言わない。

「帰さないよ。どうせ、その男と行くんだろう」

必死に抑え込んでいた嫉妬が漏れ出て来ていた。

「そうよ。でも、あなたに関係ないじゃない」

「あるよ。どうしてわからないんだ」松村は苛立って叫んだ。「俺は有子がまだ好きだから上海まで来たんだよ。有子は俺が嫌いなのか」

「嫌いじゃないよ」

その答えには満足できなかった。有子が冷静な分、自分は駄々をこねる幼児みたいになっていく。松村は自分がひどくつまらない男になったように感じられてならなかった。さっきの夢の中の医者。正論しか言わない男。有子がベッドから滑り出て床に落ちた服を探している。松村は有子の腰を摑んでベッドに押し倒した。有子が悲鳴を上げたが、構わず口づけした。もう優しくする余裕などどこにもなかった。見知らぬ他人になった女をどうやって愛したらいいのかわからない。深手を負った者同士はもう元に戻らないのか。有子は実験と言っているが、復讐をしに来たのではないのか。松村は体重を乗せて、有子を押さえ込んだ。有子が嫌がって叫んだ。

「やめて、離して」

「帰したくない」

「勝手過ぎるよ」

なぜ、そんなことを言う。お前の方から求めて来たんじゃないか。この次会えるかどうかも定かではないのに。松村は有子が全く理解できなくなった。恐慌と言っていい感情の嵐が起きている。どうしたらいいのかわからない。

「絶対帰さない」

「じゃ、三万貰うわよ」

有子の目が突然据わった。

「どういうことだ」

　松村が手を離すと、有子が素早く身を起こした。

「さっき言ったじゃない。もう言葉は要らないって。お金貰うわ」

「娼婦やってるってことか」松村は廊下に立っていた有子が幽霊のような儚《はかな》さだったことを思い出した。有子のようでいて違う女。「日本人相手にか」

「そうよ。学生はお金がないから、おもに企業派遣ね」

「いつからだ」

「今年の春から」

　松村は急いでワードローブの引き戸を開いた。ハンガーに掛かったジャケットの内ポケットから札入れを出す。万札をあるだけ抜き取った。二十万近くあった。松村は十万を有子の手に捻じ込んだ。

「安いな、三万か。それは上海の相場か。じゃ、明後日の朝まできみを買うよ。幾らになる。十万でいいか。もっと欲しい？　カードでもいいか」

　初めて有子が困惑したように立ち竦み、それから微笑んだ。

「あなた、私を買う気なの」

「当たり前だよ。金できみが自由になるのなら幾らでも払う。その代わり、俺のやりたい放題だろう。何でもするんだろう」

「だって、明日の朝、帰るって言ったじゃない」

「いいよ、もうどうでも。月曜の夕方帰るから、月曜の昼までここを出さない」

本当にどうでも良くなっていた。山崎のことも岸本のことも、石嶺も馬場も、遠くへ行ってしまった。自分は今、上海にいて有子のことが一番大事なのだ。病院を馘《くび》になったって構わない。有子が娼婦になって一人で暮らしている、という事実に驚愕していた。自分とのことでそこまで有子が壊れてしまったのなら、自分も壊れよう。有子は言葉を捨てて、肉体を選んだ。それで解放されたのなら、自分もそうするべきだ。

松村は有子をベッドに引き入れた。両手を押さえ付けて、首筋に唇を這わせた。有子が最も感じやすかった場所だ。すぐに有子が濡れることを知っている。

千佳子にしたように、有子を幾らでも自由にできそうだった。以前はあまりにも有子が好きで、傷付けまいと自分で自分を縛っていたのに、有子がそこまで自分を捨てたのなら一切構わないのだった。松村は有子をもっと好きになるだろうと予感した。

仰向けになった有子の口にペニスを差し込んで吸わせる。怒張したそれを、有子の脚を大きく広げて挿入する。有子が陶然としているのに気付くと愛おしくなった。もっと感じてほしい。その願いは、有子にもっと壊れてくれ、と言っていることと同じだった。さっきはあれほど大事に壊れ物を扱うように抱いたのに。有子はとっくに壊れていたのだ。松村は激しく上下に動きながら、有子に囁いていた。二人でどこまでも壊れよう。返答するように、乱れた髪の間から有子の白い顔が快楽で歪むのが見えた。前はそんな顔を見せてくれなかった。

松村は、有子が自分とでなく一人で壊れたことが切なかった。一人で肉体を切り売りして壊れていったこと自体が、すでに遠くに行ってしまったことなのだ。二人で言葉と肉体との戦いをするべきだったのに、俺が千佳子のように肉体を無心に信じている女と安易な道を選んだからだ。有子と自分は決して元に戻らないだろう。松村の思いをよそに、有子は絶頂に昇りつめている。

「私が寝るまで起きてて」

何度目かの性交の途中で、つい眠ってしまうと有子が囁いて起こした。松村は有子の手を誘って自分のペニスを握らせ、有子の乳房に触った。夜が明けていた。まだ雨が降っている。松村は有子の部屋に初めて行った夜、眠れないと言われて手を握ったことを思い出した。あの後、有子のために導眠剤を処方したのだった。それ以来、有子には必ず薬を渡していた。自分と別れた有子はいつでも手に入る薬がなくなって困っただろう。有子が上に乗り、松村のペニスを自ら持って挿入した。有子は飽くことを知らなかった。ゆったりと上下に動く有子の顔を見て松村は射精した。誰が有子を淫乱にしたのだ。有子が他の男と自分とを比べるのではないか。嫉妬めいた気持ちが湧いてこないでもなかったが、娼婦なら仕方がない、金で他の男と寝る仕事なら構わない。

「一番寝てるのは自動車会社の男か」

「そう。その人のことは特に好きではないけど、セックスはうまくいくの。それが不思議だった。最初に寝たのは大学の先生。あれで楽になった。何だ、こんなことかって」

有子が弾む息を整えながら松村の腋の下に潜り込んできた。

「千佳子ともそうだったんだ。最初は好きじゃなかったけどうまくいった」

「千佳子って言うの？　あの人、幾つ」有子はまたミネラルウォーターを飲んだ。「あなたより年上じゃない」

「二つ上だ。バツイチで一人暮らし」

淡々と二人で過去の話をしている。終わった証拠だ、と松村は思った。有子に金を払った途端、二人の戦いは終わった。だが、俺は有子を愛している。娼婦の有子をどのように愛したらいいのか。松村は途方に暮れた。

「俺は有子が好きだ。これから俺はどうしたらいいんだろう。きっと嫉妬するよ」

「だって離れて暮らしているんだもの。嫉妬したところで仕方ないじゃない」

松村は自分が上海で有子と一緒に暮らすことを想像した。あの夢に現れた下宿のような部屋で、自分は有子の帰りを待つ。医者などとっくに辞め、何もしない暮らし。有子が商売を終えて帰って来る。相手は自動車会社の男たちだ。数人の掛け持ち。自分は嫉妬を隠し、有子に尋ねるだろう。「今日はどんな相手だった」。有子は答える。「まだ三十代前半で奥さんが妊娠中だから寂しいんだって。とても優しかったわ。また呼んでくれるって」「良かったね。きみは綺麗だから男は皆好きだよ」。自分は有子を風呂に入れ、丁寧に体を洗ってやる。この後、自分が有子を抱くからだ。有子が優しく柔らかでセックスが好きだったら、他に何が要るだろうか。言葉が要る。松村は有子と暮らす想像を打ち消した。肉体だけの女は抜け殻だ。どんなに自由になったところで、言葉は要る。急に涙が滲んできた。有子は俺が泣いていることに気が付かないのだろうか。

「あたしね、ここに来た時、やっぱり不眠症だったのよ」

有子が眠そうに声をとろけさせて呟いた。松村は有子を腕の中に掻い込んだ。初めて有子の部屋に行った日、有子が眠るまで手を握っていたように、松村は有子の手を探り当てて握った。

「眠れなくて辛かった。最後は、本を読んでも字がわからなくなっちゃうの。気が変になるのかと心配だった。でも、もう平気」

「どうやって治ったの」

「私のおでこのここんとこにね」有子が両手で額の左右を押さえた。「角が生えてきたの。そしたら良く眠れるようになって治ったの」

松村ははっとした。本当に有子の額を眺めたほどだった。無論、そこはすべすべと何の傷もない。有子が悪戯《いたずら》っぽい目をして松村を睨んだ。

「冗談よ。そんなに怖かったの？　だって、角なんか生えてきたら目立つじゃない。鬼ってばれちゃう。でも、今は美容整形できるものね。そんな痕は綺麗さっぱりなくなっちゃってわからないかもね。鋸《のこぎり》で削るのかしら、ヤスリで整えて」

有子は笑いだした。やがて松村を脅したことで満足したのか、寝息を立てて眠った。松村が、子供の頃に墓地で会った鬼女のことを有子に話したことがあったから、有子はそれを覚えていたのだろう。鬼女は有子だったのかもしれない。松村は眠っている有子の額に両の人さし指で角を生やしてみた。綺麗な卵形の顔に角はよく似合った。有子が鬼女だったら、客は取れない。自分は有子を部屋に閉じ込めて人目を避け、一緒に暮らそうと思った。有子は松村の腕の中で健やかな寝息を立てている。有子の寝顔を見ているうちに、松村も眠気が差してきた。脚を絡めてくる有子の脇腹を撫でながら、松村は眠った。

不意に目覚めた。自分の脇に空間を感じて、松村は手足を伸ばした。あるべきはずの肉体がない。松村は驚いて起き上がった。雨は上がり、遮光カーテンの隙間から朝陽が射し込んでいた。松村は有子の姿を探した。浴室を見たがいない。持ち物も服もなくなっていることから、目を覚ました有子が松村に何も告げずに部屋を出たのは間違いなかった。約束通り、男とドライブに行ったのか。松村は青空を見上げ、空しくなってベッドに腰を下ろした。有子は自分の飲んだグラスも片付け、タオルもタオル掛けに戻し、そこにいた痕跡をすべて後始末して出て行った。

有子が娼婦になった、と告げ、自分が買ったことを思い出した。松村はワードローブに掛かっているジャケットから札入れを取り出した。確かに十万払って、明日の朝まで有子を予約したではないか。だが、金は全く減ってなかった。戻して寄越したのか。昨夜、何度も有子を抱いた。なのに、どうして何も残っていないのだろう。シーツに髪の毛でも落ちていないかと探したが、見付けられなかった。松村は急に自信がなくなって、またベッドに横たわった。あれは有子の幽霊だったのか。

微かにいい匂いが部屋に漂っていた。有子が部屋に入って来た時に一緒に引き連れてきた芳香。花の匂い。松村はその在り処《ありか》を探して、部屋中を這い回った。昨夜、有子が座っていた椅子の下に一輪の小さな白い花が落ちていた。有子が黒いノースリーブのニットの胸に付けていた花だった。寿命が短いのか、分厚い白い花弁が茶色く変色し、匂いが失せていた。だが、やはり有子はこの部屋にいたのだ。松村はほっとして花を手に取って匂いを嗅いだ。瞬間、昨夜の夢が蘇った。自分が質という男になって、妻が死ぬ夢。あの時、浪子という妻の胸元に自分が置いてやった花がこれだった。

有子は来なかった。自分が上海にいる間に、二人の患者が息を引き取ったこと。これだけが唯一、昨夜の出来事なのだ。あとは皆、幽霊たちの仕業だ。松村の中に不思議な確信があった。松村は旅支度を始めた。東京に戻るつもりだ。花はゴミ箱に落とした。

第七章　遺書

弟へ

これを読んでびっくりしないでくれ。俺は自殺するために家を出た。上海に行って船の仕事に就く、というのは真っ赤な嘘だ。中国大陸に渡航できる可能性はもうない。荷物はすでに横浜の船員仲間に送ったというのも、外国に行くのにボストンバッグ一個の軽装を怪しまれないための嘘だった。君と君の家族、そして年老いた母を騙《だま》したことを、大変申し訳なく思っている。

今、俺の頭の中には、一刻も早くこの世とおさらばすることしかない。その考えは急に生まれたものではなく、昭和二十一年に帰国して以来ずっと心の中にあったものなのだ。平和の世になぜ死ぬ、と君は尋ねるだろう。しかし、上海を出てから、俺の気持ちはどうにも整理のつかぬ、もやもやしたものにずっと覆われていた。妻もなく子もなく、たった独りぼっちでこれといった仕事もなく、日本で漫然と生きていくことに飽きた。

君も知っての通り、俺は母を見捨てて広い世界を見たいと勝手に家を出た男だ。残された幼い君がどんなに苦労して広野の家を守ったかはわかっている。それだけに無為徒食の俺が君の家に寄食するのも、老母の顔を毎日見ているのも心苦しい。だったら働けばいいと君は言うが、俺はやはり船乗り以外の何者でもないらしい。

君とは四十五年の兄弟だった。君と暮らしたのも戦後のこの八年が一番長いのだから、不思議な縁だった。先に、こうやって不自然な別れを告げることを赦してくれ。

俺は、明日この辺りの山に入って人知れず死のうと思っている。だから十二月二十二日を命日としてくれ。場所はもう見付けた。この寒い最中に俺の死体が発見されれば喘息持ちの君には大迷惑だろうから、春先に白骨死体で出て来るような格好の場所にした。探しても無駄だから春になるまで待っててくれ。ただし、白骨の身元が広野質であることはわかるようにしておく。ブロバリンを二百錠、オレンジジュースで流し込むつもりだ。オレンジジュースを使うのは、消化が良くなって吐くのを防げると聞いたから。

持ち金が尽きた時が終わり、と思って家を出たが、そろそろ懐が心細くなってみると何ともいえない感情で胸がいっぱいになる。一刻も早く死にたいと言いながら、ロープで死にたぐり寄せられていくことに抗いたい気分もないではない。それがこの世への未練なのか、まだ経験していない死への恐怖なのか、あるいは俺の中にまだ別の自分が潜んでいて最後の足掻きをしているのか、俺にもわからない。

君は俺がどうやってこの二週間を過ごしていたか知りたいだろうね。俺は本郷の安宿に泊まって、毎日東京の街を歩き回っていた。浅草で映画を観たり、新宿で好きでもない酒を飲んだり、娼婦を買ったり。いつもざわざわと人の集まる場所を選んでいたのは、どこか名残を惜しみたいと思う俺の脆弱さの表れなのだろう。とうとう決行するのだという爽やかな気分と、遣る瀬ないほどの寂しさが常に入り交じっている実に妙な心持ちだった。それは持ち金が尽きると死ねるのに、尽きてしまうのを怯える心持ちと共通する。

別れを告げ、赦しを乞うつもりが長くなった。お袋を宜しく頼む。そして君には俺の分まで長生きしてほしい。

昭和二十九年十二月二十一日
伊豆　名香野屋旅館にて
広野　質

遺書を書き終え、顔を上げると窓の外が白みかかっていた。質《ただし》は人生最後の夜明けを眺めるために窓の前に立って緑色の薄っぺらなカーテンを開けた。温泉宿の真向かいにある小山の稜線が輝くようなオレンジ色に縁取られていた。反対に冬枯れの山はまだ不気味に暗い。あの山で死ぬのだ。窓辺から凍えるような寒気が忍び込んできて、窓の付近の古畳を冷たく湿らせている。質は裸足の足を摺り合わせた。あと一時間ほどで支度をし、宿を出る。払いは昨夜のうちに済ませているから、早出をしたところで問題はないはずだった。

バス停の横にあったポストに投函するため、質は封を丁寧に糊付けした。財布から切手を出して封筒の左隅に曲がらぬように貼る。炬燵《こたつ》に入り、どてらの袖に懐手をして遺書をしみじみと眺めた。まさか、自分の人生がこんな終わり方をするとは想像もしていなかった。人は思ってもいない最期を迎えるというのは正しい。質の頬が可笑《おか》しさで緩んだ。

浪子《なみこ》も同じ思いを抱いただろうか。浪子を死の旅に送り出したのは他ならぬ自分だという喜びと恐怖は誰にもわからぬだろう。最期に「嫌」と叫んだ浪子は、きっと今の俺のように激しく揺れ動いたに違いない。死んで楽になりたい気持ちと、この世への未練とで。まだ三十七歳だったのだから哀れなことだ。ということは、俺は共犯者でもあるし、殺人者でもある訳だ。質は浪子との別れの瞬間を生々しく思い出し、モルヒネ注射をした自分の指を見つめた。浪子の顔は二十六年を経た今、あの珠江《しゅこう》の川霧の向こうに見え隠れした寒さにそそけた表情や、広東の薄暗い部屋で着替えていた痩せた後ろ姿くらいしか思い出せなくなっている。だが、浪子が自分に頼んだ始末は、確実に自分の大本を傷つけたのだ。

上海で船に乗っているうちはまだ誤魔化せたが、日本に帰ってきてからの質は意気の上がらない腑抜けになってしまった。何の目的もなく、目的がないから歓びもなく、歓びもないのだから生きていても仕方がないと思う。どこに行ってもそこは自分の世界の最果てなのだ、新しい世界など存在しない、と意気込んでいた若い自分はもうどこにもいなくなった。いや、自分の世界が色褪せ、縮んだのだ。

質は窓を開けて新鮮な空気を部屋に入れた。山の冷気がどてらの襟元から入って背中を滑り降りていく。死の冷たさだと思い、質はまたも浪子の死骸が冷えていく様を指先から実感した。その感触を振り払い、質は寝具を畳んで押入れに仕舞った。塗りの剝げかけた衣桁《いこう》に掛けておいた新しい下着やワイシャツを身に付ける。ツィードのジャケットを羽織り、身の回りの品を整理するためにボストンバッグを開けた。底に古びた手紙が一通見えた。浪子の死後六年ほどして、日本から質の許にきた手紙だった。消印は日本橋で、裏に「紋田茂」という名が書いてある。質は躊躇なく火鉢の中で手紙を燃やした。内容はほとんど暗記していた。

（紋田茂は偽名です）

前略

初めてお便りいたします。私は宮崎浪子こと、大崎としの夫だった者です。訳あって名前を出すことはできません。偽名で手紙を差し上げるご無礼のほど、お許しください。

先般、中国のとある方から、としが六年も前に肺病で亡くなっていたことを聞き、驚きました。としの母親も肺病で若死にしております。まだ若い身空で、と甚だ残念でありますし、またそういう運命だったのかと哀れでなりません。

私はある事情があって、としを上海に置いたまま地下に潜らざるを得ない状況になっていたのですが、その問題も片付き、何とか日本で元気にヒミツに暮らしております。としのことはいつも、どこでどうやって暮らしているのだろうと気にかかり、思い出す度に重責の念に駆られておりました。しかし、もう鬼籍に入っていたとは信じられぬ思いです。

こんなことを言えた義理ではないのを承知で、広野さんには心よりお礼を申し上げたいと思います。としの最期を看取ってくださいまして誠に有り難うございました。同封の金はとしの供養にしてください。

昭和九年　四月三日

ある男より

広野　質様

紋田茂と名乗る男が、コミンテルンからの活動資金を持ち逃げして追われている井上章三郎であることは間違いなかった。「中国のとある方」というのは、鈴井顕一《けんいち》か谷川に近い誰かからの情報なのだろう。「問題も片付き」というのは疑いが晴れたのか、それとも実家からの援助ででも金を返したのか。晴れ晴れとした能天気な様子が手紙からも窺われた。浪子が死んでしまったからには、浪子の前夫の不始末など、質にとってはどうでもいいことだった。ただ、章三郎が自身の寝覚めのためにこんな手紙と金を送ってきたことだけは間違いなく、それが章三郎の人の好さを表すとしても、浪子の死という結末に章三郎がほんの少し安堵の念を抱いていることが感じられて不快でならなかった。章三郎程度の男に騙されて上海までくっ付いて来たのか、と死んだ浪子にまでも腹立ちを覚える始末だった。だから、送られてきた百円札は孤児院に寄附してしまったのだ。その手紙が今、炎を上げて燃えている。いい気味だ。質は黒い灰になった手紙を火箸の先でほぐし、火鉢の灰の中に深く埋めた。これですべて済んだ。

玄関先で、印半纏《しるしばんてん》を羽織った番頭が蹲《うずくま》るようにして掃き掃除をしていた。後ろの気配に振り向き、質の姿を見て明らかにほっとした顔をする。その表情に狡猾さが滲んでいるのを質は認めた。質が訳ありと睨んでいたのだろうが、自分の旅館の部屋で自殺されるよりはどこかに行って死んでくれた方がいいに違いない。

「お早いお発ちで」

「ああ、お世話になりました」

質はのんびりと答えて、下駄箱から出された黒い革靴の紐を結んだ。

「バスはあと一時間来ませんよ」

「いいんだ。散歩しながら行って待ってるよ」

番頭はしたり顔で頷き、質の下ろし立てのシャツに目を走らせた。

「そうですか。今朝は一層冷えます。お風邪を引かれませんよう」

「ありがとう、じゃ」

質は深く被ったソフトの下から会釈を返し、がらがらと引き戸を開けて貰って表に出た。ボストンバッグの中で、盗んだ旅館の湯飲みがデルモンテのオレンジジュース三缶と当たって、音を立てる。この音を番頭に聞かれまいとして質は気を揉んだ。ブロバリンを湯飲みの中で潰し、そこにオレンジジュースを注いで二百錠飲み下してしまおうという考えだった。それにしても寒い。十二月の山中は底冷えがする。質は冷たい缶ジュースを飲む想像をして凍える気分になった。

誰もいない冬の山道をバス停まで下る。遺書を停留所の横の赤いポストに投函した。こそっと遺書がポストの底に落ちた音を聞き、もう後戻りはできないと質は思った。取り戻せない手紙が自分の運命を決定しているかのような心許なさを感じ、まだ決心し切れていないのかと情けない。ボストンバッグを握り締め、白い息を吐きながら見定めた場所に向かってコンクリート舗装された山道を登り始めた。

山の上から車が来る気配がした。もうバスが走っているのかと驚いて顔を上げると、真っ赤な外車だった。クライスラーだ。若い男女が後部座席に寄り添って目を閉じている。目の端で若い女の赤い唇を捉える。が、運転しているのは珍しいことに白髪の老女だった。化粧気のない茶色い顔をして、灰色の地味なセーターを着ている。この上に何軒か点在する別荘の人たちが東京にでも帰るのだろう。姿を覚えられないように、質は車が通り過ぎる瞬間、顔を伏せた。車が行ってしまうと山は再びしんとした。

質の見定めた場所は山道を三十分ほど登った地点から、更に山中に分け入って歩く。岩山の陰にある小さな洞穴で、灌木の茂みに隠されて外からは見えない。そこなら暫く遺体も見つからないだろうと踏んだのだった。寒さに耐えかね、質はボストンバッグからウールのマフラーを取り出して首に巻き付けた。吐く息がマフラーに当たって眼鏡が曇る。眼鏡の曇りを取りながら登っているうちに少し体が温まってきた。陽はすっかり昇り、冬枯れの山が朝陽に照らされて鈍い光を帯びてきた。

背後からエンジン音が聞こえた。先程の乗用車が戻って来たのだろうか。咄嗟に身を隠す場所もなく、質は道路の端に佇んだ。やはり赤い外車が登って来ていた。行きと同じ老女が運転しているが、後部座席にいた男女二人は姿が見えない。車は質の横で止まり、耳障りな音を立てて窓ガラスが下げられた。

「あなた、この上に行くの？」老女が質に声をかけた。煙草飲みらしい嗄《しゃが》れた声だった。

「良かったら送りますよ」

閉めきった車の中から、様々な匂いが朝の山道に漏れ出た。ガソリン、埃、若い男の体臭、コーヒー、化粧品、整髪料、煙草、新聞、バタートースト、チューインガム。質はそれらの匂いに打たれて立ち竦《すく》んでいる。街の匂い。渡航が終わって陸《おか》に上がり、鼻腔に飛び込んでくる雑多な匂いと、それに酔う自分を蘇らせたのだった。

「どうしたの、大丈夫」

ハンドルを握る手が節張って皺んでいる。老女は七十歳近いと思われた。質は慌てて手を振った。

「いや、いいです。散歩してるところなんで」

「じゃ、何で震えているの。寒いんでしょう」老女は笑った。「どうぞ、乗りなさいよ。遠慮しないで」

ドアが目の前で大きく開かれた。質は思わず老女の微笑みに導かれるように外車の助手席に乗り込んでいた。中はむっとするほど暖かく、油臭いヒーターの匂いが充満していた。

「あたしのとこでお茶でも飲みませんか。この先にある別荘なんですよ。別荘って言ってもね、山小屋みたいなちゃちな造りなんだけど」

老女はギアを入れながら誘った。質は困ったことになったと唇を嚙んで考え込んでいる。遺書を投函した以上、今日死なねばならないのだった。

「何、別荘ったってあたしのもんじゃないの。あたしは管理人のババアでね。さっき送って行ったのが坊ちゃんとその女。飲み屋の女ですよ。育ちが悪くってね、どうしようもないの。まあ、それはそれで可愛いけどね。たまに東京からああして女連れてやって来てはね、ひと晩遊んで帰るのよ。そのために、ご飯作って掃除して、夜はお迎え、朝はこうやって駅まで送って行く。旦那さんはこんな山小屋には滅多に来ないし、坊ちゃんは女にかまけてて、あたしのことなんて見もしないから透明人間みたいで楽ですよ。いつもは暇で、とってもいい商売。こういう楽な仕事を貰うとね、あたしも運転習っていてほんとに良かったたって思うんですよ」

「そうですか」

質は面食らって頷くしかない。鉄砲のように良く喋る、この老女に捕まった感があって、自殺を阻止されたことも、遺書を投函してしまったことも、何もかもがどうでも良くなってきた。老女は車を発進させ、横目で質を眺めた。

「あんたは何してる人ですか」

「私は三年前まで商船学校の非常勤講師を務めていたのですが、現在は無職です」

「じゃ、船員さんなの」

老女は乱暴にカーブを曲がった。行く手に赤い屋根の建物が一軒見えてきた。煙突から煙が出ているのを質は懐かしいもののように眺める。

「戦前までは上海・広東間の貨客船に乗ってました」

「引き揚げてきたのね」

「まあ、そうです」

老女は同情を籠めて質の全身を眺めた。

「あんた困ってるのなら、うちの別荘にいるといいわよ。誰も来ないから」

死ぬのはいつでもできる、場所は近いのだし。このまま暫く、この婆さんの世話になっても面白いかもしれない。質の中に、これまで考えたこともなかった発想が浮かんだ。他人の世話になるのは辛く惨めに感じられた。だが、そうしかできない時はそれでもいいのかもしれない。自分で決めて自分で船出してきた人生を、今この瞬間、他人にいとも簡単に委ねても構わないと思い始めているのはなぜか。

「有り難うございます。少し休ませてください」

老女はその通りだというように頷いて別荘の前に車を停め、顎で指し示した。

「鍵掛かってないから、中で待っててよ」

板張りの居間の真ん中に薪ストーブがあって、湯を張った大鍋が置いてあった。水蒸気がもうもうと上がる様を眺めているうちに、昨夜一睡もしなかった質は眠気を催してきた。椅子にもたれてうとうとし、気配を感じて顔を上げると老女が三和土《たたき》で靴の泥を落としていた。

「紅茶でも入れてあげるよ」

やがて熱い紅茶と、食パンにバターを塗って砂糖を薄くまぶしたものとを盆に入れて運んで来た。

「これアメリカで覚えたおやつなの。アメリカじゃ運転も覚えた。あっちじゃ言葉もわからなくて苦労したけど、今それが役に立ってるんだから笑ってしまう」

「アメリカにいたんですか」

「そう。昭和五年から十四年までサンフランシスコにいたの。亭主と一緒に渡って、あっちでメイドをしたり、亭主は園丁やったりでさんざん苦労したけど楽しかったよ。一旗揚げようって頑張ってきたのに、亭主は腸チフスで死んでしまって、結局開戦前に一人で帰って来た。向こうで稼いだ金で新橋に料理屋を出したけど時局を読み切れなくて、結局失敗。時局って便利な言葉だわね。今はその時知り合った金持ちに拾われて別荘番をしてるって訳よ。いろんなことあったけど、今が一番幸せかもしれないわね」

女は関登美子《とみこ》という名だった。六十六歳になったばかりだというから、浪子より三歳年上だ。登美子は今が一番幸せだと言ったが、見知らぬ質を前にお喋りが止まらないことが登美子の寂しさを物語っているような気がして、質は黙って相槌を打っている。バターと砂糖を塗っただけの食パンは甘くて、素朴な味がした。質は紅茶で舌を焦がしながら、登美子の伝法なお喋りに耳を傾けていた。

「あたしがアメリカに行って一番驚いたのは、食事の簡素さだったね。あちらさんは皆体格がいいだろう。さぞかし旨いもの食べてんだろうと思ったら、ランチなんてお皿に食パンをぽんっと載せて、大きなハムを切って皆に配っておしまいなんだからさ。驚いたの何の。だけど、量だけは凄かった。それにハムやソーセージの旨いこと。そんな料理ばっかり覚えたんだから、新橋で料理屋出したって成功する訳ないじゃない。アメリカじゃ何でもオーブンに突っ込んでじりじり焼くしかないんだから。そうすれば部屋も暖まるし、一石二鳥なんだよ。鶏の丸焼き出したら、野蛮だって嫌われてねえ。しかも、鬼畜米英とか言われて、とんと駄目だったわよ。日本人は料簡狭いと思ったわ。ねえ、あんたも話してよ。上海じゃどうだったの」

質は黙って目を閉じた。上海ではどうだったか、なんてもう忘れてしまった。遠い過去の出来事が今の自分を動かしていると今朝までは思い込んでいたのに。

「ねえ、眠いのなら上のベッドルームで寝たら。まだシーツ取り替えてないけど構わないでしょう」

「すみません」

質は階段を上がって主寝室らしい部屋のドアを開けた。中央に置かれたダブルベッドが寝乱れたままになっている。構わず転がって羽布団を掛けた。シーツは皺んでいたし、枕カバーから女の香水が匂った。情事の跡が残っているのは百も承知で、そのことが不潔だとも何とも思わず、むしろ温かく癒される思いがした。女の体臭がする布団にくるまっていると、浪子の熱い体を思い出し、久方ぶりに体が疼いた。質はウールのズボンの上から股間を手で押さえた。家出してから買った新宿の娼婦を前にして、体が言うことをきかなかったのが嘘のようだった。死を決意し、肩を怒らせて宿を出たのが信じられなかった。そうだ、今日は俺の命日のはずだった。質は声を出して小さく笑い、眠りに落ちた。

熟睡して、昼過ぎに起きた。部屋の窓から山にのんびりと冬の陽が当たっているのが見える。階下では、登美子がラジオで落語を聴きながら煙草を吸っていた。テーブルにホットケーキの積み重なった皿と茶色い「いこい」の箱がある。志ん生が早口で語るのを、登美子はふふっと笑って煙を唇の端から吐き出した。登美子が目を上げた。

「おや、お目覚め?」

質はボストンバッグからデルモンテのジュースを三缶出してテーブルの上に置いた。

「何もないけど、これでも飲んでください」

登美子はじろっとオレンジジュースを眺め、礼を言った。

「喜んで貰っておくわ」

「すみません、何だか安らいでしまって良く寝た」

「いいのよ。居たかったらずっと居なさいよ。あたしもこうは言っても、山の中でたった一人っきりで寂しい時もあるんだから。麓の温泉旅館の連中は皆因業だしね。何、その辺の番頭や女中、仲居もみいんな訳ありなんだから。あんな連中、叩けば埃が出る人たちなんだよ。あんた、どこに泊まっていたの」

「中田という宿でした」

「中田は番頭が女中頭と出来ていて、女将さんに意地悪するんで有名なんだよ。女将さんは東京の女学校出で、鄙《ひな》には稀な美人さんでね。こんな田舎の旅館に納まっているようなな玉じゃないんだけど、嫁ぎ先が焼け出されて一家で戻って来たんだって。そのうち先代が死んじゃって女将さんになったのはいいけど、勤め人だった旦那は退屈で箱根湯本の芸者に入れ揚げて帰って来ないし、番頭は女中頭と組んで意地悪するしで寂れる一方なのよ。だから、あんたみたいな風来坊でも泊めてくれたんだよ。昔はもっと格式が高かったと聞いているから」

「よく知ってるんですね」

質はあっけに取られた。こんなに沢山言葉の出てくる女は初めてだった。戦後、質が身を寄せた弟の家は、嫁が寡黙でしんと静まった息の詰まるような家だった。

「あの、さっきの坊ちゃんが見えた時もこんなに喋ってるんですか」

登美子は手を振って笑った。笑うと、丈夫そうな真っ白な歯が見えた。

「まさか。あの人たちは私が話しかけたって知らん顔さ。それよっか、あんたの名前何ていうの」

「広野質です」

「質さんか、いい名だねえ。ほら、ホットケーキ食べなさい」

質は手を振った。甘いものは苦手だった。ホットケーキは婦女子のおやつという感覚がある。

「いえ、私は結構です」

「和食がいいのね」

「ええ、どちらかと言えば」質は図々し過ぎる気がして申し訳なさに身を縮めた。「あの、私に何かできることあるでしょうか」

「じゃ、悪いけど薪を割ってくれない？　そればっかりはあたしも不得手でね。そろそろ尽きるから心細かったんだ」

「やったことないけど、やってみますよ」

質は頼まれ仕事があって良かったと、ほっとしながら立ち上がった。

「あんた、船ではどんな仕事してたの」

「機関長です」

「へえ。で、幾つ」

「五十二歳です」

「まだ若いんだね」

登美子は一瞬気の毒そうな顔をしたが、それ以上何も聞かず、吸い差しを揉み消して台所に引っ込んだ。質は勝手口から裏庭に回り、積んであった薪を割った。三十分もしたら汗まみれになり、爽快な心持ちになった。日暮れまで働き、薪を纏《まと》める。勝手口が開いて登美子が顔を出した。

「少し早いけど夕飯にするから、先にお風呂に入ってよ」

言われるままに風呂を使う。風呂は狭いが檜張りで温泉を引いてあった。まだ掃除を終えていないらしく、手桶がひっくり返って、抜けた黒髪が幾本も洗い場に落ちていた。使いかけのシャンプーがタイルの上に置いてあり、蓋がきちんと閉まっていない。『育ちが悪くってね、どうしようもないの』と先の女を評した登美子の口調を思い出したが、若い女がここで髪を洗ったり、湯船に浸かったのかと想像すると質の中にじわりと柔らかなものが溢れ出た。浪子と下宿の風呂に一緒に入り、その黒髪をごしごし洗ってやったことがあった。浪子は質の指の力が心地良いと目を瞑って陶然としていた。女は男をいい心持ちにする。若い女が入ったのかと思うと、この白く濁った湯までが豊かなものに思えてくるから不思議だった。質は湯に肩まで浸かって浪子の笑い声を思い浮かべ、浪子の死後、まるで操を立てるように独り身を通した自分をひどく不自由に感じた。浪子の死が自分を損ねたというより、自分が勝手に浪子の死に囚われていたのかもしれないとも思う。初めての感懐だった。

「旦那さんの浴衣、ここに出すから」

登美子の声が聞こえた。質は風呂から上がり、登美子が用意してくれた糊の利いた浴衣に素直に袖を通した。遠慮は全くなくなり、登美子に言われるがままにしてみようかと思う。

夕飯は、野菜の天麩羅と鮭のムニエル、ホウレンソウの胡麻和えに豆腐とナメコの味噌汁だった。登美子はひと切れの鮭を質に食べさせて、自分は天麩羅の衣を食べている。質はムニエルを半分差し出した。

「こんなに世話になっていいんですか。私は何だか生きる目的を失ってしまって、腑抜けになっているんです。そんな自分が不甲斐ないと思う反面、どうにもならないのです。そんな何の価値もない自分に親切にしてくれて、本当にすみません。薪を割ったくらいで風呂や飯をいただいて、その上、泊めてくれるなんて」

「陸に上がった船乗りなんて、どうせ腑抜けに決まってるよ。それに戦後、あんたみたいな男は沢山いたじゃないの。いいのよ。そういう時があっても」

「私は長かった。馬鹿でした」

登美子は箸を置いて掻き口説いた。

「ここにずっといなさいよ、構わないから。旦那さんが来る時は必ず電話が来るの。その時は掃除したり、食材を買いに行ったりするけど、それ以外はのんびりなの。だから大丈夫だって。もし旦那さんが来たって、あたしの弟だって言えば平気だから」

「でも、ご迷惑ですよ」

「ねえ、質さん。あんた一人っきりなんだったら、あたしに世話をさせてよ。あたしは男の世話を焼くのが大好きなのよ。生き甲斐なんだよ。だけど、そういう女に限って老後は寂しいのさ。誰もいなくなって一人っきりになる。相手がいないんだよ、世話を焼く相手が。あたしね、今朝あんたが道路を歩いているのを見かけた時、ああ、この人、あたしが帰って来てもまだ歩いていたらいいなあと思った。だから、駅まで行ったらとんぼ返りで飛ばして来たのさ。早く声をかけて拾いたくてね。まるで犬か猫みたいで悪いんだけど」

つまり、自分は登美子に引っかけられたのだ。そう思うと愉快だった。質は真面目な面持ちで答えた。

「構いません。でしたら、私を犬みたいに拾ってください」

「犬だなんて、違うよ。だけど、あたしはあんたに親切にして優しくするよ。だから人助けだと思って妙な考えは捨ててちょうだいよ」

　質は箸でムニエルを分けながら、尋ねた。

「私、何か変でしたか」

「あんた、覚悟していたでしょう」

　登美子に言い当てられた質は、テーブルの横に置いてあったボストンバッグからブロバリンの瓶を出した。

「その通りです。もうこんな世の中を生きるのに飽きていた」

「そうだと思った。伊豆はあんたみたいな人がよく来るんだよ。春先は心中死体がよく発見されるんだ。もし誰か尋ねて来たら、あたしの弟ってことにするから大丈夫。安心して」

「いや、登美子さんさえ良かったら、連れ合いだと言ってください」

「歳が違うじゃない。あたしは十四も上だからあんたの母親みたいに思われる。ババアだもの」

　登美子は笑ったが、質は真剣に頼んだ。

「お願いします。嫌かもしれないけど、連れ合いと言ってください。私は登美子さんに拾われた犬と同じです。あなたと出会わなかったら、私はきっと山に入って死んでいた。死んだつもりで今日から生き直すことにします。私はあなたを大事にして、あなたに可愛がられる男になりますから」

かつて、浪子を戦火迫る広東の街から引き受けた時、浪子は自分に対して同じ思いを抱いたのではないだろうか。質は二十七年も経って初めて、浪子の気持ちがわかった気がして涙ぐんだ。

「何で泣いてるの」

「すみません。昔のことを思い出しました」

人前で泣いたのも初めてだった。何と不自由な生き方をしていたのだろう。涙を拭うと、登美子は食べ残した白飯に砂糖をかけてミルクを注いでいた。質は驚いて目を瞠《みは》った。

「それ、どんな味なんですか」

「甘くて美味しいのに、皆気味悪がる」

「何でも砂糖をかけるんですね」

「甘いものが好きなのよ」

奇妙なものばかり食べる登美子と生きていくのは面白いかもしれない。質は登美子のスプーンを取り上げて舐めてみた。旨いとは思えなかったが、どう、と心配そうに質の反応を窺う登美子が童女のように思えて、質は「旨いです」とはっきり答えた。

二日後、今日はクリスマスイブだとはしゃいで登美子は車で街まで買い物に行った。七面鳥を買って来てオーブンで焼きたいのだと言って聞かない。

「二人で食べきれないでしょう」

「大丈夫。時間が経っても、サンドイッチやサラダに入れて食べれば美味しいから。ケーキも焼くよ。一人じゃ食べきれないけど、あんたがいるから嬉しいよ」

「じゃ、私は薪割りでもして待っています」

質が薪を割っていると車の音がした。登美子が戻って来たらしい。玄関に回ろうと歩きかけたら、若い男の声がしたので立ち止まった。

「お婆ちゃん、すごい荷物だね。旦那さんたち来るの」

「いや、予定はないけど、年末だからとりあえず用意しとくんだよ」登美子の声がやや緊張している。「何の用」

「あのね、二日前に五十くらいの男の人、見かけなかった？　こっちに登って行ったらしいんだよ」

物陰から覗いてみたら、まだ頬の赤い駐在がのんびり立っている。下の旅館で聞き込んで立ち寄ったようだ。

「いや、見ない。その人何をしたんですか」

「伊豆の山で死ぬって遺書が届いたんで、茨城の家族から捜索願が出ててね。今日、遺書が届いたって大騒ぎらしい。けど、二十二日に死ぬと書いてあったからもう死んじまったんだろうなあ。まったく暮れだっていうのに人騒がせだよねえ」

「山狩りするの？」

「消防団で明日朝からやることに決まった。五十人出るよ。また死体の始末かと思うとうんざりだね」

「春先にしたらどう」

「山菜採りでまた大騒ぎになるよ」

「それもそうだ」

「じゃ、何かあったらよろしく」

駐在が帰って行った。登美子がぺろっと舌を出し、荷物を地面に下ろした。

「ああ、良かった。見られなくて」

「まるで、犯罪者みたいですねえ。山狩りするっていうし」

そう独りごちながら、地元に迷惑をかけている点では犯罪者同然なのだと質は項垂《うなだ》れた。

「いつもやるのよ」

「登美子さんに申し訳ないから出て行きますよ」

その言葉を聞いて登美子がきっと顔を上げた。

「じゃ、あたしも出てくよ。一緒にいようって言ったじゃないか。あたしは本気だからね」

その夜、質は主寝室で登美子と一緒に寝た。抱こうとすると、登美子が嫌がった。

「やめてよ。あたしは年寄りだから恥ずかしい。一緒に寝るだけでいいじゃない」

「でも、連れ合いになったんだから、もっと知り合うべきじゃないですか」

「あんたは情けだけでそうしようとしているんじゃないの」

登美子は真面目な顔で質を見つめている。

「違う。あなたと生きていこうと今日決心が固まった。あなたがここの仕事を捨ててまで俺を選んでくれたからだ。俺は何もない男です。金も未来もないし、死のうとまでした。なのにあなたは俺を救ってくれて、しかも自分の仕事まで捨てようとしている。俺は会ったばかりの人間にそんなことはできないよ」

「寂しかったんだよ」

登美子はぽつんと言った。

「わかってます」

頷くと、登美子が身を寄せてきたので質はそっと抱き寄せた。登美子が笑う。

「あたし、しばらくしてないから、きっともうできないわよ」

「俺もできないんだ。一週間前に、新宿で女と寝ようとしたが、役に立たなくて『パパさん、駄目ね』と笑われた」

「じゃ、できない同士で労《いたわ》り合わなきゃね」

登美子が弾んだ声を出したが、質は登美子の乾いた白髪を両手で撫で、ネルの寝間着の襟元から手を入れた。膚がすべすべと滑らかで、乳房はどこまでも逃げていくとてつもなく柔らかな肉に変わっている。両脚の付け根に触れてみると、そこは乾いていた。

登美子が申し訳なさそうに体を捩《よじ》って質の手から逃れた。

「あたし、もう濡れないのよ」

「いつかきっと濡れるし、俺も立つよ」

「あんたは若いから大丈夫。あたしには色気なんかないよ」

「あるよ、あるさ。だってこれから一緒に生きるんだから、いつまでも男と女でいよう」

質は小柄な登美子の肩を抱き、闇の中で目を開けていた。登美子が先に死ぬ時、また浪子と同じことを頼まれたら自分はどうするだろうと考えたのだった。知り合ったばかりの登美子に対して、まだ愛情は生まれてはいない。だが、登美子には最初から信頼に足る何かが存在していた。浪子とは無から始めて捏《こ》ね上げる途中で失った気がしてならなかった。それが質にとっては大きな喪失感となっている。だが、登美子はすでに出来上がった一個の塑像だった。質には、登美子が力強い腕やしなやかな心を持った大きな器に映った。その大きな器に包まれ、これから二人で生きていく。多分、それはさほど長い時間ではないだろう。十年かそれ以内。急に登美子に対して愛おしさが滾《たぎ》る。質は登美子をきつく抱き締めた。痩せて骨張っているが、気にはならなかった。質は再び登美子の性器に指で触れてみた。先程より潤いがあるような気がする。質は寝間着を脱がせて脚を開かせた。質が登美子の中にようやく入った時、登美子が質の肩に摑まって囁いた。

「嬉しい」

「俺も嬉しいよ」

実際、質は歓喜していた。身も心も委ねようとする女と繋がれたことに深い感動があった。わけても、若い頃のように体は思うようにならなくても、意思と相手を思い遣る気持ちが強くなった自分が嬉しかった。それは登美子という相手がいなければ知り得ない発見なのだった。

「山狩りが終わって目立たなくなったら、ここを出ようね。なあに、山の中には、このあたしも飽き飽きしていたのよ」

登美子がさばさばと言った。

年が明けてすぐに二人は別々の列車で東京に向かった。別荘の持ち主の紹介で、二人で神楽坂の料亭に住み込みで勤めることが決まっていた。登美子は仲居で、質は下足番だった。東京オリンピックの道路拡張工事に引っかかって休業になるまで、そこには六年勤めた。次は円山町の料亭の同じく住み込みという条件で移った。時間の拘束が長く、辛い仕事だったたし、歳の違う二人が夫婦だとわかると驚かれたが、質は登美子と一緒にいれば何にでも耐えられる気がした。登美子はいつも明るく、質を文字通り可愛がってくれる。しかし、オリンピック工事のために、目覚める度に東京が違う街に変わっていくのと同様、登美子もある時を境に急速に歳を取った。足腰が弱り、立ち働きが辛い様子を見せるようになった。質は金を貯めて住まいを買い、そこで登美子を休ませたいと願うようになった。

ある日、紋田という名で予約が入った。景気のいい建設業者だという。珍しい姓だから、まさかあの紋田茂ではあるまいかと質の胸は高なった。

「紋田ってどんな男か教えてくれ」

盆を持った登美子を脇から支えて質は耳許で囁いた。登美子は膝が痛むため、重い盆を運びにくくなっていた。だが髪を染め、化粧を施しているせいで、七十五歳にはとても見えない。

「どうして」

「浪子の逃げた亭主かもしれない」

浪子の話はすでに登美子にしてあったから、登美子は驚いた顔で見上げた。

「まさか。だって青森の大きな建設会社の偉い人だって聞いてるよ」

「じゃ、名刺を貰ってくれ」

登美子が緊張した面持ちで座敷に入って行くのを、質は動悸を抑えて見送った。もし章三郎本人だとしても、どうすることもできないし、する気もない。ただ、浪子という女を介した、あり得ない邂逅を密かに愉しみたいだけなのだった。やがて登美子が現れ、質に一枚の名刺を差し出した。『紋田茂蔵』とある。偽名でそのまま生きているのだろうか。質は別の仲居が運んで来た酒肴の盆を引ったくって自分で襖を開けた。印半纏を羽織っている下男が座敷に上がることなど禁じられている。だが、禁を破ってもこの目で男を見たかった。紋田は床柱を背に、若い男と差しで飲んでいた。八十歳くらいの人の好さそうな老人だった。顎が二重になるほど太っていて野暮ったい和服を着ている。

「いらっしゃいませ」

質にちらと目をやった紋田は、関心なさそうに顔を背けた。

「失礼ですが、紋田さんは大崎としをご存じですか」

紋田の肉の厚い顔には何の変化もなかった。質は更に問うた。

「紋田さんは井上章三郎さんでは？」

紋田はにこにこ笑って、若い男に怪訝な表情をしてみせた。失礼しました、と質はすぐに座敷を辞したが、翌日夫婦揃って馘《くび》になった。登美子は歳のせい、質は客の前に出たという理由だった。

「いい気味だよ。きっと肝を冷やしたに違いないよ」登美子は荷物をまとめながら罵った。「女房を置き去りにするなんて人でなしだ。浪子さんの敵《かたき》を取った気分だよね」

「幽霊に会ったような気がしただろうな」

相槌を打った後、自分も似たようなことをしたのかもしれないと質は思い至り、膚に粟を浮かび上がらせた。遺書を書いて送ったのだ。弟も母親もさぞかし衝撃を受けたに違いない。特に弟の家族はどんな思いでその後の日々を暮らしたのか。全く考えなかった訳ではないが、登美子と出会ってからは夢中で暮らしてきたから、そこまで考えが及んだことはなかったのだった。

「俺に会ったら、幽霊を見たと思うことだろう」

「気にすることはないよ」

登美子は質の頬をそっと撫でた。

「そうだろうか。俺は昔、日記も付けていた。全部家に置いてきたから、今頃、遺書も日記も遺品として皆の心を縛っていることだろう」

「気になるの」

「今、章三郎と会ったら気になった」

「やめなよ」登美子は優しく言った。「みんな自分勝手に生きているんだから、互いに影響し合っているのは当たり前じゃない。意識してなくたって、意識してたって、どこかで繋がっているんだもの。いちいち気にしてたら身が持たないよ」

「そうだろうか」

「そうだよ。それが人間関係ってもんでしょう」

「でも、俺は関係を自ら断ち切ったんだ。章三郎と同じじゃないか。俺の戸籍は多分もうないから、登美子を入れることもできないし。俺は罪作りなことをしたんだ。きっとそうだ」

「どうだっていいよ。今、ここにいることがあたしたちの世界じゃないの。それはどこに行ったって変わらないのさ」

そうだった。世界の果て。新しい世界など存在しない。いつも俺はこの女に助けられる。質は登美子の顔を見た。唇の両脇にある縦皺が深くなり、目が落ち窪んでいる。働かせないで、家で好きな料理を好きなだけこさえていればいい境遇にしてやりたかった。

「もう住み込みは辞めて、どこかに落ち着こうか」

登美子は嬉しそうに頷いた。

「そうしようか。そろそろ疲れたよね、質さん」

九十七歳になった今、自分の世界はより緩慢でもっと優しくなったと思う。気温も湿度もすべてがさらさらと水のように自分を取り巻き、自分を傷付けるほどの激しいものはどこにも存在しなくなったように思える。質は日の出と共に起き、八時頃には床に就いた。食物をあまり摂らなくても腹が空くこともなくなったし、喉が渇くこともない。何もすることがないのも苦痛ではなくなった。椅子に腰掛けて日がな一日、多摩丘陵に建つ白く巨大な住宅群を眺める毎日。来た頃は光り輝いていた街も、今は角が落ちて風景に馴染んだ。まるで昔からそこにあったかのように落ち着いている。自分と同じだ。欲望が失せたというより、欲望を感じる機能自体が衰えていることなのかもしれない。そろそろ土に還る時が近づいているのだろう。

五十二歳で遺書を書き、それ以後の人生があることなど考えもしなかった。だが、あれから四十五年も生きている。登美子はこの多摩ニュータウンに引っ越した翌年に亡くなった。九十一歳だった。よく長生きしてくれた、と質は意識の薄れる登美子の手を握り、耳許で何度も囁いたものだ。登美子がいなければ、新しいところに行っても、そこは自分の世界の最果てなのだと思う気持ちを取り戻せなかったことだろう。今こそ、質は自分の世界の真っ只中にいる。誰も広野質という人物がどんな生涯を送ってきたのか知らない。自分を取り巻く世界は今、自分自身と同化し、自分の生きることそのものが広やかな世界となった。

質は静かに息を吐いて、真の孤独に浸っていた。五月の風に乗って、開け放した窓から微かに甘い匂いが漂ってきた。ヘルパーの若い女性が買ってきてくれた芳香剤らしい。甘く爽やかな強い匂い。嗅いだことがある、と質は首を傾げた。何の匂いだっただろう。突然、質の脳裏に浪子の胸に置いてやった玉蘭の花が浮かんだ。そうだ、あの香りに似ているのだ。質は上海時代のことを思い出そうと静かに目を閉じて、束の間夢を見た。

夢は、若い自分が暗い部屋でベッドに横たわった若い女と話しているものだった。女は不眠症で何かを悩んでいた。帰ろうとすると、その女が自分の手をしっかりと握った。その柔らかな感触に驚いて、質は目を覚ました。誰かいるのかと周囲をゆっくり見回す。だが、質はたった一人で、いつもの車椅子に腰掛けていた。こんな不安な白日夢を見たのは初めてだったが、まだ掌《てのひら》に女の手の温もりが残っている気がした。女は登美子か。いや、浪子か。どちらでもいい。質は微笑んで両の掌を擦り合わせた。

（了）

文庫版のためのあとがき

私の父方の祖父母は、戦前アメリカに渡り、ロサンゼルスに長く住んでいた。祖父は私が幼い時に亡くなったが、祖母は九十二歳まで生きた。体も丈夫で気の強い祖母は、一族の中で女傑のような扱いを受けていた。開戦前夜に帰国した祖母は、戦後すぐ、不遇な兄弟やその子弟を自宅に寄宿させていたからである。祖母の弟、萩生質《はぎゆうただし》もその一人だった。質は戦前、日清汽船に勤め、上海《シャンハイ》・広東《カントン》間の貨客船の機関長をしていた。質が家を出て、行方不明になったのは昭和二十九年。私の母は、質が一人一人に別れを告げて回る姿を見て、質さんは死ぬ気だと直感した、と後に語っていた。

『玉蘭』は最初、質の物語を書こうと思って取材を始めた。文中に出てくる「トラブル」は、質の遺稿、昭和五年の『文藝春秋』誌に採用されたものである。質には文学熱があり、日清汽船機関長時代から、雑誌投稿を続けていたのだ。「トラブル」は、ノンフィクション風のエッセイで、私の目から見ても、さして面白いとは思えなかったが、当時の雰囲気がよく出ているという理由から、旧仮名遣いを新仮名に直したのみで、一切手を加えていない。

しかし、質の物語は、戦前から昭和二十九年までの古い話である。私は、今の時代を描きたいと思い、広野有子という若い女性を登場させることにした。世の中と適当に対応することができない、複雑な性格を有する広野有子の痛々しい姿は、現代に生きる若い女性の悩みの一側面を表している。

優等生だった有子は、出版社に勤務しながらも、東京での競争に疲れ、松村行生との恋愛に破れて、上海に渡ることを決心する。だが、新しい世界を求めて行ったはずなのに、有子の不眠症は解消されない。有子は、そこで質の幽霊に会い、新しい世界など幻想に過ぎないことを知らされる。しかも、恋愛の傷が癒えない有子は、日本人同士で固まって暮らす留学生楼の男たちとの関わりによって、徐々に変容していくのである。この崩壊、あるいは新しい自分の構築は、実は近著『グロテスク』の主人公、和恵の姿にも似ている。女は性によって男に裏切られる。しかし、性で戦うこともできるのである。

有子の造型は、少し前、日本の企業で働く高学歴の女性たちが、女性であることの限界を感じて、ニューヨークや香港に行って資格を取ったり、現地の企業に入ったりする風潮を参考にした。海外でも夢破れ、日本に舞い戻る傾向が強まったのが、ちょうど『玉蘭』を書いた頃だったからである。彼女たちはなぜ海外に行き、そこで何を見て挫折したのか。それは質が上海で暮らして、経験した世界とどう違うのか。彼女たちが、質が、感じた違和と共通性、そして、その中で発見する自分は何か、という問いが、この小説のテーマでもあった。つまりは、自分というものを引きずっている以上、新しい世界など存在しない、ということだ。自分を引きずる、ということは、過去の人間関係をそのまま有していることでもある。松村に傷付けられ、松村を忘れられない有子と、浪子を自身の手で死なせたことがどうしても納得できない質。二人共、恋愛という名の戦争を戦い続けている以上、どこにいても自分の世界に閉じ込められている。従って、この小説は、有子と松村の恋愛、そして七十年以上前の質と浪子の恋愛、ふたつの恋愛が交叉する複雑な構成となった。そのため、小説誌『トリッパー』での連載中ではどうしても終わらず、最終章だけは単行本時に書き下ろした。最終章で、失踪した質のその後を是非とも書きたかったからだ。

「遺書」は、質の本物の遺書を参考にした。四十六年という時を経て、初めて親戚から見せて貰った質の遺書は、青いインクの跡も生々しく、「君とは四十五年の兄弟だった」と書かれてあった。本書では、登美子に助けられるが、萩生質は自死したのである。

本書が、より広く読まれることを祈っている。

二〇〇四年一月　桐野夏生

解説

篠田節子

職業柄か、他の作家の書いた小説のタイトルと紹介文を目にすると、かなり鮮やかに内容のイメージが立ち上がる。

読み始めて裏切られる。当然だ。イメージ通りだったら大変なことになる。

想像した内容との距離が、同業者の小説を読む楽しさである。小説家のほとんどがプロダクションを作らず、たった一人で書き上げているからこそ、最大公約数的な楽しみを与えるものではなく、作家の個性が結晶のように尖り、読み手を刺激してやまない作品群が生まれる。

「玉蘭」というタイトルと、作者、桐野夏生がこの作品について語ったエッセイ等から、私が勝手に想像したのは、大正デモクラシーから、日中戦争、太平洋戦争を挟み、戦後の混乱期まで、動乱の時代を生き抜いた男を主人公に据えた、大河ロマンだった。自分の生き方と現代日本社会のあり方に疑問を抱いている日本女性が、大伯父であるところの男の『生き様』を上海から東北部まで旅をすることで掘り起こし、自分自身の方向性に目覚めていくという『自分探し』物語。大伯父質《ただし》の物語は作中作として描かれる……。

『　』内は、私が妙な日本語と感じている言葉だが、それにしてもなんとまあ、読み手の小説観を反映したイメージだろうか。

ひょっとすると、読者の方も同様の期待をしたりはしなかっただろうか。

しかしこうしたどこかで読んだような話、古い映画にあったようなありがちな話、ありがちなテーマに落ちていかないのが、桐野夏生の小説なのである。

「玉蘭」は、自意識の檻に閉じこめられ、自分と自分を取り巻く環境との間に、プラグマティックでスムーズな関係を築けない女性、有子と、日中戦争前夜の上海で恋人の最期を自分の手に委ねられたことで、生きることの深淵を覗き込んだ男、質が、七十年あまりの時を隔てて出会う物語である。

閉塞した現実から逃れるように、新天地を求めて上海に留学した有子は、留学生楼のベッドの上で、彼女の大伯父、質と出会う。もし生きていたとしても九十は超えている大伯父のはずが、眠れぬ夜、月光の下に現れた彼は、青年の姿をしている。

「私は新しい世界で何かを始めたかったのだ。新しく生まれ変わりたかったのだ」という有子のつぶやきを聞きつけたかのように、質は有子に問いかける。

「ここは新しい世界なのか」

極めて美しく象徴性を帯びたシーンである。

「どうしてここに現れたの」

「わからないよ。気が付いたら、あんたが助けてと叫んでいた。僕はきっと上海に戻って来たかったのだろう。あの時代のことが忘れられない」
「楽しかったから?」
「いや、辛かった」
「なぜ」
「自分の世界の真っ只中にいたからさ。世界の果てなんかじゃなかった」

二人の間でかわされる言葉は、会話ではなく問答に近い。この小説の重要なテーマがこの問答の中に隠されている。

またこのシーンでは、有子、その恋人の松村、有子の大伯父、質、質の恋人の浪子、といった四人の視点で次々に語られていく物語の、それぞれの語り手のスタンスと生の濃度が暗示されている。

人物造形や設定がリアルに描き込まれた桐野の作品は、その一見した社会派的な様相とは逆に、登場人物に心中を語らせることによって掘り下げていくすこぶる内面的なものだ。

生者と死者(厳密に死者とは言えないが)が時を越えた邂逅を果たし、それぞれが心中を語り問答をするというシーンは、ファンタジーというよりは、この作品のテーマを浮かび上がらせるために用いられた演劇的な手法と私は捉えている。

上海留学に際して、父から大伯父の書いた「トラブル」という随筆を渡された有子は、その内容に興味を持ちはするが、大伯父の足跡を追い、その実像を明らかにしていくわけではない。有子は、質の物語のレポーターではなく、彼女には彼女の物語があり、この二人がそれぞれの物語を背負い、より直感的で神秘的な形で交流していく。

有子は、上海という彼女にとっての世界の果てで、それまで抱えていた問題を引きずったまま、中国留学という現実のまっ只中で苦闘するわけでもなく、かといって最果ての最前線に突き進むこともできずに迷い続ける。

有子の一人称で語られたに等しい一章に対して、次章は、松村行生《ゆきお》という有子の恋人の視点から、有子が留学するに至る恋の顛末が語られる。有子の自意識の檻の内側から見える上海の風景から一転して、今度は外側から眺めた有子の姿が浮かび上がる。「大河ロマン」の対極にある、濃密な心理ドラマだ。

ここに描かれるのは通りいっぺんの子供向け恋愛小説ではない。後半の質と浪子の章も同様だが、男女双方から緻密に描かれた恋の描写には、小説やドラマの約束事として容認される、観念的で非現実的な男女観が見事なくらいに排除されている。

初めて松村の前に現れた有子は、頑なで、自信の無さと根拠のないプライドの狭間で揺れ動くおよそ魅力的とは言いがたい女と、彼には映る。それが次の場面では、桜の木の下にぺたんと座り、一人でサンドイッチを食べている無防備な姿に、彼は不思議な美しさを感じる。

出会い、惹かれ合い、結ばれ、いつしか気持ちが行き違い、別れがくる。そんな恋の生成から消滅に至る一直線のプロセスなど現実にはない。

期待、怖れ、自負、欲望、喜び、苛立ち、嫌悪、倦怠、思慕、不安……。一人の相手に対する矛盾する感情は、予測不可能な形で心を支配し、人を非合理的な行動にかりたてる。そんな心理的プロセスを桐野夏生はあきれるばかりに緻密に描写していく。

それが恋愛と呼べるのかどうかさえあやしい、神経戦のような有子と松村の関係が描かれた後に来るのは、日中戦争前夜の広東と上海を舞台にした質と浪子の物語である。内戦状態にある中国で、命の危険にさらされながら機関長を務める質の前に現れる謎の女、浪子。謎の「美女」でないところが、なんとも生々しく魅力的だ。

恋に落ちるというよりは、情を交わすと言った方がふさわしい質と浪子の関係は、情の中にうとましさを含み、うとましさに不信感が加わったときに質の心はあっさり冷めていく。

恋ならそれで終わるところが、相手の痛々しい様を目にすれば同情は再び愛情めいたものに移り、そう遠くない死が見えたときに、セクシャルで狂おしいばかりの恋情が立ち現れる。

浪子の視点から語られる次章では、時代と男に翻弄された彼女の流転の半生が語られる。女のなんともあっぱれなしたたかさと、臆面も配慮も自意識もない生へのむきだしの執着と欲望の有り様に唖然とさせられる。

見事としかいいようのないストーリーテリングと人物造形で、質の章と合わせて、この二章分だけでも、長篇一本になるだろう。

神経戦の様相を呈する松村と有子の物語とは、大きな温度差がある。男が男であり、女が女であった時代と、平和と繁栄を謳歌する現代社会とでは、男女の関係も違ってくる、などと整理してしまったら、作品の本質を読み違える。

確かに、有子の精神状態は、外的脅威が取り除かれたために、自分の体が自分を攻撃するという自己免疫疾患を思わせるものがあり、松村との関係も彼女の中で閉じている。そうした意味で紛れもなく、日本の現実の中から現れたヒロインではある。しかし本質的な部分は、そこにはない。

質と浪子は、辛い時代に、世界の果てにやってきて、やがてそこを世界のまっ只中にして、生きて、死んでいった。一方、有子にとって世界は常に辺境だ。上海も、東京も、そして実家のある茨城も。彼女は世界のまっ只中に立つことができないまま、あらゆる関心を内側に向けて立ちすくむ。

その有子に浪子が一瞬、忍び入る。いや、浪子の中に有子が入るのか。

そこで質と浪子の恋の果てに何があったのか、質がその後背負ったものが何であったのかが暗示される。

さらに時を越えた接触は、松村と質の間でも起きる。

そして無理をして短い休暇を取って有子を追ってきた松村は、彼女と再会するのだが、こちらも夢とも現《うつつ》ともつかない。

いくつかの不可思議な邂逅が、常に、玉蘭の花によって導かれていくところが、美しい余韻をこの作品に与えている。

松村と有子の再会については、現実の物であろうと考えることもできる。この物語に限らず、桐野夏生の作品の中では、常に登場人物が意識的にか無意識的にか、嘘をつき、あるいは粉飾して物事を語るが、有子もまた作り話をして去っていったのかもしれない。あるいは、再会したところでどうにもならない、と知りつつ上海までやってきたものの、再会さえ果たせなかった松村が、夢という形で自分の心に決着をつけた、とも解釈できる。

いずれにせよ、互いに現実を背負って対峙することが不可能なほど、距離が開いていることを感じさせるエピソードだ。

それでは自らを「壊れた」と語った有子は、どうなっていくのか。

「楽になりたいのか」という質の問いかけに、「嫌」と答えて彼女の現実に戻ってきた有子は、世界の果てを相変わらず歩き続けるのだろうか、壊れたなりに、最果ての地をもとめてそこを最前線にして生きていくのだろうか。

長いモラトリアムが終わったと言わんばかりに、平然として自動車会社の男と結婚する、というのはどうだろう。子供を産み育て、親類縁者、ママ仲間ともうまくやり、冷やかに現実に適応していく。本当に「壊れる」というのは、そういうことだ、という気もする。

有子の物語に含みを持たせたまま、作者は質の意外なその後を描く。世界のまっ只中から、一転して今度は彼が、世界の果てに落ちてくる。しかし彼は一人の女性によって救われ、世界の果てを彼なりの歩き方で歩み始める。わかり合えないままに孤独な魂が寄り添い、あるいは火花を散らす二つの恋物語は幕を閉じ、代わりに男女の力強く安定感に満ちた絆を描いて「玉蘭」は終わる。どこか遠いところで生きているであろう有子の、おぼろげな気配を残しながら。

尚、この作品で、異なる登場人物の視点で物語を進め、それぞれの年代、男女の心の内を極めてリアルに描き出した桐野夏生の筆は、一人称を交えた「グロテスク」でもいっそうの冴えを見せ、異様な行動に駆り立てられていくヒロインの心境を極めて説得力のある形で描き出している。

一方、最新作「魂萌《たまも》え！」では、夫に先立たれた老年期直前の主婦を主人公に据え、最後まで三人称、一視点で、彼女を取り巻く、友人、子供たちとその家族、夫の友人と愛人といった人々との葛藤を描いている。題材とスタイルは古典的な女流文学そのものだが、主人公を取り巻く老若男女、しかも様々な職業、階層の人々のリアルで完璧な描写は、社会派小説の広がりを感じさせる。また細かな謎をしかけては解いていく手並みは、大きな事件も起きず、意表をつく展開もない一見日常的なドラマに、驚くほどの緊迫感を与えている。

ジャンルやストーリーや題材にセンセーショナルなもの、トリッキーなものを求めるまでもない。登場人物の中に、それぞれ、語りきれないほどの豊かな物語がある。
そうした物語を桐野夏生は、これからも丹念に紡ぎ出していくだろう。

（作家）

単行本　二〇〇一年三月　朝日新聞社刊

*この本は二〇〇五年に小社より刊行された文庫の新装版です。

*本文中の「トラブル」は、萩生質著「トラブル」（『文藝春秋』一九三〇年四月号）から引用しました。引用にあたっては、旧字旧仮名遣いを新字新仮名遣いにあらため、適宜ルビをつけました。

*一九二〇年代の船会社に関しては『日清汽船株式会社三十年史及追補』（一九四一年）を参考にしました。

DTP制作　エヴリ・シンク

文春文庫

玉《ぎよく》蘭《らん》

定価はカバーに
表示してあります

2021年12月10日　新装版第1刷

著　者　桐《きり》野《の》夏《なつ》生《お》

発行者　花田朋子
発行所　株式会社 文藝春秋

東京都千代田区紀尾井町 3-23　〒102-8008
TEL 03・3265・1211㈹
文藝春秋ホームページ　http://www.bunshun.co.jp
落丁、乱丁本は、お手数ですが小社製作部宛お送り下さい。送料小社負担でお取替致します。

印刷製本・凸版印刷
Printed in Japan
ISBN978-4-16-791802-6

（　）内は解説者。品切の節はご容赦下さい。

北村　薫
中野のお父さん
若き体育会系文芸編集者の娘と、定年間近の高校国語教師の父。娘が相談してくる出版界で起きた「日常の謎」を、父は抜群の知的推理で解き明かす！　新名探偵コンビ誕生。（佐藤夕子）
き-17-10

桐野夏生
グロテスク（上下）
あたしは仕事ができるだけじゃない。光り輝く夜のあたしを見てくれ——。名門女子高から一流企業に就職し、娼婦になった女の魂の彷徨。泉鏡花文学賞受賞の傑作長篇。（斎藤美奈子）
き-19-9

桐野夏生
ポリティコン（上下）
東北の寒村に芸術家たちが創った理想郷「唯腕村《いわんむら》」。村の後継者となった高浪東一は、流れ者の少女マヤを愛し、憎み、運命を交錯させる。国家崩壊の予兆を描いた渾身の長篇。（原　武史）
き-19-16

桐野夏生
奴隷小説
武装集団によって島に拉致された女子高生たち。夢の奴隷となったアイドル志望の少女。死と紙一重の収容所の少年……何かに囚われた状況を容赦なく描いた七つの物語。（白井　聡）
き-19-20

貴志祐介
悪の教典（上下）
人気教師の蓮実聖司は裏で巧妙な細工と犯罪を重ねていたが、綻びから狂気の殺戮へ。クラスを襲う戦慄の一夜。ミステリー界の話題を攫った超弩級エンターテインメント。（三池崇史）
き-35-1

京極夏彦
定本　百鬼夜行—陽
『陰摩羅鬼の瑕』ほか、京極堂シリーズの名作を彩った男たち、女たち。彼らの過去と因縁を「妖しのもの」として物語る悲しく恐ろしいスピンオフ・ストーリーズ第二弾。初の文庫化。

き-39-1

北川悦吏子
半分、青い。（上下）
高度成長期の終わり、同日同病院で生まれた幼なじみの鈴愛と律。夢を抱きバブル真っただ中の東京に出た二人を待ち受けるのは……。心は、空を飛ぶ。時間も距離も越えた真実の物語。

き-42-2

（　）内は解説者。品切の節はご容赦下さい。

木下昌輝
宇喜多の捨て嫁
戦国時代末期の備前国で宇喜多直家は、権謀術策を縦横無尽に駆使し、下克上の名をほしいままに成り上がっていった。腐臭漂う、希に見る傑作ピカレスク歴史小説遂に見参！
き-44-1

樹林　伸
東京ワイン会ピープル
同僚に誘われ初めてワイン会に参加した桜木紫野。そこで織田一志というベンチャーの若手旗手と出会う。ワインと謎多き彼の魅力に惹かれる紫野だったが、織田にある問題がおきて……。
き-47-1

黒川博行
国境（上下）
「疫病神コンビ」こと二宮と桑原は、詐欺師を追って北朝鮮に潜入する。だがそこで待っていたものは……。ふたりは本当の黒幕に辿り着けるのか？　圧倒的スケールの傑作！（藤原伊織）
く-9-10

熊谷達也
邂逅《かいこう》の森
秋田の貧しい小作農・富治は、先祖代々受け継がれてきたマタギとなり、山と狩猟への魅力にとりつかれていく。直木賞、山本周五郎賞を史上初めてダブル受賞した感動巨篇！（田辺聖子）
く-29-1

窪　美澄
さよなら、ニルヴァーナ
少年犯罪の加害者、被害者の母、加害者を崇拝する少女、その運命の環の外に立つ女性作家……各々の人生が交錯した時、何を思い、何を見つけたのか。著者渾身の長編小説！（佐藤　優）
く-39-1

倉知　淳
片桐大三郎とＸＹＺの悲劇
元銀幕の大スター・片桐大三郎の趣味は、犯罪捜査に首を突っ込む事。その卓越した推理力で、付き人の乃枝と共に事件に迫る。絶妙なコンビが活躍するコミカルで抱腹絶倒のミステリー。
く-40-1

小松左京
アメリカの壁
アメリカと外界とが突然、遮断された。いったい何故？　四十年前にトランプ大統領の登場を予言した、と話題沸騰の表題作を含む、ＳＦ界の巨匠の面目躍如たる傑作短編集。（小松実盛）
こ-5-13

（　）内は解説者。品切の節はご容赦下さい。

小松左京　原作・吉高寿男　ノベライズ
日本沈没2020
二〇二〇年、東京オリンピック直後の日本で大地震が発生。普通の家族を通じて描かれた新たな日本沈没とは。究極の選択を突きつけられた人々の再生の物語。アニメを完全ノベライズ。
こ-5-14

幸田真音
ナナフシ
リーマン・ショックで全てを失った男と将来有望な若きバイオリニストが出会う。病を抱えた彼女を救うべく、男は再び金融市場へ。経済小説の旗手が描く「生への物語」。（倉都康行）
こ-25-6

今野　敏《びん》
曙光の街
元KGBの日露混血の殺し屋が日本に潜入した。彼を迎え撃つのはヤクザと警視庁外事課員。やがて物語は単なる暗殺事件から警視庁上層部のスキャンダルへと繋がっていく！（細谷正充）
こ-32-1

今野　敏
白夜街道
外務官僚が、ロシア貿易商と密談後に変死した。警視庁公安部の倉島警部補は、元KGBの殺し屋で貿易商のボディーガードとなったヴィクトルを追ってロシアへ飛ぶ。緊迫の追跡劇。
こ-32-2

今野　敏
凍土の密約
公安部でロシア事案を担当する倉島警部補は、なぜか殺人事件の捜査本部に呼ばれる。だがそこで、日本人ではありえないプロの殺し屋の存在を感じる。やがて第2、第3の事件が……。
こ-32-3

今野　敏
アクティブメジャーズ
「ゼロ」の研修を受けた倉島に先輩公安マンの動向を探るオペレーションが課される。同じころ、新聞社の大物が転落死した。二つの事案は思いがけず繋がりを見せ始める。シリーズ第四弾。
こ-32-4

今野　敏
防諜捜査
ロシア人ホステスの轢死事件が発生。事件はロシア人の殺し屋による暗殺だという日本人の証言者が現れた。ゼロの研修から戻った倉島は、独自の〝作業〟として暗殺者の行方を追う！
こ-32-5

（　）内は解説者。品切の節はご容赦下さい。

笹本稜平
還るべき場所
世界2位の高峰K2で恋人を亡くした山岳家は、この山にツアーガイドとして還ってきた。立ちはだかる雪山の脅威と登山家たちのエゴ。故・児玉清絶賛の傑作山岳小説。（宇田川拓也）
さ-41-3

笹本稜平
春を背負って
先端技術者としての仕事に挫折した長嶺亨は、山小屋を営む父の訃報に接し、脱サラをして後を継ぐことを決意する。山を訪れる人々が抱える人生の傷と再生を描く感動の山岳短編小説集。
さ-41-4

笹本稜平
その峰の彼方
厳冬のマッキンリーを単独登攀中に消息を絶った孤高の登山家・津田悟。親友の吉沢ら捜索隊が壮絶な探索行の末に見た奇跡とは？　山岳小説の最高峰がここに！（宇田川拓也）
さ-41-5

笹本稜平
大岩壁
ヒマラヤで〝魔の山〟と畏怖されるナンガ・パルバット。立原は冬季登頂に失敗、友の倉本を失う。5年後、兄の雪辱に燃える倉本の弟と再び世界最大の壁に挑むが……。（市毛良枝）
さ-41-6

坂木　司
ワーキング・ホリデー
突然現れた小学生の息子と夏休みの間、同居することになった元ヤンでホストの大和。宅配便配達員に転身するも、謎とトラブルの連続で!?　ぎこちない父子の交流を爽やかに描く。
さ-49-1

坂木　司
ウィンター・ホリデー
冬休みに再び期間限定の大和と進の親子生活が始まるが、クリスマス、正月、バレンタインとイベント続きのこの季節はトラブルも続出……。大人気「ホリデー」シリーズ第二弾。（吉田伸子）
さ-49-2

坂木　司
ホリデー・イン
おかまのジャスミンが拾った謎の男の正体。完璧すぎるホスト・雪夜がムカつく相手――大和と進親子を取り巻く仕事仲間たちの〝事情〟を紡ぐ、六つのサイドストーリー。（藤田香織）
さ-49-3

（　）内は解説者。品切の節はご容赦下さい。

桜庭一樹
私の男
落魄した貴族のようにどこか優雅な淳悟は、孤児となった花を引き取る。内なる空虚を抱えて、愛に飢えた親子が超えた禁忌を圧倒的な筆力で描く第138回直木賞受賞作。（北上次郎）
さ-50-1

桜庭一樹
荒野《こうや》
恋愛小説家の父と鎌倉で暮らす少女・荒野。父の再婚、同級生からの告白、新たな家族の誕生……。十二〜十六歳、少女の四年間を瑞々しく描いた成長物語が合本で一冊に。（吉田伸子）
さ-50-8

桜庭一樹
ほんとうの花を見せにきた
中国の山奥から来た吸血種族バンブーは人の姿だが歳を取らない。マフィアに襲われた少年を救ったバンブーが掟を破って人間との同居生活を始めるが。郷愁誘う青春小説。（金原瑞人）
さ-50-9

桜庭一樹
傷痕
人気ポップスターの急死で遺された十一歳の愛娘〝傷痕〟。だがその出生は謎で、遺族を巻き込みつつメディアや世間の注目の的に。彼女は父の死をどう乗り越えるのか。（尾崎世界観）
さ-50-10

桜木紫乃
ブルース
貧しさから這い上がり夜の支配者となった男。彼は外道を生きる孤独な男か？　女たちの夢の男か？　謎の男をめぐる八人の女の物語。著者の新境地にして釧路ノワールの傑作。（壇　蜜）
さ-56-3

坂井希久子
17歳のうた
舞妓、アイドル、マイルドヤンキー。地方都市で背伸びしながらも強がって生きる17歳の少女たち。大人でも子どもでもない少女の心情を鮮やかに切り取った5つの物語。（枝　優花）
さ-59-2

篠田節子
冬の光
四国遍路の帰路、冬の海に消えた父。家庭人として企業人として恵まれた人生ではなかったのか……足跡を辿る次女が見た最期の景色と人生の深遠が胸に迫る長編傑作。（八重樫克彦）
し-32-12

（　）内は解説者。品切の節はご容赦下さい。

柴田よしき
風味さんのカメラ日和
地元に戻った風味が通うカメラ教室の講師・知念は天然なイケメン。だが、彼は受講生たちの迷える心を解きほぐしていく。「カメラ撮影用語解説」も収録した書き下ろしカメラ女子小説。
し-34-17

柴田よしき
輝跡
才能に恵まれながら、家庭の事情で一度は夢をあきらめた北澤宏太は育成ドラフトを経て、プロ野球選手になる。元恋人、記者、妻——一人の野球選手をめぐる女性群像物語。（和田　豊）
し-34-18

柴田よしき
風のベーコンサンド　高原カフェ日誌《ダイアリー》
東京の出版社をやめ、奈穂が開業したのは高原のカフェ。訪れるのは娘を思う父や農家の嫁に疲れた女性……。心の痛みに効くカフェご飯が奇跡を起こす六つの物語。（野間美由紀）
し-34-19

大崎　梢・近藤史恵・篠田真由美・柴田よしき・永嶋恵美
新津きよみ・福田和代・松村比呂美・光原百合
アンソロジー　捨てる
連作ではなく単発でしか描けない世界がある——9人の女性作家が持ち味を存分に発揮し、「捨てる」をテーマに競作！　様々な女性たちの想いが交錯する珠玉の短編小説アンソロジー。
し-34-50

大崎　梢・加納朋子・近藤史恵・篠田真由美・柴田よしき
永嶋恵美・新津きよみ・福田和代・松尾由美・松村比呂美・光原百合
アンソロジー　隠す
誰しも、自分だけの隠しごとを心の奥底に秘めているもの——。実力と人気を兼ね備えた11人の女性作家らがSNS上で語り合い「隠す」をテーマに挑んだエンターテインメントの傑作！
し-34-51

重松　清
きみ去りしのち
幼い息子を喪った父。〈その日〉をまえにした母に寄り添う少女。この世の彼岸の圧倒的な風景に向き合いながら、ふたりの巡礼の旅はつづく。鎮魂と再生への祈りを込めた長編小説。
し-38-13

重松　清
また次の春へ
同じ高校に合格したのに、浜で行方不明になった幼馴染み。彼の部屋を片付けられないお母さん。突然の喪失を前に、迷いながら、泣きながら、一歩を踏みだす、鎮魂と祈りの七篇。
し-38-14